光文社文庫

いちばん悲しい

まさきとしか

KOBUNSHA

光　文　社

目次

いちばん悲しい

プロローグ

その事件は当初、早期解決するだろうと見られていた。

六月十一日未明、東京都府中《ふちゆう》市宮町《みやまち》の路上で男性の刺殺体が発見された。被害者は戸沼《とぬま》暁男《あけお》、四十二歳。港区赤坂の不動産会社に勤める会社員で、身元は所持していた健康保険証と運転免許証から判明した。

第一発見者は現場付近のマンションに住む男子高校生で、就寝しようとした午前二時、カーテンの隙間《すきま》から外を見たところ、うつぶせで倒れている被害者に気づいた。通報者は、男子高校生に起こされた父親。マンション二階からの確認だったため、「男が倒れている」という一一〇番通報だった。

被害者は、背後から七か所刺されていた。死因は失血死。前日からの激しい雨のため、現場で採取された物的証拠はほとんどなかったが、怨恨《えんこん》による犯行との見方が強かった。その理由は、背後から執拗《しつよう》に刺されていることと、財布をはじめ金目のものが奪われていないこと。さらに、被害者がスマートフォンを二台所持し、うち一台にはひとりの女の名前しか登録されていなかったことによる。被害者の戸沼暁男は既婚で、中学生の長女と小学生の長男がいる。痴情《ちじょう》のもつれ、とシナリオを浮かべた捜査員は少なくなかった。

第一章　残された女

1

佐藤真由奈《さとうまゆな》が奇妙な電話のことを思い出したのは午後、ヨーグルトを食べているときだった。前日からの雨がようやくやみ、うっすらと陽が射していた。

先月末に会社を辞めてから一日の半分はベッドの上で過ごし、この日も本格的に起きたのは午後一時をまわってからだった。テレビのワイドショーをぼんやり眺めながら、雨もやんだことだし買い物に行こう、と思ったとき、その電話のことが頭に浮かんだ。夢だったようにも思えたが、スマートフォンを確認すると着信履歴があった。五時十七分。明け方の着信だった。

夢じゃなかったのか。

その電話がかかってきたとき、真由奈は眠りの奥底にいた。覚醒しないまま電話に出たため、記憶は明瞭ではない。「……さんをご存じですよね？」と聞こえたのは男の声だった。なんとなく感じが悪かった気がする。男が告げた名前に心あたりがなかった真由奈は「知りません」と答えた。すると、「……さんですよ？」と男の声にわずかな驚きが混じったのではなかっただろうか。寝ぼけながらも、まちがい電話だろうと思い、「そんな人知りません」と通話を切ったのだった。

発信元の電話番号に心あたりはない。やはりまちがい電話だったのだと真由奈はスマートフォンをテーブルに戻し、ヨーグルトをスプーンですくった。そのときふと、相手は最初に「佐藤真由奈さんですか？」と言わなかっただろうかと思い至った。

真由奈は記憶をたぐり寄せる。

どうだっただろう。言われた気がするが、記憶ちがいかもしれない。

もう一度、スマートフォンを手に取り、電話番号を目でなぞったが、やはり覚えのない数字の羅列《られつ》だ。もし、名前を知ったうえでかけてきたとすれば、詐欺《さぎ》かなにかだろう。名義を貸したとか借りたとか、不正請求とか、そんなところかもしれない。気をつけなきゃと思いつつも、そんな詐欺に引っかかるわけがないと着信履歴を消した。

シャワーを浴び、軽く化粧をしてからマンションを出た。雲は空の端に追いやられ、午後の陽射しがまぶしい。真由奈の住むマンションは西武新宿線の井荻《いおぎ》駅から徒歩十五分の場所にある。四階建ての二階、1Kで家賃は七万円だ。いちばん近いスーパーは駅前だから、行って帰ってくるだけで一時間近くかかることもある。

重い荷物は持てないから、とりあえず必要な卵と野菜とヨーグルトを買った。米と水とトイレットペーパーは、週末、恋人が来たときに一緒に買いに行くつもりだ。

恋人の高橋彰《たかはしあきら》とはひとまわり以上歳が離れているが、お父さんみたいと思ったこともなければ、ことさら頼りがいがあると感じたこともない。これまでつきあってきた男たちと同じように真由奈にとっては純粋な恋人でしかなく、これまでの男たちとちがうのは、もうじき恋人から夫婦になることだ。「あっちょん」「まゆたん」とお互いを呼びながらキスをする仲の良さは夫婦になっても変わらないと信じられた。そうだ、週末は彼の大好きなキーマカレーをつくってあげようと思いつく。

マンションのエントランスに入ったとき、背後から「佐藤真由奈さんですか?」と女の声に呼び止められた。

いつのまに現れたのだろう、女と男がすぐ背後に立っていた。女は三十代、男は五十代に見える。ふたりとも白いワイシャツ姿で、ほんの一瞬、うさんくさい営業か勧誘かと思ったが、ふたりともなにかをすすめようとする人間の顔つきではなかった。

「佐藤真由奈さん、ですよね?」

女がもう一度問う。

丁寧な口調だが、むっつりとしてどこかえらそうだ。高みから見下ろすような顔つきにむっとし、デブでブスのくせに、と心のなかで毒づいた。反射的に左手に目をやったが薬指に指輪はなく、やっぱりね、とせせら笑いたくなった。

「そうだけど？」

真由奈が答えると、男のほうが一歩進み出た。

「警視庁捜査一課の梶原《かじわら》です」

眼前で開かれた黒い手帳の顔写真と金色のエンブレムのようなものに目がいった。

「府中署の我城《がじょう》で、」

女が言い終えないうちに、「佐藤さん、ちょっとお時間いいですかね」と男が割って入った。

「なんでしょう」

立ち話で済むとばかり思っていたのに、梶原と名乗った男は「じゃあ、ちょっとお邪魔しますからね」とマンションのなかに入ろうとする。

詐欺事件か、と思い至った。明け方かかってきた電話は、予想どおり詐欺絡みだったのだ。犯人が捕まり、通話記録に残っているひとりひとりを訪ねているのだろう。

途端にうきうきした。刑事が訪ねてきたことを伝えたら、あっちょんはびっくりするだろう。ほんとうは今日にでも連絡をしたいが、週末に会うときまで取っておこう。でも、刑事の話はその日のメインではない。あっちょんの興味を十分引きつけたところで、さらにびっくりさせ、喜ばせる話をするのだ。

知らず知らずのうちににやついていることに気づき、真由奈は慌てて表情を引き締めた。

部屋に上がったふたりは座ろうともせず、ピンクを基調にした部屋を無遠慮に眺めている。その視線が同じ方向に向けられていることに気づいた。キャビネットの上に並んだ写真立てだ。

「あ、恋人です」

聞かれてもいないのに口にすると、うふふ、と甘い笑いがこぼれた。

ふたりの刑事は同時に真由奈に顔を向けた。

「恋人っていうか、婚約者っていうか。今年中に結婚するんです」

梶原が写真立てのひとつを手に取り、じっと見つめる。真剣な目が怖い。

もしかすると、この男が見ているのはあっちょんじゃなく、一緒に写っているわたしかもしれない。その写真は風呂上がりにベッドで並んで撮ったものだ。キャミソール越しに乳首がうっすらわかる。嫌だ、いやらしい。

「あの、ご用件はなんでしょう」

強い口調で訊《たず》ねると、梶原のまなざしが真由奈を捉えた。

「戸沼暁男さんをご存じですよね」

威圧的な声が記憶を目覚めさせた。明け方の電話でも、トヌマアケオという名前を耳にした気がする。いまとまったく同じ科白《せりふ》を聞かなかっただろうか。

「もしかして、今日の明け方に電話してきたのは刑事さんですか？」

「知らないと言いましたよね」

梶原はかぶせるように聞いてくる。

「はい。知りませんけど、その人が詐欺の犯人なんですか？」

梶原の眉間《みけん》にしわが寄った。まるで刃物で切られたかのように、くっきりと深い一本じわだ。

「では、この方はどなたですか？」

手にした写真立てを真由奈に向ける。

「だから恋人です。もうすぐ結婚するんです」

「お名前は？」

「高橋彰さんですけど」

なるほど、と梶原がつぶやく。

「どういう漢字ですか？」

真由奈が説明すると、女のほうが無言で手帳に書きつけた。

「佐藤さん。あなた、昨日の、正確には今日の午前〇時から二時のあいだどちらにいました？」

「なんでそんなこと聞くんですか？」

自分の声が震えを帯びていることに気づき、真由奈は得体の知れない不安に襲われた。詐欺事件と思い込んでいたが、刑事たちが来た理由を知らされていないことに気づいた。

「実はその時間帯、ある男性が殺されたんですよ。捜査にご協力願えませんかね」

ひっ、と喉の奥でひきつけのような音がした。不安が急激に膨《ふく》れ上がる。

まさか、あっちょんが疑われているとか？　だから、あっちょんの写真に反応し、名前まで聞いたとか？　どうしよう。その時間はあっちょんと一緒にいたと言ったほうがいいのだろうか。狼狽《ろうばい》したのは二、三秒のことで、あっちょんはいま台湾に出張中だ、とすぐに思い出した。

「わたしはうちにいましたけど」

「それを証明できる人は？」

梶原の問いに、ドラマみたい、と頭のすみで思う。

「いないと思います」

「思う？」

ねちっこい言い方に、真由奈は記憶を辿《たど》り、「いませんけど？」と答え直した。

「被害者のスマートフォンにあなたの連絡先が登録されてました」

「え。なんで？」

「戸沼暁男という名前に、ほんとうに心あたりはないんですね」

「知りません。その人が殺されたんですか？　もしかしてわたし、疑われてるんですか？　でも、ほんとうにそんな人知らないんです。なんだか気持ち悪いんですけど」

「すみませんがね、この写真の男の人……えーと、なんて名前でしたっけ」

「高橋彰さんですけど」

なるほど、と梶原はつぶやき、真由奈をじっと見つめた。豆みたいに小さく、けれどかわいらしさのかけらも感じられない鋭い目。ふと、この男がこれからとんでもないことを言い出す予感に襲われ、頭のなかがふわりと揺れた。

「あなたが高橋さんだと思っているのは戸沼さんです」

「はい？」

「この人」と、梶原は写真立てを指さし、「あんたとね、一緒に写ってるこの人、高橋彰という名前じゃなくて、戸沼暁男っていうの」と言った。

「まさか」

ちっともおかしくないのに真由奈は笑っていた。

「ほんとは知ってたんじゃないの？　この人が戸沼暁男だってこと」

「だから、その人は高橋彰さんですって」

この人たちはとんでもない誤解をしている。あっちょんに伝えないと。ちゃんと伝えて、あっちょんから説明してもらったほうがいい。

「戸沼暁男さんは今日の未明、殺されました。ご存じなかったですか？」

「だから、誰！　その人！」

変だ。ちっとも怒っていないのに、なぜわたしは怒鳴っているのだろう。そもそも刑事の言っている意味が理解できないのだから怒るはずがない。

真由奈は自分がいくつものピースに分離していくような心細さを覚えた。

あ、とひとつのピースが声を出す。食材の入ったレジ袋を置きっぱなしにしていることに気づいたのも、ちょっとすみません、とキッチンに行ったのも、同じピースだった。

「戸沼さんと最後に会ったのはいつですか？」

すぐ近くから聞こえた声にびくっとなった。梶原がついてきていた。

「だから、誰ですか、そのトヌマって人」

真由奈はくすくす笑った。正確には、笑ったのは別のピースだった。

「あんたが高橋彰だと言い張ってる人のことだよ」

「あっちょんとは土曜日に会うんですよ。わたし、キーマカレーをつくってあげようと思って。でもね、わたし重いものが持てないから、お買い物はあっちょんと一緒にしなきゃならないんです。ほんとは、あっちょんが来たときカレーができてるのが理想なんだけどな」

分離したピースがぽろぽろと言葉を吐き出す。

レジ袋から卵を取り出したとき、頭のなかがぐるりとまわった。あ、卵が割れちゃう、と真由奈は妙に冷静に思った。

2

マンションのエントランスを出た途端、我城薫子《かおるこ》は罵声《ばせい》を浴びた。

「おまえよ、なんのためにいるんだよ。形だけでいいからやさしい言葉かけたり、心配するふりしたりしろよ。女同士だろ、そこで仕事しないでどこでするんだよ、役立たずなんだからよ。おまえがフォローしてればもっと話が聞けただろうが。給料泥棒かよ」

ったくだから女は、と梶原は吐き捨てた。

本庁の捜査一課員のなかには、所轄署の刑事を道案内や雑用係扱いする者が少なくない。梶原勇一《ゆういち》はその典型的なタイプで、加えて女刑事などお飾り以下としか見ていない。今朝の捜査会議で梶原と組まされることが決まったとき、薫子は道案内と雑用係に徹しようと決めた。それがもっともストレスの少ない方法だと思えた。

「すみません」

薫子は頭を下げた。このくらいは想定内だった。

薫子は三年前、三十三歳で巡査部長に昇進したのを機に、杉並警察署から府中警察署の刑事組織犯罪対策課に異動になった。梶原は覚えていないだろうが、杉並署にいたときに一度、捜査本部で梶原と一緒だったことがある。当時、梶原と組まされたのは二十代の巡査だった。梶原は基本的には彼をいない者として扱い、言葉をかけるときは存在や人格を一刀両断にした。捜査一課ひと筋のベテラン刑事からすれば、所轄の新人など足手まといなだけかもしれない。

それにしても、梶原の言ったことはもっともだと薫子は思った。

あの場で、女である自分が佐藤真由奈を気づかっていれば、彼女はあんなにヒステリックにならなかったかもしれない。

床に落ちた卵のパックを拾い上げると、「弁償してよ！」と佐藤真由奈は叫んだ。

「せっかく買ってきたのに！　がんばって買ってきたのに！　あんたたちのせいでしょ！　いますぐ新しいの買ってきなさいよ！」

きんきん響く自分自身の声に煽《あお》られるように、彼女の興奮は加速した。

「ママに言うから！　ママに言って弁護士雇ってもらうから！　訴えるから！　いますぐ出てって！　出てけ！」

幼児のように喚《わめ》く彼女を梶原がなだめようとしたが無駄だった。薫子がしたことといえば、帰り際、名刺をそっと流し台に置いただけだ。

佐藤真由奈、二十八歳、と彼女の情報を頭に上らせる。飯田橋《いいだばし》にある寝具メーカーを先月末で辞め、現在無職。独身、結婚歴なし。実家は群馬県高崎《たかさき》市で、両親と兄がふたりいる。

彼女が言ったことはほんとうなのか。ほんとうに、戸沼暁男を高橋彰という人物だと思っているのか。おそらくほんとうだろうという気がしている。それよりも薫子が確信したのは、彼女が妊娠していることだった。たびたび見せた下腹部に手を添える仕草と、「重いものが持てない」という科白。被害者の子、と考えていいのだろうか。

気がつくと、前を歩く梶原との距離が広がっていた。薫子は歩調を速め、一歩後ろについた。

早朝の電話で、佐藤真由奈が被害者を知らないと答え、一方的に通話を切ったことで、彼女への嫌疑が強まった。それなのに、被害者をちがう人物だと言い張るとは。梶原は任意で引っ張るつもりでいたが、彼女は「出てけ！」と絶叫するだけで、脅してもなだめても聞く耳を持たなかった。

梶原が言うとおりわたしの責任だろうか、と薫子は考えた。では、あのときどんな言葉をかければよかったのだろう。女同士、と梶原はひとくくりにしたが、佐藤真由奈のような女はわたしを同類とは思わないだろう。

初対面のほんの数秒で、佐藤真由奈は薫子に蔑《さげす》みと嫌悪の表情を見せた。まず女としての評価を下し、自分よりはるかに低いと判断し、そんな女がえらそうにふるまうことに反発した。佐藤真由奈の心の流れが、薫子にははっきりと見て取れた。薫子の左手薬指を確認したとき、彼女の瞳に意地の悪い笑みが浮かんだのも見逃さなかった。

佐藤真由奈の顔を思い返すとき、真っ先に浮かぶのは丸くて大きな鼻の穴だ。まるで塗り潰《つぶ》したように真っ黒で、堂々と真ん前を向いていた。丸い顔と相まって南の島のコミカルな民芸品をイメージさせた。しかし、彼女の自己評価がまったくちがうのは一目瞭然だった。

「あれは孕《はら》んでるよな」

電車待ちをしているとき、梶原がぼそりと言った。

ひとりごとだと思ったが、念のため「と思います」と返事をした。

「と思います」

真似たつもりだろうか、梶原は繰り返し、ふん、と鼻から息を吐いた。

「ふてぶてしい言い方だな。なに考えてるのかわかんねえ、っていうか、なにも考えてないんだろ。少しは頭使って仕事しろっつの。役立たずの給料泥棒かよ」

薫子は「すみません」と頭を下げた。

「ちっともすみませんと思ってない面《つら》だな。おまえが誰のかわい子ちゃんでも俺には通用しないからな。だいたい、かわい子ちゃんって面でもねえしよ。せめてもっと若くて見栄えのいい女だったらまだましだったのによ。使えねえババアと組まされるなんて、俺もついてねえわ」

尖《とが》った小さな目と、大きくて四角い顔。茶色がかった皮膚はしわが目立ち、眉間の縦じわはナイフで刻まれたかのようだ。五十代に見えるが、まだ四十半ばのはずだ。

自分も刑事を続けるとこんなふうに老けるのだろうか、とそんなことが頭の片すみをよぎった。

警察官にはなりたくてなったわけではない、というのは言い訳だ。誰かにすすめられたのではなく、自ら選んだ職業なのだから。

三鷹《みたか》署の副署長が叔父だ。来年、このポストのまま定年を迎えるだろう。薫子がこの職業を選んだのは、子供のときにかわいがってくれた叔父が警察官だったということもあるが、結局はなんでもよかったのかもしれない。

――元気でやっていますか？　ママは元気ですよ。

ふとしたときに耳奥を流れる母の最後の言葉。スマートフォンへのメールなのだから聞こえるはずがないのに、母の声で聞こえる。メールが届いた数日後、母は自分が経営する薬局で倒れているのを発見された。三年前のことだ。あんな母らしくないメールを送ってくるなんて、自分の死を予期していたとしか考えられない。母はあのメールに、どんな気持ちをこめたのだろう。

ひとり娘だった薫子は、将来は薬剤師になり、母の薬局を継ぐものと決められていた。敷かれたレールに心地悪さを感じはじめたのは、高校生になってからだ。どうしよう、薬剤師になりたくない。そう思いながら高校時代を過ごした。大学は母に言われるまま、母の出身校である東京の大学の薬学部に進んだが、二年次になってすぐ黙って法学部に編入した。母に逆らったのははじめてのことだった。法律に興味はなかったが、薬剤師からもっとも遠そうな道へ進むことで後戻りできなくなりたかった。

特になりたくもない警察官になったことに、罪悪感を覚えながら仕事をしてきた。母が死んでからは、そこに母の意に背いたことへの罪悪感も加わった。

3

信じられない。だから信じない。強くそう思うのに、自分を裏切る別の自分がいる。一日たってもまだ、佐藤真由奈の心も思考もばらばらのままだった。

ネット検索すると、記事はすぐに見つかった。六月十一日の未明、戸沼暁男という男が府中市宮町の路上で刺殺体で発見された。

会社員というのはあっちょんと同じ、四十二歳というのもあっちょんと同じ。でも、あっちょんが住んでいるのは府中じゃなくて調布《ちょうふ》だし、勤務先は不動産会社じゃなくてコンサルティング会社だし、今週は月曜日からずっと台湾に出張している。

戸沼暁男の名前は報道記事だけではなく、SNSやブログでもヒットした。いくつもの顔写真が貼られ、そのどれもがあっちょんにそっくりだった。でも、世の中には自分と同じ顔をした人が三人いるっていうから信じない。これ以上検索しないほうがいいと頭のなかで非常警報めいた音が鳴っているのに、スクロールするのをやめられない。戸沼暁男の家族構成の書き込みに真由奈の目が留まる。そこには妻だけでなく、長女と長男の名前まであった。

やっぱりあっちょんじゃない、と真由奈は嚙みしめた。だって変だもの、ときちんと言葉にして思う。

真由奈が高橋彰に出会ったのは半年ほど前、正確には昨年のクリスマスイブの夜だった。仕事帰りに新宿のデパートに立ち寄り、見栄を張ってショートケーキをふたつ買おうとした。代金を払おうとしたら財布がない。バッグのなかを探しているうちに、ランチ用のトートバッグに入れっぱなしなのを思い出した。そのとき、真由奈の後ろに並んでいたのが高橋彰だった。

真由奈が店員に事情を告げると、「僕が払いますよ」と彼は言った。いいですいいです、と真由奈は顔の前で両手を振った。地味だけどやさしそうな人だな、と思うのと同時に、誰かに似ている気がした。「だって彼と食べるんでしょう?」と聞かれ、「ちがいます」と正直に答えていた。

「自分の分だけです。おうちに帰って食べようと思って」

「じゃあ僕と同じだ」

彼はふんわり笑った。

そのとき、ユミちゃんのパパに似ているんだ、と思い至った。

小学校のとき、真由奈の家の隣には一学年上のユミちゃん一家が暮らしていた。ユミちゃんの家は、真由奈の家とはまったくちがった。休みになると家族三人で出かけたり、外でバーベキューやバドミントンをしたりして楽しそうだった。真由奈は、父に遊んでもらったことがなかったし、父が家にいるときは友達を呼ぶことや大きな音をたてることを禁じられていた。家は父の疲れを取るための場所と教育されていた。ある日、家の前でユミちゃんが「パパのバカ」と言い放つところを見た。「バカ」と言われたのに、ユミちゃんのパパは「なんだとう」と笑いながらユミちゃんを抱き上げ、くるくるとまわった。ユミちゃんはかん高い笑い声をあげながら「バカバカバカバカ」と続けた。信じられなかった。真由奈が父に「バカ」と言えば叩かれるか、よくても「そこに座りなさい」と正座させられ滔々《とうとう》と説教されるだろう。それなのに、ユミちゃんのパパは笑っている。ユミちゃんのパパは、ユミちゃんが大好きで、ユミちゃんのすべてがかわいくて仕方ないのだ。そう思った瞬間、真由奈は泣き出したい衝動に駆られた。

ふんわり笑った目の前の彼は、ユミちゃんのパパと同じ温かな空気をまとっていた。真由奈のすべてを笑って受け止めてくれるように思えた。ユミちゃんのパパのことなんか忘れていたのに、ずっと待ち続けていたものを目の前にしている気持ちになった。

結局、ふたりともケーキは買わず一緒に食事をした。雰囲気のいい店はどこも満席で、新宿通りにある中華料理店に入った。彼は聞き上手で、ほとんど真由奈がしゃべった。会社のこと、学生時代のこと、家族のこと。しゃべりながら、彼が既婚者かどうか確かめるタイミングを計っていた。四十歳前後に見えたから普通に考えれば結婚しているだろうが、左手の薬指に指輪がないことと、家庭がある人がクリスマスイブに自分の分だけケーキを買うわけがないというのがわずかな希望になっていた。

言葉にできたのは、デザートのタピオカ入りココナッツミルクを食べているときだった。

「クリスマスイブにいいんですか？　奥さんとか待ってるんじゃないですか？」

そんな聞き方をした。

「残念ながら」

彼は言った。

「あれ？　奥さんいるんですよ、ね？」

真由奈はふざけた口調を意識した。

「書類上はいるんだけど、とっくに別居してていま離婚調停中なんだ」

「そうなんですか。お子さんは？」

「子供はいないよ」

彼は即答した。

ほら、変だもの。真由奈ははじめて会ったときのことを思い返し、改めて自分に言い聞かせた。もし嘘をつくつもりなら、結婚していないと言うはずだ。でも、あっちょんは奥さんがいることを正直に教えてくれた。離婚調停中だから不利にならないよう真由奈の存在は隠しておかなきゃならない、離婚が成立したら堂々と会える、だから結婚しよう。そう言ったもの。

だから、これはあっちょんじゃない。

――あなたが高橋さんだと思っているのは戸沼さんです。

刑事の声が耳を流れた。低いだみ声。煙草のヤニみたいにべたべたして、生理的嫌悪をもよおす。

昨日の夕方に刑事が来て以来、真由奈は一睡もしていない。それなのに細切れの夢を見続けているように、頭のなかにいろいろなシーンが浮かんでは消えた。あっちょんと買い物をしているところ、あっちょんがキーマカレーを食べているところ、あっちょんから電話がくるところ、部屋のインターホンが鳴るところ、玄関を開けたらそこにあっちょんが立っているところ。

スマートフォンが鳴った。知らない番号。でも、あっちょんかもしれない。

「あっちょん!」

出ると、「佐藤真由奈さんですか?」と女の声がした。すぐに通話を切る。こうしているうちにもあっちょんから電話が入るかもしれない。

昨日から数え切れないほど電話とラインをしているのに反応がない。こんなこといままでなかった。突き上げてくる不安を、だって台湾にいるから、飛行機に乗っているから、スマホの充電が切れてしまったから、と仮説を立てて振り払う。

——あなたが高橋さんだと思っているのは戸沼さんです。

思考の緩んだところに刑事のだみ声が入り込む。

「あっちょん、早く」

真由奈は声に出し、祈りが伝わるよう手のなかのスマートフォンを見つめた。

もうすぐ刑事の言ったことがでたらめだと証明される。

あっちょんが台湾から帰ってくるのは今日の夜だ。帰国したら電話をくれることになっている。そのとき土曜日の相談をするのだ。もうすぐあっちょんから電話がかかってくる。絶対にかかってくる。土曜日の予定を決めるために、あっちょんから電話がくる。絶対に。

でも、今日の夜って何時までのことだろう。時刻は〇時をまわり、もう今日ではなくなっている。

「あっちょん、早く早く。あっちょん、お願い」

真由奈はスマートフォンをひたいに当てた。

——あなたが高橋さんだと思っているのは戸沼さんです。

あっちょん、早く。早くしないと、刑事の声に追いつめられて、いまいる世界から落ちてしまう。刑事の言ったことがほんとうになってしまう。

4

「信じられない」

戸沼杏子《きょうこ》はつぶやいていた。

何度この言葉を吐き出しただろう。信じられない。そう繰り返すたびに言葉は意味を失い、いまではため息と同じだ。

信じられない。それなのに、自分でも不思議なのだが受け入れてはいる。夫の死から四日たち、昨日葬儀を終えた。

「おつらいでしょうが」

テーブル越しに刑事が言った。

そういえば刑事のこの科白も何度も聞いている。彼にとってもまた息を吐くのと同じなのだろう。初老の小柄な男だ。人がよさそうに見えるが、ひょんなことで鬼の形相に豹変《ひょうへん》しそうな捉えどころのない瞳をしている。

もうひとりは三十歳前後だろう、ほとんどしゃべらず、メモを取るだけで存在感がない。

初老の刑事が富田《とみた》という名前なのは覚えているが、若いほうの名前はきれいさっぱり忘れている。

「念のためにもう一度確認させてくださいね」

富田の言葉に、ああ、また同じ説明をしなくてはならないのだな、と頭のてっぺんに重たいものをのせられたようになった。

夫の戸沼暁男が殺されたのは、十一日の午前〇時五十分から二時のあいだ。京王《けいおう》線府中駅着〇時三十五分の電車を降りる姿が、駅のホームのカメラで確認されたらしい。夫が殺されたのは、自宅まであと五、六分の場所だった。路上でうつぶせに倒れていたという。旧甲州街道を南に入った路地で、夜になるとほとんど人通りがなく車も通らない。その日は大雨だったから、なおさらだろう。

「事件があった時間帯、奥さんはこの家にいたということでまちがいはないですね？」

富田の問いは予想どおりのものだった。

「はい」

「記憶ちがいをしていたということはありませんか？」

「ありません」

「奥さんの行動をもう一度、できるだけ詳しく説明してもらえますか？」

これで三度目だ。無意識のうちにため息をついてしまい、富田が「申し訳ありませんが」と言い添えた。

「朝はいつもどおり六時に起きました。夫と子供たちを送り出してから、パートに出かけました。はい、十時から三時です……」

しゃべりながら杏子は、記憶をなぞっているのではなく、以前説明した内容をそのまま暗唱している気になった。ふんふん、と相づちを打ってはいるものの、刑事の興味は子供たちの就寝後にあることは承知している。しかし、十一時前に布団に入った杏子にその後のアリバイなどあるはずがなかった。

自分が疑われていることに、すぐには気づかなかった。夫が殺された時間帯の行動をしつこく確認されても、それを証明できる人がいるかどうか訊ねられても、台所の包丁がなくなっていないか確かめてほしいと言われても、妻である自分が疑われているとはこれっぽっちも思わなかった。

気づいたのは昨日だ。

「ところで夫婦仲はいかがでしたか？」という富田のひとことで、わたし疑われてるんだ、とはじめて気づいたのだった。その瞬間、夫の死を、誰かに殺されたということと併せて受け入れたような気がしている。現実というものが圧倒的な重さと強さで、頭のてっぺんに落ちてきたようだった。その衝撃で杏子は我に返った。信じられない出来事が、現実の出来事へと一瞬で転化した。「包丁持っていっていいですから、調べてください」杏子がそう言うと、富田は躊躇《ちゅうちょ》なくそうした。

昨日持っていった包丁について富田はふれない。返してくれる様子もない。夫の血がついていないか調べているのだろう。血がついていないことがわかれば、わたしの疑いは晴れるのだろうか。

「やはり証明できる人はいませんかねえ」

ボールペンでこめかみをかきながら富田が言う。隣の若い刑事は、どんなに些細《ささい》なことも見逃さないとばかりに杏子を見つめている。

「いないです」

そうですか、と杏子の答えを軽く流し、富田は上半身をのり出した。

「ところで、ご主人について思い出したことはありませんか？　トラブルがあったとか、誰かの恨みを買っていたとか、女性関係とか」

「ありません」

ほんとうにないのだった。夫がなぜ殺されなければならなかったのか、思い当たることはひとつもない。

夫はつまらない人だった。それは、けなす表現であると同時に褒め言葉でもあった。これといった特徴も取り柄もなければ、野心も夢もなく、社会どころか、この小さな家庭のなかでも埋没してしまいがちな存在。しかし、抜きん出たところがない分、実害のない人だった。出会ったころは、それをやさしさだと勘違いした。結婚し、子供が生まれると、夫はやさしいのではなく、積極的な悪意がないだけだと思うようになった。しかし、他人に危害を加える人間よりも、つまらない人間のほうがよっぽどましだ。夫は世の中の役に立つ人間ではないが、迷惑をかける人間でもない。ほとんどの人間が、そして杏子自身がそうであるように。

「では、佐藤真由奈という女性に心あたりはありませんか？」

その名前を聞くのは二度目だった。

杏子は「知りません」と一度目と同じように答えたが、一度目とちがったのは「その人がどうかしたんですか？」と質問したことだった。

「ほんとうにご存じない？」

富田の目がわずかに細まった。

「サトウマユナ、ですよね」声にしても、そこからつながる記憶はない。「はい、知りません」

そうですか、と言ったきり富田は黙り、手もとの手帳に視線を落とした。杏子が質問するのを待っているように感じられた。

「誰ですか、その人。主人が殺されたことと関係あるんですか？」

富田が目を上げる。そのまま数秒間、杏子の瞳を見つめる。

この刑事はいったいなにを見ているのだろう、わたしの目になにが映っているのだろう、と杏子は落ち着かなくなった。

「ご主人と交際していたようです」

「こう、さい?」

「おつきあいしていたようです。いわゆる男女の関係です」

「まさか」

無意識のうちに苦笑していた。あり得ない、という言葉しか浮かばない。だから、そのまま声にする。

「それはあり得ません」

「どうしてですか?」

そう聞かれ、言葉に詰まった。

「ご主人を信じているんですか?」

「そうじゃなくて」

「そうじゃないとは?」

「だってそんな甲斐性ないですし……」

夫を好きになる女がいるとは思えなかった。若いころならまだしも、だらしのないメタボ体型で身長は百七十センチもなく、人と話すことが苦手で、すべてにおいて消極的で気が利かない。しかも転職するごとに給料は下がり、ひと月の小遣いは二万円だ。そんな四十二歳の既婚の男とつきあうメリットなどないだろう。杏子自身、別れたいと思ったことは数え切れないほどある。あきらめという割り切りをしたからこそ夫婦を続けることができたのだ。

「気づきませんでしたか？」

「気づくもなにも……」

「ここ半年のあいだで、ご主人になにか変化はありませんでしたか？」

「いえ、特に」

「ほんとうになにも？」

思考がついていかないうちに、話だけがどんどん進んでしまう。わけのわからないまま流されていくような不安を覚えた。なにか言わなければと焦った。どんな些細なことでもいいから、最近の夫について話さなければ。

「そういえば仕事が忙しくなったみたいでした」

意外にも富田は、ほう、と興味を示した。

「土曜日はほとんど休日出勤していました」

でも、給料は変わらないんですけどね、とついつけたしてしまい、余計なことを言ったと後悔した。

「それはここ半年のことですか？」

「そこまではちょっと覚えていませんが。あの、半年というのは？　半年前になにかあったんですか？」

「ご主人と女性がつきあいはじめたころですよ」

富田はさらりと答えた。

「はあっ？」

声がひっくり返った。

「ご主人の会社に確認したんですけどね、ご主人は土日はしっかり休んでいたようですよ」

「え？」

「それからご主人に借金があるのはご存じですか？」

「ええ。リフォームのローンがまだ残っています」

夫の収入が減ると知っていればリフォームなんかしなかったのに、と数え切れないほどした後悔がこんなときでも頭に浮かんだ。杏子がパートをはじめたのはちょうど一年前、パート代はすべてローン返済に充てている。

「そうではなく消費者金融ですよ」

「消費者金融？　まさか」

「三社から合計で百三十万。いまは法律で年収の三分の一しか借りられないことになっているので、ぎりぎりまで借りていることになりますね」

「どういうことですか？」

声が震えた。

「それもここ半年のことです」

「嘘です」

「奥様はまったく気づかなかった、と」

「あの、なにかのまちがいだと思いますよ」

「どの点についても知らなかった、と」

「どの点といいますと……」

「ご主人に女性がいたこと、休日出勤していなかったこと、借金があったこと。大きくはこの三点ですね」

「この三点って……。全部ほんとうのことみたいな言い方やめてください」

「奥さん、すべてほんとうのことなんですよ」

富田の目が嫌な光り方をした。

杏子は口を開き、しかし、自分が言葉を持っていないことを知り呆然とする。

「それでは、なにか思い出したことがあればいつでもご連絡ください」

句点を打つように言うと、ふたりの刑事は立ち上がった。

ドアの向こうで小さな物音がした。続いて、階段を上がっていく軋《きし》んだ音。居間を出ると、そこには子供たちの気配が残っていた。富田たちも気づいたのだろう、ふたりそろって階段の上へと視線を向けた。

「学校はお休みしてるんですね」

富田の言葉に、あたりまえでしょっ、と叫びたくなった。父親がなんの前ぶれもなく死んだのだ。しかも、家のすぐ近くであんな殺され方をした。犯人は捕まっていないし、殺された理由もわからない。挙句に、母親が疑われているのだ。

固定電話の着信音が鳴った。すぐに留守番機能へと切り替わる。夫の事件が報道されてから固定電話もスマートフォンも玄関のインターホンも鳴りっぱなしだ。容赦ない音は、遺された家族を責め立てるように聞こえた。

わたしたちに平穏な日常が戻る日は来るのだろうか、と杏子は考え、「わたしたち」のなかから夫をごく自然に排除している自分に小さく驚く。

刑事が帰ると、史織《しおり》と優斗《ゆうと》が連れ立って下りてきた。

「お母さん」

不安げな声を出したのは小学四年の優斗だ。父親似と決めつけるのはまだ早いが、なかなか背が伸びない。性格のほうは残念ながら父親似といえるだろう、引っ込み思案の弱虫だ。

「大丈夫よ」

杏子は笑みをつくり、優斗の頭に手をおいた。

「なにが大丈夫なの？」

史織が突っ込む。中学二年の彼女は、母親である自分に似たと信じたい。しかし、ときおり夫の母に似たのではないかと思わせることがある。

「ふたりともお腹すいたでしょ。お昼にしようか」

キッチンに立ったところで、包丁が一本もないことに気づいた。昨日、富田たちは果物ナイフまで持っていったのだ。

「お父さんが浮気してたってほんと？」

やはり立ち聞きしていたのだ。それでも「まさか」と杏子は反射的に答えた。

「だって警察の人がそう言ったじゃん。サトウマユナって人と半年前からつきあってた、って。男女の関係だった、って。その女のために消費者金融から百三十万円も借金したんでしょ」

「やめなさい」

「ネットにうちらの情報出まわってるんだけど」

「え？」

「わたしの名前も学校も、優斗のことも、お父さんの出身校も。お父さんなんて写真までがんがん貼られてるよ」

「ネットなんか見るのやめなさい」

「もう見ちゃったもの。お父さんがどうして殺されたのか、みんな推理してるよ。いちばん多いのは通り魔説だけど、お母さんが殺したとか、わたしが殺したとかいう説もけっこうあるよ。わたしが殺したって書き込んでるの、きっとわたしの学校の人だよ。ユズとかモーリーとかハヅキとか友達かもしれない。だってわたしがバレーボール部なのもショートカットなのも知ってるし、あいつなら気が強いからやりかねん、だって」

「そんなのほっときなさい」

「ほっとくよ。ほっとくしかないんだから！　なにもできないんだから！」

史織は涙を見せず、激しい怒りをまき散らしている。

「わたし、もう学校行けない。行けるわけないじゃん。ほんとむかつく。ちょーむかつく」

まくしたてる史織の横で、優斗が顔をくしゃくしゃにして泣きじゃくっている。

史織の怒りは止まらない。

「なんでお父さん、死んだの？　なんで殺されたの？　お父さんがあんな殺され方しなかったらこんな目に遭わなかったのに！　通り魔じゃなかったらどうするの？　誰かに恨まれてたらこっちが悪者扱いされるんだよ。自業自得、って。自己責任、って。だいたい犯人が通り魔でも、お父さんがもっと早く帰ればあんな目に遭わなかったんだよ。それなのに、浮気ってなに？　その女のせい？　その女が犯人なの？　だとしたら浮気したお父さんが悪いんだよ」

冷たい水を浴びせられたようになった。心を覆っていた重く濁った膜が流れ落ち、隠れていた本心が現れた。

杏子は、自分の娘を見つめ直す。怒っている。無残な殺され方をした父親に、全身全霊で怒っている。

これはわたしだ、と思った。わたしも夫に怒っているのだ。

最後の最後になんてことしてくれたの。あんたがあんな死に方するから、わたしたち家族がこんな目に遭うんでしょ。女？　浮気？　消費者金融？　百三十万円？　なにやりたい放題やってんのよ。保険だって、あんたの給料が安いから掛け捨ての入院保障にしか入れなかったんじゃない。どうするのよ、これからの生活。どうやって生きていけばいいのよ。子供たちがこのまま学校に行けなかったらどうしてくれるの。わたしのパートはどうしてくれるの。あんたが死んだせいでもう三日も休んでるのよ。一万五千円も損したじゃない。ローンの返済は誰がするのよ。しかも、わたし、疑われてるのよ。あんたのせいでしょ！　あんたが変な死に方するから！

杏子は夫の遺影に目をやった。気弱なほほえみは、昨年の秋に撮った写真だ。ピントが合っていないが、その次に新しいのは生まれたばかりの優斗を抱いている十年前のものだから仕方ない。そんなに長いあいだ夫の写真を撮らなかったのだ。

夫の遺影を見つめていると、爆発しそうにたぎっていた頭から熱が引いていくのが感じられた。

どうかしている、と杏子は胸深くから息を吐き出した。やはりわたしはおかしい。冷静なようでいてパニックを起こしているのだ。でなきゃ、あんな殺され方をした夫に腹を立てるわけがない。

深呼吸をしようとしたら、突然ひきつけに似た音が漏れた。

笑っていた。

史織と優斗が怯《おび》えた顔を向けたのが見えたが、次々と破裂する笑いを止めることができない。まるで腹の底に溜まった異物を体が勝手に吐き出すようだった。

5

今朝の捜査会議でも、地取《じど》り鑑取《かんど》りとも犯人につながる有力な報告は上がってこなかった。凶器は見つかっておらず、指紋もＤＮＡも足痕跡も激しい雨に流された。現場周辺の目撃情報はなく、被害者がトラブルに巻き込まれていたという話も出てこない。

事件当日、被害者が会社を出てからの行動は早い段階で明らかになった。午後七時に終業、その後、会社の飲み会に参加。この飲み会には社員十二名が全員参加している。被害者の勤務先であるＡＫＳクリエイトは店舗デザインを主業務とした不動産会社で、被害者は三年前に入社、Ｗｅｂとシステム運用管理を担当していた。一次会の居酒屋を出たのが午後九時三十分ころ、その後カラオケ店に移動し、店を出たのが午後十一時三十分ころ。地下鉄丸ノ内線の赤坂見附駅から新宿駅までは同僚のひとりと一緒に行動している。

新宿発〇時十二分、京王八王子行きの京王線の特急に乗り、自宅の最寄り駅である府中駅に着いたのが〇時三十五分。電車を降りる姿が駅のホームのカメラに、自宅方面へと歩く姿が南口の防犯カメラに捉えられている。明らかになったのはここまでだ。

怨恨と通り魔の両面からの捜査だったが、比重は圧倒的に怨恨におかれていた。

遺族を聴取した富田によると、被害者の妻は佐藤真由奈という名前にも、夫の浮気にも心あたりはないと語っている。また、被害者が消費者金融から百三十万円の借入をしていたことも知らなかったらしい。しかし、妻の主張を裏付ける証拠はなく、アリバイも成立していない。

佐藤真由奈とは、事件当日の夕方に接触したきりだった。我城薫子が何度も電話をかけたがすぐに切られ、マンションを訪ねても不在なのか居留守なのか応答はない。

一刻も早く佐藤真由奈を聴取するように。捜査会議で本部係長からそう叱咤《しった》された梶原は、「係長」と立ち上がった。

「もっとましなのと組ませてもらえませんかね。この女、ちっとも働かないんすよ。なんで俺がこんな役立たずと組まされなきゃならないんですかね」

「文句言うな、梶原」

「こんな年増《としま》のお守《も》りするために俺は仕事してんじゃないっつうんですよ」

薫子は梶原の背後に立ち、自分の悪口をうんざりしながら聞いていた。薫子としても組替えを願うばかりだった。

「我城さん」と呼ばれて振り返ると、応援に駆り出された警務課の巡査が受話器を手に立っていた。

「佐藤真由奈が受付に来ているそうです」

波がうねるように捜査本部がざわついた。

薫子よりも先に梶原が動く。

「俺が行く」

「あ、でも、我城さんを呼んでほしいと言っているそうですが」

巡査の声は梶原には届かない。薫子は、梶原の後ろから階段を駆け下りた。

佐藤真由奈はわずか数日で面変《おもが》わりしていた。無謀なダイエットをしたように目がくぼみ、頬骨の下に陰ができている。そのせいか、鼻の穴がさらに目立った。

「佐藤さん、お話聞きましょう」

梶原が鋭い声を放つと、佐藤真由奈はゆるりと目を上げた。

「話したいことがあるんだって？　ゆっくり聞かせてもらうから来てくれるかな」

佐藤真由奈は意味がわからないというふうに梶原の視線をほどき、薫子に向かって口を開いた。

「捜索願を出したいんですけど」

「え？」

思わず聞き返した。

「あの人と連絡が取れないんです。電話してもラインしても返事がないんです。わたし、ずっと待ってるのに」

「あの人というのは？」

「あっちょんです。高橋彰さんです。金曜日に電話くれるって約束したのに。土曜日に会うって約束したのに。あの人、約束破るような人じゃないんです。事故か事件に巻き込まれたに決まってる。お願い、あっちょんを探して。あっちょんを助けてあげて。捜索願を出せばいいんですよね？　そうしたら探してくれるんでしょう？」

佐藤真由奈は薫子のシャツの袖口をつかんだ。

「おいおい、勘弁してくれよ。なにごっこだよ、それ。いいから早く上に連れてくぞ」

梶原が吐き捨てる。

薫子は自分にすがりつく女を見つめた。

上目づかいの涙目。目の下のくま。ノーメイクでリップクリームさえつけていない。普段は巻いていると思われる胸までの髪は毛先がばらばらだ。

婚約者を案じる女を演じているように見えた。化粧をしていないことも、髪をセットしていないことも、嫌みのない白いブラウスにフレアスカートという服装も計算しつくされたものに感じた。

ほら、行方不明の婚約者を待つ女ってこんな感じでしょ？　痛々しいでしょ？　いじらしいでしょ？

佐藤真由奈は全身でそう主張していた。

悲愴感の裏側に甘美な自己陶酔が透けている。泣き出しそうなのは悲しみによるものではなく、限界まで達した快感のせいかもしれない。そう考えるのは、意地が悪すぎるだろうか。

袖口をつかむ手を思い切り振り払いたくなり、薫子はゆっくりと息を吸い、吐いた。

「行きましょうか。お話を聞かせてください」

そう告げて、彼女の手をさりげなくほどいた。

三階の取調室を使うことにした。ドアは開けておく。佐藤真由奈の正面には、当然のように梶原がどっかと座った。梶原が最初のひとことを言おうと息を吸い込んだとき、「この人、嫌」と佐藤真由奈は人差し指を向けた。

「あ？」

どすの利いた声は素だろう。

「嫌なの。嫌です。怖い。怖いから嫌」

そう言って両手で顔を覆った。まるで父親を嫌悪する女子高生のようだった。

梶原は無言で立ち上がり、薫子を睨《にら》みつけてあごをしゃくった。

薫子は佐藤真由奈の前に座り、「それではお話を聞かせてもらえますか？」と言ってから「高橋彰さんの」とあえてつけ加えた。

被害者の戸沼暁男がなぜ「高橋彰」と名乗ったのか、大方の筋書きはできていた。人はとっさに偽名を名乗るとき、自分とまったく関係のない名前は思いつかない。「高橋」は妻の旧姓で、「彰」は亡父の名前だった。

夫が自分の旧姓を浮気相手に名乗っていたと知ったら、妻はどのように思うだろう。遺族担当の富田組は、まだ偽名の件を妻に伝えていないらしい。じわじわとねちっこく、忍耐強く攻めていくのが富田のやり方だと聞いている。

「あっちょんは台湾にいると思います。きっと台湾でなにかあって帰国できないでいるんです」

佐藤真由奈は言った。

「台湾？」

「彼、先週、台湾に出張だったんです」

佐藤真由奈は説明をはじめた。高橋彰が、金曜日に帰国する予定だったこと。帰国したら電話をくれるはずだったこと。土曜日に会う約束をしていたこと。キーマカレーをつくってあげるつもりだったこと。

彼女は泣かなかった。行方不明の婚約者を心配するあまり泣き果て、もう涙のひと粒も残っていません、といったところだろうか。薫子はそんなふうに考え、意地が悪いな、とまた自分に思う。

気の済むまでしゃべらせようと相づちを打つだけにした。やがて、彼女はふたりの出会いまで遡《さかのぼ》り、高橋彰なる人物が離婚調停中で子供はいないことや、調布のマンションにひとりで暮らしていることを話した。

「彼の部屋に入ったことはありますか?」

薫子ははじめて質問らしい質問をした。案の定、佐藤真由奈は否定した。

「でも、部屋に入ったことはなくても、マンションは知ってます。パルコの並びにあるパルムマンション。その最上階。彼、ちゃんと教えてくれたもん。ほんとです。地図でも調べたし、実際に行ってみました。ちゃんとありました、パルムマンション」

梶原が取調室を出ていき、すぐに戻ってきた。

「捜索願、出したほうがいいですよね?」

眉尻を下げ、佐藤真由奈が言う。

「残念ですが、先日もお伝えしたように、あなたがおつきあいしていた方は戸沼暁男さんという人物です。先週の木曜日の未明に起きた殺人事件の被害者です」

薫子の予想に反して、佐藤真由奈の表情に変化は表れなかった。婚約者の身を案ずる憔《しょう》

のだ。

憔《すい》し切った顔のままだ。

知っていたのだ、と薫子は察した。知ったうえで、彼女はわずかな可能性にすがっていた

やがて佐藤真由奈は目を伏せ、「ほんと?」と小さくつぶやいた。

「残念ですが、その件については証拠がそろっています」

「絶対にほんと?」

あのな、と梶原が背後からだみ声を放つ。

「パルムマンションの最上階にはな、オーナー一家がずっと住んでるってよ」

「ほんとなの?」

佐藤真由奈は梶原にではなく、薫子に問う。

「ほんとうです」

「そうじゃなくて、ほんとに残念だと思ってる?」佐藤真由奈は視線を上げた。「あなた、残念って言ったけど、なににそう思うの? なにが残念なのよ」

挑発するようでもあり、覚悟を決めたようでもある強いまなざしだ。

「戸沼暁男さんが、あなたに偽名を使っていたことです。それから離婚調停中ではなかったことやお子さんがふたりいること。住所や勤務先などあなたに嘘をついていたこと、あなたがそれを信じたこと。でも、なにより殺人事件の被害者になったことを残念に思います」

本心から言っているのか、それとも形ばかりの言葉なのか、薫子は自分でもわからなかった。心からの言葉だとしても、ごく浅い部分から発せられた気がした。

いままで、なにごとにも動じないところが刑事に向いている、と言ってくれた同僚もいれば、他人に寄り添えなければいい刑事にはなれない、と薫子の冷淡さを指摘した上司もいた。心が動かないのは強いからでも自己コントロールできるからでもなく、どうでもいいからなのかもしれない、と薫子は思っていた。どうでもいいと思いながら捜査をする刑事に、被害者も加害者も心を開いてくれるはずなどない。

「あっちょんは嘘を言ったんじゃない」

佐藤真由奈はつぶやき、下腹部に添えた右手で小さな円を描いた。

「真由奈に言ったことがほんとうなの。あっちょんは離婚したかったの。真由奈と結婚したかったの。それなのに離婚できなくて、かわいそうなあっちょん。あっちょんに悲しい思いをさせるなんて、そんな人たち家族なんかじゃない」

――妄想ちゃん。

佐藤真由奈の元同僚の言葉が浮かんだ。

彼女と連絡が取れないあいだ、彼女が先月まで勤めていた会社に聞き込みをした。佐藤真由奈に交際している男性がいることは誰もが知っていた。「あっちょん」という呼び名も、「まゆたん」と呼ばれていることも、今年中に結婚することも、彼がコンサルティング会社に勤めていることも、キーマカレーが好きなことも、十四歳も上なのに甘えん坊なことまで知っていた。「だって聞いてもいないのにぺらぺらしゃべるんですもん。辞めるときなんて、寿退社なの寿退社なのってひとりではしゃいでましたよ」元同僚のひとりはそう言って苦笑した。

「でも、話半分以下で聞いてましたけどね。だって彼女、妄想ちゃんですから」

「妄想ちゃん？」

「なにもかも都合のいいように解釈して、自分の世界にどっぷり浸るんです。わたしはヒロイン、みたいな。いますよね、そういう女。でも、彼女は最強。はじめは病的な嘘つきかと思ったけど、彼女に嘘をついてる自覚はなくて、本気でそう思ってるんですよね。逆に怖いですけど。だから、誰も彼女には近づきませんでしたよ。特に男の人たちは」

元同僚の話によると、佐藤真由奈は入社早々騒ぎを起こしたという。

「先輩社員と取引先の営業のふたりから同時に言い寄られてる、って言うんですよね。でも自分がつきあってるのは課長だ、って。絶対に秘密ね、って言いながらしゃべりまくってましたよ。わたしたち、まだ彼女が極度の妄想ちゃんだって知らなかったから、本気にしちゃって。課長と佐藤さんが不倫してる、って」

あるとき、仕事上で小さなトラブルが発生した。珍しくもない納品ミスだが、担当は佐藤真由奈に言い寄っているらしいふたりだった。双方の会社から数名ずつが出席した会議の席に、佐藤真由奈はいきなり乗り込んで叫んだ。「わたしのせいで争わないで！」そして、「ごめんなさい！　わたし、課長とおつきあいしてるんです」と続けた。

先輩社員と取引先の営業はもちろん、その場にいた全員が仰天した。しかし、いちばん驚いたのはその場にいなかった課長だったという。彼は妻帯者で、結婚十年目にしてやっと子供が生まれたばかりだった。佐藤真由奈とつきあうなどあり得ない、ふたりきりで食事をしたこともない、というのが彼の言い分だった。思い当たることがあるとしたら、会社の飲み会のとき、「彼氏募集中です」と言った佐藤真由奈に、「結婚してなかったら俺が立候補するのにな」と軽口を叩いたことと、会社帰りに駅まで一緒に歩いたことが二、三度あることだった。

先輩社員と取引先の営業も、佐藤真由奈に言い寄ったことはないと主張した。ただふたりとも、今度合コンしようと軽いノリで声をかけたことはあった。

「昔、そういう歌があったらしくて。わたしのせいでけんかをしないでー、みたいな。一時、社内でその歌が流行《はや》ったんですよ。でも、すごくないですか？　無限大みたいな顔のくせに」

「無限大？」

「彼女の鼻の穴ですよ。無限大のマークみたいじゃないですか。ほら、8を横にした」

その後も、佐藤真由奈は何度か妄想を炸裂させた、と元同僚は言った。しかし、すでに

「妄想ちゃん」として周知されていたため、大きな騒ぎにはならなかったらしい。

「奥さんが殺したんでしょ？」

佐藤真由奈のまなざしが尖った。

被害者の妻、戸沼杏子は捜査対象者のひとりであり、いまだアリバイは成立していないものの、これといってあやしい点は見受けられないというのが富田の報告だった。言葉にはしなかったが、限りなく白に近い印象を持っているようだった。それでも富田のことだ、真っ白になるまで粘っこく調べ上げていくはずだ。

薫子は佐藤真由奈の問いを無視し、逆にアリバイを訊ねた。前回と同じように、うちにいました、と返ってくるのだと思っていた。

「あっちょんと一緒にいました」

きっぱりとした口調に、薫子の背中に緊張が走った。

「あっちょんが死んだとき、わたし、あっちょんと一緒にいました。わたしの魂はあっちょんと一緒だったの。あっちょんと一緒にわたしも死んだの。わたしも殺されたの」

そう言うと、わっと声をあげデスクに突っ伏した。

行方不明の婚約者が死んだと聞かされ、緊張の糸が切れて泣き出す女といったところか。嗚咽《おえつ》する佐藤真由奈を見下ろしながらそう思う自分にうんざりした。

薫子は、佐藤真由奈の気が済むまで黙って待った。彼女が泣きやんだのは二十分を過ぎてからだった。

「ここ数日どちらに行かれてましたか？　お留守だったようですが」

「あっちょんを残してどこにも行くわけないでしょ」

「何度かお伺いしたんですが」

「うちであっちょんを待ってました。ずーっと待ってた。でも、あっちょん死んじゃった。わたしの魂も死んだの！　いまのわたしは抜け殻なの！」

最後の力を使い切ったのか、悄然《しょうぜん》とした顔つきだ。彼女はゆるりと立ち上がった。ハンカチを握りしめた右手を下腹部に当てている。

「赦《ゆる》さないから」

まばたきを忘れた目を見開き、そうつぶやいた。


「いやあ。彼女、強烈でしたね」

中ジョッキを半分ほど流し込んだ石光《いしみつ》が、ぷはーっと息を漏らしてから言った。石光は薫子の部下で、この事件では富田と組んでいる。

事件発生以来はじめての帰宅となる薫子と石光は、居酒屋のテーブル席にいた。夕食がてら軽く飲んでから、薫子は賃貸マンションに、石光は独身寮に帰る。

「富田さんとのぞいてたんですけどね、あれ、本気で言ってんすかね。わたしの魂も一緒に死んだとかなんとか。最近の若い女ってわけわかんないすよ。っっても、俺のほうがひとつ若いんすけどね」

薫子は、小鉢の煮物をかっ込む石光と、頭のなかの佐藤真由奈を比較してみた。石光のほうが断然老《ふ》けている。

「やばいっすよね」

残りのビールを一気に飲み干し、石光が言う。「ビールくださーい」とおかわりを注文してから薫子に向き直る。

「長引きそうな気配しません？　ちょっと楽観視してた部分あったじゃないすか。怨恨の線を潰してけば挙げられるだろうって。誰も口には出しませんでしたけど、そういう雰囲気ありましたよね。初動捜査ミスったんじゃないすかね。流しのほうに重点おいたほうがよかったんじゃないすかね。いまだから言えますけど」

「別に流しを軽視したわけじゃないと思いますよ」

「でも富田さんも梶原さんも鑑取りじゃないっすか。あの人たち、ホシに近いほうを担当するって噂っすよ」

その噂はたぶん真実だ。薫子は「そうですね」と返すだけにした。

薫子が部下や後輩にも敬語を使うのは、彼らが自分より上の立場になったときのためだった。これまで、昇進試験や異動を機に上下関係が逆転するのを何度も見てきた。「カス」

「クソ」呼ばわりしてきた後輩に、敬語を使わなくてはならなくなったときの男たちの顔。屈辱感を露《あら》わにする者もいれば、平静を装う者もいれば、嫌みったらしい者もいた。いずれにせよ醜かった。

薫子が巡査部長に昇進したときもそうだった。薫子に面と向かって「デブ」「ブス」「マグロ」などと言い放っていた一期上の先輩が試験に落ち、強く希望していた刑事になることもできなかった。あのときの彼のぐちゃぐちゃな表情。彼は薫子にもごもごと敬語で挨拶をし、次の瞬間、「このデブがっ」と吐き捨てた。しかし、彼は自分が言葉を発したことに気づいていなかった。妬《ねた》み、憎しみ、蔑み。なりたくてなった職業でもないのに、そんな無駄なエネルギーを使いたくはなかった。

「先輩、どうすか?」

石光はにやついている。

「ん?」

「梶原さんすよ。会議のとき、年増って言われてましたよね」

「そっちこそ富田さんはどうですか?」

「蛇みたいっすよ。なに考えてるかわかんないし、やたら細かいし、あんまり話してくれないし」

「マルガイの妻の線はなさそうですか?」

「たぶん」

「押収した包丁は?」

「明日の会議で報告ありますけど……」

石光は最後まで言わず、首を小さく横に振った。

「流しだとしたら厳しいっすね」

ぽつりと吐き出す。

目撃情報は五日たったいまも、ひとつも上がってこない。悲鳴や言い争う声を聞いた人もいなければ、走り去る車の音や靴音を聞いた人もいない。いまだ凶器は見つかっておらず、現場から採取したプラスチック片や繊維は遺留品かどうかさえ判明していない。

事件発生直後、薫子は一一〇番通報の無線指令を受けて臨場した。前日からの雨は激しさを増し、叩きつける雨粒で地上はスモークをたいたようにけぶり、視界が確保できなかった。街路灯の光をのみ込んだ雨は、暗い銀色の斜線となってモノトーンの風景を塗り潰していた。車一台が通れるほどの狭い路地だった。警察車両の赤色灯が行き場を探すように、ぼんやりとした色を高い塀に放っていた。

戸沼暁男はうつぶせで倒れていたが、彼よりも傍《かたわ》らのビニル傘のほうに目がいった。もしビニル傘がなければ、遺体発見は翌朝になっていたかもしれない。被害者はまるで黒い水底にいるかのように、どしゃぶりの夜と同化していた。背中を七か所刺されていた。容赦なく打ちつける雨で、全身から真っ黒な血が流れているように見えた。被害者は驚愕の表情のまま固まっていた。自分の身になにが起きたのかわからないまま息絶えたのではないだろうか。恨みによる犯行だと薫子は感じた。確固たる根拠があったわけでも、刑事の勘というものでもなく、まるで大きな力に刷り込まれたようにごくあたりまえにそう思っていた。

あとづけの理由ならいくつかある。通り魔がこんな大雨の深夜にわざわざ出歩くだろうか、しかもひと気のない奥まった路地を選ぶだろうか、ということ。背後からほぼ同じ位置を執拗に刺していること。しかし、現場でそういったことは思いつかず、ただ、被害者の死に暗く強い感情が絡みついているように感じたのだった。

薫子は頭のなかで、佐藤真由奈をあの場所に立たせてみた。右手に包丁を握らせてみた。しっくりくるようでもあったし、場違いのようでもあった。

「先輩、だいぶやられてますね」

唐揚げをほおばりながら石光がからかう調子で言う。薫子は無視してビールを飲み干し、おかわりを注文した。

「やっぱ、さすがの石の女でも梶原さんはきついっすか」

「石じゃないですから」

石光がなぜ、こんなおもしろくもない自分になついてくるのか薫子にはわからない。

「妄想女よりいいじゃないすか」

石光は顔を近づけ、声をひそめて続ける。

「で、先輩はどう見てるんすか？　彼女、クロっすか？」

薫子は答えず、運ばれてきたジョッキに口をつけた。どうやら石光は佐藤真由奈の妊娠には気づいていないようだ。

妊娠している女が、父親である男に殺意を抱くだろうか。たとえ抱いたとしても行動に移すだろうか。もし、男が結婚する気などないと知ったら？　それなら可能性はあるかもしれない。

6

佐藤真由奈の視界に花が飛び込んできた。塀に立てかけてある、小さくて貧相な菊の花束。いつからあるのだろう、花びらの縁が茶色くなっている。

両側を塀に挟まれた路地は、アスファルトの灰色がほかの場所より濃く見えた。一軒家と木造アパートが身を寄せるように建ち、五階建てのマンションだけが場違いに新しい。路地沿いに並ぶ窓は薄灰色に塗り潰されている。昼を過ぎたばかりなのに人の気配がせず、駅周辺のにぎわいから完全に切り離されている。

こんな場所であっちょんは死んだ。どしゃぶりの真夜中に。

死んだ瞬間、あっちょんは高橋彰から戸沼暁男になった。高橋彰は世の中から消滅し、はじめから存在しない人になってしまった。戸沼暁男があっちょんをのみ込んだのだ。

——あなたが高橋さんだと思っているのは戸沼さんです。

梶原という刑事の言葉が、真由奈のなかにいる高橋彰をも消し去ろうとしているように感じられた。

真由奈は下腹部に手を添えた。小さな命をいとおしむためでなく、そこが空洞であるのを確かめるために。下腹部がしくしく痛む。子宮が泣いている。

もうわたしにはなにもない。あっちょんも、わたしも、わたしたちの赤ん坊も、みんな死んでしまった。

最後の希望が断ち切られたのは三日前だった。府中警察署を出た真由奈は、下腹部の不穏な痛みに気づいた。タクシーで病院に行ったが、すでにどうしようもなかった。お腹の子が流れてしまったというのに入院も手術も、治療さえもする必要がなく、飲み薬だけ処方されて帰された。病院にいたのは一時間にも満たなかった。

それがお腹の子の価値なのか、と真由奈は打ちのめされた。自分の価値でもあり、あっちょんの価値でもあり、わたしたちの愛の価値でもある。

軽んじられている。ないがしろにされている。たった一時間でなかったものにされている。なぜなら、高橋彰は存在しない人だから。

「赦さない」

真由奈はつぶやいた。

何度口にしただろう、息を吐くように自然と声に出るようになった。しかし、なにに対して赦さないと思っているのか、自分でもわからなかった。赦さないという思いが強すぎて、ほかのすべてが見えなかった。

背後に人の気配を感じた。振り返ったのと同時に追い抜かれた。目が合ったほんの一瞬が、真由奈には切り取られた時間に感じられた。

ショートカットの女の子だった。中学生だろう、白いブラウスにえんじ色のリボン。柑橘系のオーデコロンがふわりと香った。目が合ったのは一秒にも満たなかったのに、彼女は憎しみをたぎらせた目で真由奈を睨みつけた。彼女は怒っていた。泣いていた。顔は紅潮し、目のふちが赤らみ、瞳は潤んでいた。

戸沼史織、とまるでプレートが掲げられたように頭に浮かんだ。

府中南中学二年生、バレーボール部——あっちょんの長女とされている子だ。

あっちょんと似ていると感じたわけではない。ただ閃《ひらめ》くようにわかってしまった。

一瞬とはいえ目が合ったのに、そしてその瞳はたしかに真由奈を捉えたのに、彼女は歩調を緩めることも訝《いぶか》しげな表情になることもなかった。真由奈を無視し、怒りと悲しみを蹴り出すように歩いていく。

「赦さない」

口のなかでつぶやいていた。

怒っているのはこっちだ、悲しいのはこっちだ。

それなのになんなのだ、その態度は、その表情は。まるで世の中でいちばん不幸でかわいそうなのは自分みたいな顔をして。

真由奈は、彼女の背中に吸い寄せられるように歩き出した。路地を抜け、片側一車線の道路を渡り、また路地に入っていく。

古い建物が並ぶごちゃごちゃとした湿っぽい住宅地。その行き止まりの路地沿いに戸沼暁男の家はあった。小さな家だ。平凡な黒い門扉、薄汚れたクリーム色の壁、黒い瓦屋根、窓はすべて雨戸が閉まっている。

彼女は自分で鍵を開けて、その家へと入っていった。

白いプラスチック板に〈戸沼〉と黒文字で書かれた表札は、文字がところどころ色落ちしている。

わたしならこんなそっけない表札にはしない、と真由奈は思った。小鳥か花をモチーフにしたおしゃれで温かみのある表札にする。そこに、あっちょんとわたしの名前を丸みのある文字で並べて書くのだ。来年にはそこにもうひとつ名前が加わるはずだった。

信じられない。あっちょんが、こんな陰気くさい路地の、こんな年寄りの家みたいなところに住んでいたなんて。かわいそうに、あっちょん。我慢してたんだ。犠牲になってたんだ。あっちょんにそんな思いをさせたのは、家であり、表札であり、家族だ。家族さえいなければ、あっちょんは望みどおり調布のマンションの最上階に住むことができたし、わたしと結婚することができたのに。

我城という女刑事は、あっちょんは離婚調停中ではなかったと言った。でも、あんなおばさんに男と女のなにがわかるの？　仮に離婚調停中じゃなかったとしても、それは妻が一方的に拒否したからに決まっているじゃないか。

はじめから愛がなかった、とあっちょんは言っていた。妊娠したと騙《だま》され、結婚させられてしまった、と。僕なんかのどこがよくてそんなに結婚したいと思ったのかなあ、いま考えるとお金が目当てだったのかなあ。そう言ってほほえんだ。

あっちょんは素敵だもん、みんな結婚したいと思うよ。でも、そんな嘘をつくなんてひどい。あっちょんがかわいそう。真由奈がそう返すと、ありがとう、まゆたん、と頬にキスをしてぎゅっと抱きしめてくれた。

使い古しの箱みたいな家を見ながら真由奈は泣いた。〈戸沼〉と書かれた野暮ったい表札を見るともっと泣けた。

女刑事は、あっちょんが嘘をついたと言ったが、嘘をついたのは彼の妻のほうだ。あっちょんは騙され、したくもない結婚をし、欲しくもない子供を持ち、家族に縛りつけられたのだ。

仕返ししなくちゃ。あっちょんを不幸にしたやつらを赦すわけにはいかない。

7

佐藤真由奈のアリバイが成立した。

マンションの一階の住人が、事件当日の午前一時半ごろドアスコープから彼女の姿を見たと証言したのだ。

「まちがいないよ。六月十日。あ、十二時すぎだから十一日か。どしゃぶりの夜だったよな。俺、その日の朝すぐ病院行って、そのまま昨日まで入院してたからまちがいないって。前立腺だよ、前立腺。だからトイレ近くてさ。あの夜もトイレから出たら、ドアスコープがぱっと明るくなってさ。階段の電気がついたんだよ。センサー式だから自動でつくんだ」

男はマンションオーナーの親戚で、管理人を兼ねていた。日頃からごみ出しのルールを破る住人がいて憤慨していたという。

「だから、夜中にごみを出すつもりなんだと思ってドアスコープからのぞいたのよ。そうしたら二階の佐藤さんでさ。コンビニでも行こうと思ったんじゃないの。財布だけ持って、どしゃぶりなのに傘は持ってないのよ。で、外に出ようとしたところで気づいたみたいでさ、そのまま上に戻ってったよ」

管理人がベッドに戻ったのは午前一時三十分ちょうどだった。時計を見たのを覚えているという。

犯行時刻は、午前〇時五十分から午前二時のあいだだ。佐藤真由奈が暮らす井荻のマンションから府中の犯行現場までは、電車では一時間半、車でも一時間近くかかる。彼女の犯行は不可能といえるだろう。

管理人宅を出ると、梶原はエントランスに向かった。

「佐藤真由奈を訪ねなくていいんですか？」

我城薫子が声をかけると舌打ちが返ってきた。ゆっくりと振り向いた梶原は、忌々しげな顔で薫子の頭の先から足の先までをねめつけた。

「調子にのってんのか？」

眉間に深いしわを刻み、凄む声だ。

「はい？」

「あの女に信頼されてるとでも思ってんのか？」

「いえ」

「勘違いすんなよ。おまえなんかが信頼されるわけねえだろ。あの女がおまえにぺらぺらしゃべったのはな、おまえをばかにしてるからだよ。あの女はな、おまえを見下してんだよ。

そんなに行きたいならおまえひとりで行ってこいや。目障りなんだよ。ついてくんな」

そう言って梶原はマンションを出ていった。

梶原についていくべきか、佐藤真由奈を訪ねるべきか迷ったのは一瞬で、薫子は階段を上がった。

インターホンを鳴らしたが、応答はない。居留守を使っているのか、ほんとうに不在なのか。三回鳴らし、あきらめかけたときドアが開いた。細い隙間に上目づかいが見えた。

「府中署の我城です」

ドアスコープで確認したのだろう、佐藤真由奈は小さくうなずいた。

「少しお訊ねしたいことがあるんですが、よろしいですか?」

反応がなかったが、薫子は玄関に入った。

「六月十一日の午前一時半ごろ、戸沼さんの事件があったころですが、佐藤さんはコンビニかどこかに出かけようとしましたか?」

佐藤真由奈は表情を変えずに見返してくる。

「覚えてませんか? 一階まで下りたのに、そのまま部屋に戻りましたよね?」

「なんでそんなこと聞くのよ」

だるそうな声音《こわね》だ。

「確認です。佐藤さんを見たという方が現れたので」

「わたし、わかったの」

「はい？」

「あっちょんを殺した人」

「誰でしょう」

「家族よ。彼の家族。奥さん」

蠟人形のように固まった顔の、くちびるだけが寄生虫のように動く。

「なぜそう思われるのですか？」

「思うとか思わないじゃなくてそうだからよ」

「生前、戸沼さんがなにかおっしゃってたんですか？」

「あっちょんが？」

「家庭でトラブルがあるとか夫婦仲が悪いとか」

「夫婦仲なんて悪いに決まってるでしょう」

佐藤真由奈が声を張った。

「あっちょんは結婚なんかしたくなかったんだから。ずっと我慢してたんだから。あなた、前にわたしに、あっちょんに騙されてかわいそうみたいなこと言ったけど、わたし騙されてなんかいないから。わたしといるときのあっちょんがほんとのあっちょんだったんだから」

佐藤真由奈は、戸沼暁男から聞いたという話をまくしたてた。妊娠したと嘘をつかれて結婚したこと、妻は金目当てだったこと、はじめから愛のない結婚生活だったこと、妻が離婚に応じなかったこと。

「騙されたのはあっちょんのほうよ。あいつらがあっちょんを殺したの。わたしたちみんなを殺したの。あいつらがいなかったら、わたしたちは愛に包まれて幸せな生活を送っていたのに」

彼女が戸沼暁男の家族を憎んでいることはわかった。それにしても理解できないのは、犯人を憎んではいないのだろうか、ということだ。

佐藤真由奈はまだ一度も、誰が戸沼暁男を殺したのか訊ねていない。必ず犯人を捕まえて、と言ってもいない。戸沼暁男が誰に、なぜ殺されたのか、それが頭から抜け落ちているように感じられた。

あ、牛乳、と佐藤真由奈が呆《ほう》けたようにつぶやいた。

「牛乳買いに行こうと思ったの。あのころのわたし、眠ってばかりだったのね。夜に目が覚めて、急に牛乳が飲みたくなったの。それでコンビニに行こうと思って部屋を出たんだけど、すごい雨だったからやめたの」

「それは事件があった夜のことですか？」

「いつだっていいじゃない」

ふふ、と彼女は小さく笑った。

「いままで牛乳なんか飲まなかったのに変でしょ。やっぱりあのころは体がカルシウムを求めてたのね。だってもう牛乳なんか飲みたくないし、ヨーグルトだって食べたくないもの」

おや、と薫子は思った。まるで妊娠が過去の出来事だったような言い方だ。もしかして堕《だ》胎《たい》したのだろうか。それとも流産したのか、想像妊娠だったのか。訊ねるべきか悩んでいると、佐藤真由奈が口を開いた。

「あっちょんはすごくやさしかった。わたしのすべてを愛してくれたの」

ひとりごとの口調だ。幸せな記憶と向き合うように、何度もうなずいている。

「わたし、九月が誕生日なの。だから九月に旅行しようねって約束してたの。そのとき、きっと彼、指輪をプレゼントしてくれるつもりだったと思う」

「いままでなにかプレゼントしてもらったことは？」

「あるに決まってるじゃない。バッグとかお洋服とか靴とか時計とか。デートのとき真由奈が、これかわいいって言ったら、すぐに買ってあげるよって。真由奈、そんなつもりじゃなかったのに」

真由奈、と自分を呼ぶとき、彼女は舌足らずの甘えた声になった。戸沼暁男の前でいつもそんな声を出していたのだろう。

彼に買ってもらったというバッグと時計を見せてもらうと、どちらも薫子でさえ知っている海外ブランドのものだった。

「あたりまえでしょ。週末しか一緒にいられないからまゆたんのしたいことなんでもしてあげるよ、って言ってくれたの。ごめんね、って。でも、もう少しの辛抱だからね、って」

戸沼暁男が消費者金融から借りた金を彼女との遊興費にしていたことはまちがいなさそうだ。

富田の捜査報告を思い出した。あれはわりと早い段階、たしか事件発生の翌々日の捜査会議でのことだった。

――被害者は家庭での居場所がなかったように推察できます。被害者の妻も子供も、被害者のことをあまり知らないというか、関心を持っていないような口ぶりでした。

後日の捜査会議では、戸沼家は生活に余裕がなく、被害者の小遣いは昼食代を含め月に二万円だったことを知った。

――妄想ちゃん。

佐藤真由奈の元同僚の言葉を思い出し、妄想を抱いていたのは佐藤真由奈だけではなく、戸沼暁男も同じだったのかもしれないと思った。佐藤真由奈と戸沼暁男はふたりで妄想の世界をつくり、どっぷりと浸っていたのではないだろうか。

「ねえ」

袖口をつかまれ、はっとした。


「デート代も彼が？」

佐藤真由奈が上目づかいを向けている。

「あいつらはわたしのこと知ってたの？」

「あいつら、というのは？」

薫子はとぼけた。

「あっちょんの家族よ」

「佐藤さんの存在は知らなかったようです」

佐藤真由奈の手が滑り落ちた。

8

戸沼杏子は、だらだら泣き続ける老婆を蹴りつけたい衝動を抑えていた。

血は水よりも濃い、という言葉がふっと浮かぶ。悪い意味でだ。

こんな人でも母親なのだ、と思い、こんなときにしか母親らしさを発揮できない戸沼絹子《きぬこ》に苛立《いらだ》った。

「かわいそうに」

そればかり繰り返す義母は、涙と洟《はな》をぬぐうためにティッシュひと箱を使い切る勢いだ。

うちのティッシュを勝手に使わないで！　図々しい！　喉もとで言葉が暴れている。杏子の心中を察することなく、絹子はまたティッシュをささっと二枚引き抜き、水っぽい音をたてて洟をかんだ。

「幸せに暮らしてるとばかり思ってたのに、あの子、ちっとも幸せじゃなかったんだね。かわいそうに」

義母とは、もともと希薄な関係だ。夫の実家は北海道の室蘭《むろらん》市にある。義母は長男一家と暮らし、すぐ近所に長女一家が住んでいると聞いていた。どちらにも孫がいるらしい。杏子たちが最後に夫の実家に行ったのは十年以上前のことだ。ここ数年のあいだ、実家に帰る話が出たことはないし、そもそも義母や実家が話題に上ったこともない。夫の実家は、杏子たち家族とは無関係の存在だった。それとも、そう思っていたのはこちら側だけだったのだろうか。

「よっぽどストレスが溜まってたんだろうね。毎日毎日我慢してたんだろうね。なにを楽しみに生きてたんだろう。かわいそうに」

「浮気が楽しみだったんじゃないですか」

つらっと言葉がこぼれ出た。

義母がきっと睨む。

「杏子さん、あんたひどいこと言うね。あんたが追い込んだんじゃないの？　そうじゃなきゃ、バカがつくくらい真面目な子なんだから浮気なんかするわけないじゃないか。きっと家に居場所がなかったんだよ。かわいそうに」

義母の「かわいそう」にかかる意味は、さっき刑事が来てから変わった。それまでは殺されたこと、死んでしまったことに対するかわいそうだったが、いまは生前の暮らしぶりに対する比重が大きい。

またティッシュを二枚引き抜いた。

図々しい。不快感にみぞおちがねじれるようになる。

責任のないところで都合よく母親ぶるその身勝手さと無遠慮さ。それが平然とティッシュを使うことにも表れていると思った。

義母にはなにかしてもらった覚えはない。結婚祝いも出産祝いももらっていないし、子供たちにはお年玉どころか誕生日やクリスマスにもプレゼントをもらったことはない。一度、ばかでかい新巻鮭《あらまきじやけ》を送りつけてきたことがあったが、処理に困って結局捨ててしまった。夫の実家は貧乏だ。だから、「余裕がないからなにもしてあげられない」らしい。

「ああ、またためまいがしてきたよ。わたしちょっと横になるから」

そう言うと、居間を出ていった。

義母は、階段を上がってすぐの三畳の納戸《なんど》に寝泊まりしている。一階の和室で寝るようにすすめても、「暁男が使っていた部屋で寝たい」と言い張り、そこが納戸だと知ると「あんた、一家の大黒柱をこんなところで寝かせてたのかい」と怒った。「なんだっけ、そういうの。鬼嫁とか言わなかったっけか」そう続けた義母に、「狭いところのほうが落ち着くからとあの人が望んだんです」と答えたが、心のなかでは、なにが一家の大黒柱だ、図々しい、と思っていた。

この家は杏子が母から相続したものだし、夫が無職のあいだは杏子の貯金を崩したし、固定資産税も子供たちの教育費も母が遺してくれたお金でまかなった。義母なんか一銭も出さなかったじゃないか。

義母と入れ違いに、子供たちが二階から下りてきた。

「あのババア、いつまでいるの？」

史織が声をひそめずに言う。

「ちょっと、シーッ」

人差し指を口に当てたが、母親の注意を無視するどころか逆に声を張った。

「だって迷惑じゃん。なんのためにいるの？」

「一応、お父さんのお母さんじゃない」

「だからなに。うちらに関係ないじゃん。あのババア、邪魔なだけでなんの役にも立ってないじゃん」

笑うと人なつこいカーブを描く史織の目がつり上がっている。

夫が死んでから、史織の言葉づかいは乱暴になった。常に苛立ち、攻撃的だ。仕方がないと思う。夫があんな死に方をしたせいで、史織はあることないことネットに晒《さら》された。学校に行けなくなったばかりか、何度かマスコミの人間に捕まったせいで外出することさえできない。一度だけ登校したが、昼すぎに帰ってきた。なにがあったのか聞いても、部屋に閉じこもり口をきいてくれなかった。わずか十日で、史織は内外ともに硬質になってしまった。反対に、優斗は泣いてばかりだ。いつもおどおどし、神経が過敏になっている。数日前にはおねしょをし、「もうだめだ」と大泣きをした。こんな状態で学校に行かせられるわけがない。

義母が、義姉に連れられてやってきたのは三日前の夕方だった。「いま空港に着いたから」といきなり電話がきて驚いたが、夫の葬儀のときのようにホテルに宿泊するのだと思っていた。ところが、義母だけがしばらく家に泊まるという。「悲しみたりないと思うんだよね」と義姉はぼそりと言った。「暁男の葬儀のとき、パニックになっちゃったっしょ。だから、満足に泣けなかったし、お別れできなかったと思うんだよね」

棺《ひつぎ》の釘打ちのとき、義母は幼児のように泣き叫び、卒倒した。病院に運ばれ、一泊入院してからそのまま北海道に帰ったのだった。

こういうところも図々しい、と杏子は思う。都合のいいときだけ現れ、都合のいいことしかしない。面倒ごとや厄介ごとをかわし、けっして自分の身を削ることはしない。やはり親子だ、夫とそっくりだ。

「明日帰ってもらいましょ」

杏子は言った。

「帰らないんじゃないの。さっき、警察が捕まえられないならわたしが犯人を見つけて処分します、って言ってたじゃん。処分だよ、なんだよ処分って。バッカじゃないの」

「あんた、なんで知ってるの。二階に行ってなさいって言ったでしょ。盗み聞きしたの？」

「どうでもいいじゃん」

うえーん、と優斗が泣き出した。

刑事が来たのは一時間ほど前だった。杏子は子供たちに二階へ行くように言った。おとなしく居間を出ていったふたりだが、階段を上がったふりをして居間のドアの前で耳を澄ませているのを感じていた。もういい、と杏子は放り出すように思った。子供たちにもすべてを知ってもらおう。自分たちの父親がどんな人間だったのか、隠れてどんなことをしていたのか、それは殺されるようなことだったのか。

義母は刑事に言った。「わたしはあの子の母親です。嫁の知らないことでもわたしなら知っているかもしれません」

嫁、と呼ばれたことに杏子は屈辱を感じた。あんたに嫁呼ばわりされる筋合いはない、と心のなかで毒づいた。

刑事は、佐藤真由奈という女について説明した。夫の浮気相手だったこと、毎週土曜日に会っていたこと、消費者金融から借りた金をつぎ込んでいたこと、彼女に偽名を名乗っていたこと、その偽名が杏子の旧姓だったこと、離婚調停中だと嘘をついていたこと、子供はいないと言っていたこと、そして佐藤真由奈にはアリバイがあること。

なにより杏子の神経を逆撫でしたのは、自分たちが結婚した経緯についてだった。佐藤真由奈の話によると、杏子が妊娠したと嘘をついて強引に結婚したことになっていた。冗談じゃない、と思うと同時にそう口にしていた。

「冗談じゃないですよ。わたしはそんな嘘ついてません。だいたい、あの人とそんなに結婚したかったわけじゃありません。あの人のほうがわたしの手料理を食べたがって結婚しようって言い出したんです。それなのに、そんな大嘘つくなんて信じられない。最低」

義母がいようがどうでもよかった。夫は死んだのだから、彼の母親とはもうどんなつながりもない。

「嫁にそんなふうに言われて、死んだあの子はさぞ悲しむだろうね。かわいそうに」

義母は目に手を添え、涙声で言った。

なにもかもうんざりだった。夫にも義母にも刑事にも、夫が殺されてからの日々にも、先の見えないこれからの生活にも。しかし、杏子をもっともうんざりさせたのは自分自身だった。自分自身にショックを受け、打ちのめされていた。

わたしは、自分が思っていたような人間じゃなかった——。夫の死によって思い知らされた。

自分のなかにこれほどの冷酷さがひそんでいたなんて想像できなかったし、いまでも信じられない。最初はパニックを起こし、感情が麻痺しているせいだと思っていた。しかし、ちがう。杏子は夫の死を悲しんでいなかった。それどころか面倒な死に方をしたことに腹を立てている。夫に関するすべてを罵倒したい気持ちだった。

夫への愛がないことは自覚していた。それでも十五年夫婦をやっていたのだ。最後の最後には情が残り、良くも悪くも他人ではない近しさを感じるのだろうと思っていた。

「なんにもないじゃん」

冷蔵庫を開けて史織がつぶやく。振り返り、「お腹すいたんだけど」とつり上がった目をして告げた。

「僕もお腹すいた」

ぐずぐずと洟をすすりながら優斗が言う。

もうすぐ二時になる。刑事たちが来たせいで昼食がまだだった。

「そうだね。お腹すいたね。スパゲティでいい？」

うん、と答えたのは優斗だけで、その声はうつろだった。

家に閉じこもっているせいで、ふたりともはけ口をなくし煮つまっている。それは杏子も同じだった。せっかく慣れてきたパートもこのまま辞めざるを得ないだろう。

食卓につき、レトルトのミートソースをかけたスパゲティを食べた。サラダもスープもなく、麦茶の入ったコップを添えただけだ。買い物のほとんどは宅配便で注文しているため割高で、その分無駄なものはいっさい買わないようにしている。

「包丁、まだ返ってこないんだね」

史織がぼそりと言った。

「警察も忙しくて忘れてるんじゃない？　いいじゃない、別に。百均の包丁でも十分切れるわよ」

「お母さん、疑われてるんでしょ？」

史織はくいっと顔を上げ、挑むような視線を向けた。

すぐに答えられず、杏子は口ごもった。「なに言ってるのよ」が、やっと出た言葉だった。

「お母さん、お父さんを殺したの？」

「なに言ってるのよ！」

今度は反射的に飛び出した。

「冗談だよ」

「冗談でもそんなこと言わないで。優斗がびっくりしてるじゃない」

「でも疑われてるよね」

「疑うのが警察の仕事だもの」

「誰が殺したと思う？」

「そんなことわからないわよ」

「お父さんを恨んでる人だと思う？　それとも通り魔だと思う？」

「わからないって」

「わたしは通り魔だと思う」

史織は落ち着いた顔で杏子を見つめた。

「どうして？」

「だってお父さんが誰かに恨まれるなんて想像できない。これ、褒めてるんじゃないからね。だってお父さんってみんなにスルーされて見下されてたよね。そんな人のなにを恨むの？　恨むようなところないじゃん。浮気相手にはアリバイがあるんでしょ？　じゃあ、ほかにお父さんのことなんて相手にする人いないよ」

たしなめようとしたが、できなかった。史織の言葉は、そのまま杏子の気持ちでもあった。毒にも薬にもならない人が誰かの恨みを買うとは思えなかった。

「もうやめなさい」

かろうじてそう言ったのは、優斗が怯えた顔で固まっているのに気づいたからだ。

「あのときだってそうじゃん。キャンプのとき。お父さんにも友達がいるんだってちょっと見直したら、お父さん、みんなに相手にされなかったじゃん。それなのにへらへらしてさ。

でも、仕方ないよね。わたしから見ても、お父さん、なんの役にも立たなかったもん。火も熾《おこ》せないし、テントも張れないし、釣りもできないし、空気読めないし、なんのためにいるのって感じ。だからうちら、すごく居づらかったじゃん」

史織がキャンプのことを言い出したのは遺影が目に入ったせいだろう。

気弱な笑みを浮かべるぼやけた男。いまとなっては、キャンプで撮ったこの写真が夫の印象をそのまま表しているといえる。

「あのキャンプ、ほんとに嫌だった」

優斗がぼそりとつぶやく。

「ほんと最悪だった。キャンプのことなんて思い出したくないのに、なんでこんな写真にしたの？」

「それしかないのよ」

杏子はフォークにスパゲティを巻きつけながら答えた。何度やり直してもちょうどいい量にならず、なかなか口に運べない。

「でも、ちがったんだよね」

史織の声音が変わった。

「うちらが見てたお父さんだけがお父さんじゃなかったんだよね。サトウマユナって女、お父さんより十歳以上も若いんでしょう？　借金してその女にお金つぎ込んだんでしょう？

結局、お母さんのこともその女のことも騙してたってことだよね。お父さんにそんなことができるなんて信じられない」

「僕たちのせいなの？」

優斗は泣いていた。くちびるをオレンジ色に染め、頰にはひき肉のかけらがついている。

「どういうこと？」

「だってお祖母《ばあ》ちゃんが言ってたじゃないか。お父さんがかわいそうだ、って。家に居場所がなかったんだ、毎日我慢してたんだ、って」

「そんなことあるわけないじゃない！」

「あんな人のこと、お祖母ちゃんなんて呼ばないでよ！」

杏子と史織の声が重なった。

うえーん、と幼児のように発音し、優斗は本格的に泣き出した。

第二章　姿なき悪意

1

　捜査線上に蟹見圭太《かにみけいた》が浮かんだのは、迷惑駐車の通報からだった。マンションの敷地内に最近、同じ車が長時間停まっているというよくある苦情だったが、戸沼暁男の殺害現場に近い場所だったため捜査本部に連絡が入った。

　通報者はマンションに住む七十代の女性で、交番勤務の地域課署員が現着した際にも、白い軽自動車がエントランスの真ん前に停められていた。ナンバーから車の所有者を調べたところ埼玉県所沢市のリフォーム会社で、車の使用者は社員の蟹見圭太、二十八歳。しかし、リフォーム会社によると、そのマンションの仕事はしていないという。通報者の話では迷惑駐車は一か月ほど前からで、戸沼暁男が殺害された日にも停まっていたかもしれないとのことだった。

捜査本部の調べで、蟹見圭太と佐藤真由奈の接点が見つかった。ふたりは佐藤真由奈が勤めていた寝具メーカーの同期で、蟹見圭太は新卒で入った寝具メーカーを二か月で辞め、その後は職を転々とし、一か月前から所沢市のリフォーム会社で営業職に就いている。

蟹見圭太を聴取した捜査員によると、彼がマンションを頻繁に訪ねたのは入居人の女性に会うためで、エントランス前を駐車場代わりにし、買い物や食事に出かけることもあったという。事件前日も女性を訪ねたが、犯行時刻である十一日未明は小平市にある自宅アパートにいたと証言した。

我城薫子は梶原とともに蟹見圭太のアパートを訪ねた。

「佐藤真由奈のことなんか覚えてねえよ。そりゃ名前と顔くらいなんとなーく記憶にあるけど、そんなの覚えてるなんて言わねえだろ」

インターホンを数回鳴らして、やっとドアを開けた蟹見圭太は明らかに寝起きだった。茶色い髪は寝ぐせで逆立ち、腫《は》れぼったい目は半開きで、起こされた不機嫌さを隠そうともしなかった。

「最近、連絡を取り合ったことは?」

梶原が聞くと、目をこすりながら「ねえよ」と即答した。

「佐藤真由奈から連絡がきたことは?」

「だから、ねえって」

「じゃあ、戸沼暁男という男に心あたりは？」

「ねえよ」

「ちゃんと思い出してよ」

「ほんっとしつこいなあ。なに、あの女が犯人なの？　あれだろ、会社員が殺された事件。あいつ疑われてるわけ？　でも、佐藤真由奈ってどんな女だっけ。あんまり印象にないんだけどなあ」

やっと眠気が覚めたのか、口調がはっきりしてきた。彼が平日の昼間に寝ていられるのはリフォーム会社を辞めたからだ。

梶原の肩越しに蟹見圭太を眺めながら薫子は、すぐに辞められるなんてこの男はまともに働いていなかったのだな、とぼんやりと考え、しかし自分もまた刑事を辞めたいと言えばすぐに辞められるのではないかと思い至った。とりあえずのつもりで警察官になり十五年目に入ってしまった。

蟹見圭太はグレーゾーンに仕分けられることになるだろう。このグレーゾーンには、犯人の可能性は低いがゼロとは言い切れない大勢の人間が分類されている。こじつけレベルも含め被害者となんらかの接点があり、はっきりとしたアリバイが成立していない人間たちだ。このひとりひとりを潰していくとなると数年はかかるだろう。

ポケットのスマートフォンが鳴った。佐藤真由奈からだ。アパートの階段を下りてから電話に出た。

「話したいことがあるの。すぐに来て」

佐藤真由奈はいきなり言った。

「どうかしましたか？」

「会ったら言うわ。井荻駅の南口にカフェがあるの。そこで待ってるから」

佐藤真由奈は店名を告げると一方的に通話を切った。どのみち彼女を訪ねる予定だったが、気が重くなった。

「佐藤真由奈から電話がありました。話したいことがあるそうです」

階段を下りてきた梶原に声をかけた。

「自白か？　共犯がいたのか？　蟹見か？」

「たぶんちがうと思います」

「じゃあなんだ？」

眉間にしわを刻み、苛立ちを露わにする。

「わかりません。会ってから話すそうです」

「えらそうに。何様だよ」

「井荻のカフェで待っているそうです。すぐに来てほしいと言っていました」

「気軽に呼びつけんなよ。図々しい」

唾《つば》を吐くように言い、梶原は大股で歩き出した。

佐藤真由奈はカフェのテラス席にいた。

表情を曇らせたのは、梶原も一緒だからだろう。

「俺は別の席にいるから、女同士で好きなだけくっちゃべってくれや」

梶原は佐藤真由奈の背後のテーブルにつき、「おい、にいちゃん。アイスコーヒー。伝票はあっちのテーブルにつけてくれ」と大声で言った。

薫子がテーブルにつくと、佐藤真由奈は堰《せき》を切ったようにしゃべり出した。

「あのね、このあいだのことだけどね、やっぱりあっちょんの奥さんは嘘をついてると思うの。だってあの人、嘘つきだもの。嘘ついてあっちょんと結婚した人だもの。あっちょんを騙して、あっちょんの人生めちゃくちゃにしたんだから」

「なんのことですか？」

「だから、妊娠したって嘘ついてあっちょんと結婚したのよ。前に言ったでしょ。あっちょんは騙されて仕方なく結婚した、って。覚えてないの？」

佐藤真由奈の呼吸は浅い。

「それは覚えていますが、話したいことというのはなんですか？」

「だから、あっちょんの奥さんが嘘をついてるってことよ。あの人が、わたしのことを知らなかったはずないもの」

「なぜそう思われるのですか？」

「どうしてもよ。わたしにはわかるの」

「戸沼さんがなにかおっしゃっていたんですか？」

「戸沼じゃない！　あっちょんよ。高橋彰！」

佐藤真由奈は苛立ちを隠さず、人差し指の関節に歯を当てた。テーブルの上のアイスティーは氷が溶けて薄まっている。佐藤真由奈がいらいらとなにか考えているあいだに、薫子はアイスコーヒーを注文した。ガムシロップとミルクを入れ、ストローでかきまぜていると、

「だから太るのよ」

佐藤真由奈が言った。

「はい？」

「そんなに甘くしたら太るに決まってるじゃない」

薄笑いを薫子に向けている。

そうですね、と返し、ストローに口をつけた。甘さはまったく感じられない。

「あのね、わたしわかったの」

佐藤真由奈は前のめりになった。

「やっぱりあっちょんの奥さんは、わたしのことを知ってたのよ。犯人はあっちょんの奥さ

んよ。あっちょんが離婚しようって言って、それで殺したの」

薫子はうなずいた。大きく、深く、なるほど、というように。しかし、それだけでは物足りなかったらしく、佐藤真由奈は言葉を継いだ。

「だって、あっちょんは真由奈のことをいちばんに考えてくれたもの。だから、奥さんに黙ってるなんてあり得ない。離婚したいって絶対に言ったはずだわ。それで奥さんは逆上したのよ。わたしに盗《と》られるくらいなら殺してやるって思ったんだわ。ううん、もしかしたらお金目当てだったのかも。そうよ、保険金よ。ねえ、あっちょんに保険金がかけられてないかちゃんと調べた？」

「はい。いま調べています」

佐藤真由奈を落ち着かせるためにそう言ったが、戸沼暁男に死亡保険金がかけられていないことはすでに明らかになっている。

「ところで、蟹見圭太という方はご存じですか？」

佐藤真由奈は表情だけで、え？　と聞いてきた。

「蟹見圭太。前のお勤め先でご一緒ではなかったですか？」

「ああ、同期入社でいたわ。でも、すぐ辞めちゃったはずよ。その人がどうしたの？　あっちょんと関係あるの？」

「蟹見さんとは最近連絡を取っていませんか？」

「ねえ、その人、あっちょんとどういう関係なの？」

「いま調べているところです。佐藤さんが蟹見さんと最後に会われたのはいつですか？」

「ずっと前よ。同期入社だったころ。どうしてそんなこと聞くの？」

「念のためです。みなさんに聞いていることなので」

「もしかして、その人と奥さんがグルになってるってこと？」

「いえ、ちがいます」

わかっていたつもりだが、佐藤真由奈の思い込みの激しさに薫子はうんざりした。

「ふたりは共犯なの？」

「ちがいます」

佐藤真由奈の背後で梶原が立ち上がった。眉間に深いしわを刻みながら近づき、佐藤真由奈をのぞき込む。

「妊娠してることは戸沼暁男に言ったのか？」

「え」

一瞬で佐藤真由奈の瞳が空洞になった。

「あんた妊娠してるだろ。戸沼暁男は知ってたのか？」

「梶原さん」

立ち上がりかけた薫子を、「うるせえ、黙ってろ！」と一喝し、佐藤真由奈にぐっと顔を近づける。

「どうなんだ？　戸沼暁男はあんたが妊娠してることを知ってたのか、知らなかったのか。教えてくれねえかなあ」

佐藤真由奈はしばらくのあいだ空洞の瞳のまま身じろぎしなかった。

「あなたのせいよ」

やがて梶原を睨みつけ、そう言った。平坦な声音の底に、青い炎のような怒りがちらついていた。

「あなたが、あっちょんがちがう人だって言ったからこんなことになったのよ。あっちょんはあっちょんなのに。戸沼なんかじゃないのに」

佐藤真由奈は立ち上がった。下腹部に添えようとした右手が宙で止まり、だらりと垂れ下がった。

「これ以上あっちょんを殺さないでよ」

ひとりごとのようにつぶやくと、店を出ていった。

通りを渡る佐藤真由奈の後ろ姿を眺めながら、「完全にイカれてるな」と梶原が鼻で笑う。

「彼女、もう妊娠してないと思います」

「あ？」

梶原が鋭い目を向ける。

「おそらく堕胎したか流産したかだと思います」

「確かめたのか？」

「いえ」

「じゃあなんでわかるんだよ」

「なんとなく、ですが」

「ふん。女同士だからってか」

「それに彼女はシロですよね」

「てめえ、俺に説教しようってのか」

「いえ」

「この際だからはっきり言うけどなあ、おまえを見てるといらいらすんだよ。心っつーものあんのか？　仏頂面《ぶっちょうづら》してねえで普通に感情出せよ。っとに、かわいげがねえ」

そう言い捨て歩き出した梶原は、「ついてくんな！　邪魔くせえ」と振り返らずに怒鳴った。

薫子は椅子に座り直した。氷が溶けたアイスコーヒーを飲んだが、甘さが感じられない。ガムシロップをもうひとつ入れても同じだった。

甘さが感じられなくなったのは、母が死んでからだ。

2

あっちょんが殺されたというのに、スマートフォンから聞こえる元同僚の声はどこか楽しそうだった。

「知ってる知ってる。会社にも刑事が来たのよ」

「わたし、信じられないのよ。あっちょんがいなくなったなんて」

佐藤真由奈は絞り出すように言った。号泣したいのに、涙が出ないことがもどかしくてたまらない。

「その人、偽名使ってたんだってね。佐藤さん、騙されてたんでしょ？　かわいそうに」

「ちがうわよ！」

つい大声が出てしまい、真由奈は呼吸を整えてから続けた。

「警察がなにを言ったか知らないけど、わたしはあっちょんに騙されてなんかいないわ。どうしてそんな話になってるのかわけがわからない。あっちょんはね、奥さんと離婚するつもりだったの。それでトラブルになったんじゃないかって刑事さんが言ってた。警察はあっちょんの奥さんを疑ってるのよ」

「でも、佐藤さんも疑われてるんでしょ？　取り調べとか受けてないの？」

「わたし？　わたしはあっちょんの婚約者よ。警察の人も、お気の毒ですって言ってくれてるわ」

「へえ」

「わたしたちが年内に結婚する予定だったのは、もちろんみんな知ってるわよね。だって辞めるとき、みんなに、寿退社だ、いいな、おめでとう、うらやましい、ってひやかされたものね。あのとき、ほんとうにわたし幸せだった。まさかこんなことになるとは思わなかった」

「ねえ、それで犯人は」

「九月にあっちょんと旅行する予定だったの。どうして九月かっていうとね、ほら、わたしの誕生日だから。まゆたんの行きたいところに行こうって言ってくれたの。海外ならハワイで、国内なら北海道か沖縄がいいかなって。それで、その旅行のときにね」

「ごめん。いま忙しいから切るね」

肝心なことを話していないのに、一方的に通話を切られた。

わたしたちがどんなに愛し合っていたか、どんなに幸せだったか、そして今年中にはまちがいなく結婚するはずだったことを伝えなければならないのに。

すぐにかけ直したが、留守番電話のメッセージが流れた。真由奈は留守番電話サービスに声を吹き込む。

「さっきの続きだけど、わたしたち九月に旅行するはずだったって言ったでしょ。そのときに、たぶんあっちょん、指輪をくれるつもりだったと思うの。正式なプロポーズっていうのかな。ううん、もちろんとっくに婚約はしてるんだけど、わたしの誕生日をふたりの記念日にしたかったんじゃないかと思うのね。だから、九月には」

そこで切れた。かけ直すと、今度は電源が切られていた。

「ひどい」

真由奈はつぶやいた。

「ひどいひどいひどい」

怒りが悲しみをのみ込んでいく。あっちょんが世の中から抹殺されようとしていることへの怒りだった。

高橋彰を知っているのは、わたしひとりだ。わたしが口をつぐめば、あっちょんははじめからいなかった人になってしまう。彼は死んだのではなく、存在しなかったことになってしまう。

あっちょんが死んだなんてまだ信じられない。だってわたしは、あっちょんの遺体を見てもいないし、冷たい体にふれてもいないし、葬儀にだって出ていない。おかしいじゃないか！　どうして婚約者のわたしがないがしろにされなきゃならないのか！　どうしていないみたいな扱いを受けなければならないのか！　わたしもあっちょんも、まるで存在してないみたいじゃないか！

アドレスから別の元同僚の名前を探し出し、電話をかけた。が、呼び出し音ののち、留守番電話サービスに切り替わった。真由奈は震える息を吐き、通話を切った。

キャビネットの上の写真立てを手に取る。

ベッドにふたりで座っている写真。風呂上がりだから真由奈はすっぴんで、キャミソールとショートパンツという部屋着だ。あっちょんはTシャツとトランクスで、のぼせたように顔が赤くどこかぼやっとした表情をしている。五月の連休に撮った写真。どうってことのないこの写真がいちばん好きなのは、まるで何十年も連れ添った夫婦のように見えるからだ。互いに信頼し、愛し合い、心を許し合っている。そんなふたりの深い結びつきが感じられる。この写真のように、この先もあっちょんと一緒に生きていくと信じていたのに。

婚約者を失ったのに、誰も慰めの言葉をかけてくれない。おかしい。こんなのおかしい。あっちょんにいちばん愛されたわたしが、あっちょんをいちばん愛したわたしが、無視されていいわけがない。

ひとりいた、と思いついた。

あの女は、残念です、とわたしに言った。わたしをあっちょんの特別な人だと認めているからだ。

真由奈は女刑事に電話をかけた。切り替わった留守番電話サービスに「あっちょんのことで話がしたいの。電話ください」とメッセージを残した。

真由奈は写真を見つめ直す。こんなに幸せそうなふたりが、いま世の中から抹殺されようとしている。高橋彰は存在しなかった人として、彼の婚約者のわたしは透明人間として、そしてふたりの愛の結晶は生まれることさえできなかった。

あっちょんが存在したことを証明しなければ。わたしたちの足跡を刻まなければ。このまいなかったことにされてたまるもんか。

妻は、わたしのことを知らないと言ったらしい。そんなの嘘だ！　知っていたと白状させなければ。夫を盗られて悔しかったと、憎かったと、うらやましかったと、認めさせなければならない。

3

いつからか戸沼杏子は漠然と、優斗が中学生になったら離婚しようと考えるようになっていた。夫のことだから親権は望まないだろう。自分さえ決心したら難なく離婚できる気がした。しかし、そのすぐ裏で、離婚はしないだろうと確信してもいた。

杏子は正社員として働いた経験がほとんどない。短大を卒業して保険会社に就職したが、人間関係に疲れ、半年もしないうちに辞めた。その後はいくつかのアルバイトを経験し、夫とは印刷会社で出会った。DTPオペレーターだった彼は当時からぱっとしない人で、「暗い」「つまらない」「存在感がない」などとアルバイト仲間の評価は低かった。彼への評価はそのまま杏子にも当てはまるものだった。暗い、つまらない、存在感がない、地味、退屈。中学生のころから自覚していた。だからこそ、仕事でキャリアを積む自分は想像できず、早く結婚して平凡で穏やかな家庭を築きたいと考えていた。

そんな自分が、離婚して生活していけるとは思えなかった。自分ひとり分の生活費を稼ぐことさえむずかしいのに、ふたりの子供を養えるわけがない。だから、優斗が中学生になったら離婚しようという考えは夢物語だった。実際にそのときが来たら、優斗が高校生になったら、大学生になったら、成人したら、結婚したら、と一生先延ばしすることになるのだろうと思っていた。

夫への不満は数え切れないほどある。

暗い、つまらない、存在感がない、地味、退屈といった杏子自身にも当てはまること。家事や子育てをしてくれないこと。なにを考えているのかわからないこと。家族への愛情が感じられないこと。頼りがいがないこと。なにより、大手印刷会社に勤めていたからこそ結婚したのに転職を繰り返し、そのたび給料が減っていくこと。

しかし、そんな不満はどこの家庭にもあるものだと思っていた。夫はとりあえず働いてお金を持ってきてくれる。暴力をふるうこともなければ、暴言を吐くこともない。ギャンブルもしないし、酒癖も悪くない。金遣いも荒くない、とほんの半月前まではそう思っていた。それなのに夫には愛人がいた。消費者金融から借金をし、女に貢いでいたのだ。

「じゃあ、お義母《かあ》さんが百三十万出してくれます？」

杏子がそう言うと、だらだらと文句を垂れ流していた義母はうっと喉を詰まらせた顔になった。

「杏子さん、あんたなに言い出すのさ。わたしにそんなお金あるわけないじゃないのさ」

しどろもどろに言う。

夫の相続を放棄することを伝えると、義母は「かわいそうに」と泣いた。まるで死んだらもう用はないみたいな扱いじゃないか、いままであの子が一生懸命働いて家族を養ってきたんじゃないか、あの子のおかげであんたらは暮らしてこれたんじゃないか、それなのにあの子が遺したものをごみみたいに捨てようっていうのかい、と。

冗談じゃない、と杏子は思う。浮気相手に貢《みつ》いだ百三十万円を肩代わりする気はない。そもそも、この家は杏子の名義だし、夫名義の預金はほとんどないから相続放棄をしても問題はないし、むしろリフォームローンのことを考えると放棄するのが得策だ。

「じゃあ仕方ないですね。わたしも百三十万なんて払えないですから」

「わたしは反対だよ。そんなことしたらあの子のものがなんにもなくなっちゃうじゃないか。母親なのに遺品のひとつももらえないっていうのかい」

詳しいことは杏子にもわからない。生前の母からそういう方法があるのを聞いただけで、たしか母の知り合いが相続放棄したはずだった。

「あの子が大事にしてたものはなんだい？」

義母の問いに、え？　と聞いた。

「だから暁男が大事にしてたものだよ。肌身離さず持ってたものがあれば、いまのうちにわたしがもらいたいんだけど」

そう言われても心あたりはなかった。夫に収集癖はなく、食べるものにも着るものにも頓着しなかった。結婚指輪でさえいつのまにか失くした人だ、大事にしていたものも肌身離さず持ち歩いていたものもなかったはずだ。そう伝えたが、義母は不服そうだった。

それにしても、義母はいつ帰ってくれるのだろう。

帰ってほしいと何度もそれとなく伝えているのに聞く耳を持たない。それどころか、「あの子はいずれ同居しようって言ってくれてたんだよ」とおそらくでたらめであろうことを言い出し、気の済むまでここにいる権利があるといわんばかりの態度だ。義母が居ついて一週間になる。

夫の死後、気づいたことがある。それは自分が夢を叶えていたということだ。中学生のころから思い描いていた平凡で穏やかな家庭をいつのまにか手に入れていた。しかし、そのことに気づいたときにはすでに失っていた。夫は、家族の平穏を道連れに死んだようなものだ。

せめて病死や事故死だったら。いや、犯人が早く捕まってくれれば。そこまで考え、新たな不安が立ち昇った。

犯人が捕まることによって、また家族の知らない夫が現れるのではないだろうか。犯人逮捕が家族にとっての凶事につながるのではないか。

そこまで考え、これ以上悪いことなんか起きるわけがない、と杏子は小さくかぶりを振った。

二階に上がった義母と入れ違いに史織が居間に入ってきた。

「あんた、なにその髪」

史織の短い髪が金色になっている。昨日の遅い時間、長々と風呂に入っていたのは髪を染めていたからなのかと思い当たった。

「変装」

伏し目がちにつぶやき、史織は冷蔵庫を開けた。

「変装ってなによ」

「外に出てもばれないように」

「どうしてそんなことしなきゃならないのよ。なにも悪いことしてないでしょ」

史織は答えずに、冷蔵庫から牛乳を出した。

「待ちなさい。いまなにかつくるから」

「いいよ」

「お母さんも朝ごはん食べてないのよ」

時計を見ると十時をまわっている。史織が父親の事件後、学校に行ったのは一度きりで、しかも無断で早退した。金髪にしたということは、今後も学校に行くつもりはないのだろうか。

「ねえ、史織」

杏子は、食卓について牛乳をちびちび口にふくむ娘に声をかけた。若さを誇るようにつやつやと輝いていた黒髪が枯れた色に変わり、つやとしなやかさを失っている。

「ねえってば。あなた学校に行く気ないの？」

史織はTシャツの背を丸め、コップの縁をくちびるで挟んでいる。

「そんな髪で学校に行けるはずないじゃない。どうして染めたりなんかしたのよ」

「うるさいなあ」

ぼそりとつぶやく。

「うるさいじゃないわよ。ちゃんと答えなさい」

「お母さんだってパートに行ってないじゃん」

「学校と仕事は別でしょ。中学校は行かなきゃいけないところなの。お父さんのことでなにか言われたの？　まさかいじめられたんじゃないでしょうね」

史織はほとんど減っていない牛乳を食卓に置くと、「ねえ、お母さん」と頼りない声を出した。

「わたしの夢、言ってなかったよね。わたし、幼稚園の先生になりたかったの」

過去形なのが引っかかり、「なればいいじゃない。絶対になれるわよ」と杏子は明るく言った。

「もう無理だよ。わたし、このまま引きこもりになって中学も卒業できないと思う」

「なに言ってるの。そんなことないわよ。どうしてそんなこと言うのよ」

「だって」と、やっと顔を上げた史織の目から涙がこぼれた。すがりつくようにも睨みつけるようにも見える表情は無防備で、娘はまだこんなに幼かったのだ、と杏子は胸を突かれた。

「だって、なんなのよ。言ってよ」

「怖い」

「怖い？　なにが？」

「だってみんなすごく楽しそうなんだもん。わたしのお父さんが殺されたのに、お祭りみたいにわーわーはしゃいで」

「みんなって誰よ」

「ネットの人たち」

「だからネットなんか見るのやめなさいって言ったでしょ。ネットなんかでたらめばかりなんだから。みんなおもしろがって好き勝手なこと書いてるの。そんなの気にしちゃだめ。放っておきなさい」

杏子は、娘にスマートフォンを買い与えたことを後悔した。二年生になるとき、ねだられるまま与えてしまったのは防犯を考えたことと、いつでも連絡が取れるようにするためで、どちらも杏子がパート勤めをはじめたことが影響している。もし、夫が転職を繰り返さず十分な給料をもらっていれば、まだスマートフォンを与えることはしなかっただろう。死んだ夫への怒りが、腹の底で再燃しはじめるのを感じた。

「でも、みんな普通の人なんだよ」

史織がぽつんと言う。

「え？」

「ネットに書き込んでるのって特別な人たちじゃないんだよ。そのへんに普通にいる人たちなんだよ。きっとわたしの友達もいる。同級生もいるし、もしかしたら先生もいるかもしれない。近所の人たちとか、いつも行くスーパーのレジのおばさんとか、コンビニの店員とか、うちらと同じように普通に暮らしてる人たちなんだよ。外にはそういう人たちがあふれてるんだよ。ね？　そう考えると、外に出るのが怖くなるでしょ」

「そんな人ばかりじゃないでしょ。いい人だってたくさんいるわよ」

「いい人とか悪い人とか、そういう問題じゃないんだよ！」

史織は食卓をこぶしで叩いた。

杏子はかける言葉を見つけられなかった。史織の根底にあるのは、どうして？　という叫びのような気がした。それは自分も同じだった。

どうして？　どうしてこんな目に遭うの？　わたしたちは被害者なのに、どうしてこんな仕打ちを受けなければならないの？

夫が殺されてから理不尽なことの連続だ。

「お腹すいたわよね。トーストと目玉焼きでいい？」

杏子が笑いかけても、娘は笑顔を返さない。

「とろけるチーズがあるからチーズトーストにしようか」

冷蔵庫をのぞき込みながら言った。背後で、史織がなにかつぶやいた気がし、「うん？　なあに？」と振り返った。

史織は食卓の一点を見つめている。

「整形して名前変えて引っ越したい」

視線を動かさずにつぶやき、「だめかな？」とぱっと顔を上げる。

「ねえ、お母さん。わたし整形して名前変えて引っ越したい。そうしたらまた学校に行ける。勉強も部活もがんばるから、ねえ、お願い」

どうして、と言ったつもりなのに声にならなかった。

どうしてそんなことしなくちゃいけないの？　わたしたちはなにも悪くないのに。被害者なのに。同情されるべき立場なのに。いちばんかわいそうなのに。どうして、いままでの自分を捨てなくちゃならないの？　どうしていままでどおり暮らしてはいけないの？

史織に問うことはできず、「お母さん、整形は反対だな」とだけ言った。

「じゃあ、名前変えるのと引っ越すのはいいの？」

史織の表情に輝きが生まれた。

「そうね」

「いいってこと？」

そういう方法もいいかもしれない、と杏子は思った。名字を旧姓に戻し、ちがう場所で一からやり直す。平穏を取り戻すにはそれがいいのかもしれない。


血圧の薬がなくなるからと、義母がやっと帰ったのは二日後の日曜日だった。具合が悪い、めまいがする、腰が痛い、と愚痴を垂れ流す義母を空港まで送ったが、義母は孫が見送りに来ないことと嫁が飛行機代を出さないことが不満のようだった。

空港からの帰り、もうあの人とは他人なのだ、と杏子は改めて思った。もともと縁が薄く、家族だと思ったことは一度もないが、夫がいなくなったいま、義母は赤の他人だ。これからは気をつかう必要はいっさいない。死のうが、苦しもうが、住むところがなくなろうが、認知症になろうが、関係ないのだ。

一昨日、史織が言ったことについて考える。

名前を変えて引っ越す。それは可能なことだと思えた。名前は杏子の旧姓にすればいいし、引っ越しは家を売ればいい。その考えは、息苦しさが満ちている胸に吹くひと筋の風となった。

奮発してケーキを三つ買い、杏子は家へと急いだ。史織と優斗が待っている。家族三人でケーキを食べながらこれからの話をしよう。

家の前に不審な男がいるのに気づいた。スマートフォンで杏子の家を撮影しているようだ。思わず足を止めた杏子の横を、若い女が通りすぎていく。二十歳前後だろう、髪を明るい色に染め、黄色いキャミソールとデニムのミニスカートで肌を晒《さら》している。夜の渋谷をうろついていそうなタイプだ。

若い女は、杏子の家の前で立ち止まった。「わたしも知ってる。ここ人殺しの家だよ」と家を指さした。

「マジなんだ？　リアルに不気味」と男は答え、もう一度スマートフォンで撮影してから「俺も殺されたらどうしよう。やべえ、緊張して喉渇いてきた」と笑った。

「飴食べる？」

女は斜めがけしたバッグから飴を取り出し、「いちごミルク味だよ」と男に手渡した。

「きみ、この近くに住んでるの？　この家の人見たことある？　噂とか聞いてない？」

杏子の家の前で、若いふたりは飴を舐《な》めながら、まるで観光地にいるようにしゃべっている。

杏子は動けなかった。ほんとうは走り寄って、人殺しの家ってどういうこと？　と問い詰めたいのに怖くてできない。その家の住人であることを知られたくない。

来た道を引き返し、町内を一周してから戻った。男も女も消えていた。

ほっとしたのは数秒のことで、視界に飛び込んできた光景に息をのんだ。

家の塀に、赤いスプレーで落書きがされている。

〈人ごろしのいえ〉

あのふたりは、これを見てしゃべっていたのか。

誰がこんなことをしたのだろう。いや、そんなことより、なぜこんなことを書かれなければならないのか。被害者なのに、遺族なのに、なぜ犯人扱いされるのか。

わたしが疑われているのか。胸がすっと冷えた。わたしに疑いの目を向けているのは警察だけではなかったのか。

いままで被害者の妻である自分に疑いの目を向ける警察をひどいと思っていた。しかし、ほんとうにひどいのは警察ではなかった。

一昨日の史織の言葉を思い出し、普通に暮らしている人たち、と杏子は思う。史織が言ったとおり、外にはそういう人たちがあふれているのだ。

いつ書かれたのだろうと考え、夜中ではないかと思いつく。人目がある日中にやるとは思えない。おそらくこの落書きは朝からあったのに、それに気づかずのん気に義母を見送りに行ったのだ。

子供たちはこの落書きを見てしまっただろうか。その考えに心臓がきゅっと縮んだ。落書きを撮影した男は、インターネットに画像を載せるかもしれない。通りすがりらしい女も、インターネットにあることないこと書き散らかすかもしれない。それを史織が目にするかもしれない。優斗の友達の家族が見て、優斗に心無いことを言うかもしれない。

子供たちには絶対に知られたくない。

腹に力を入れ、精いっぱいの明るい声を放った。

「ただいまー。ケーキ買ってきたわよ。奮発して高いの買ってきちゃった」

居間には誰もいない。階段の下から呼びかけた。

「史織。優斗。みんなでケーキ食べよう。早く下りてきて」

いままでなら、うおーっと歓喜の雄叫《おたけ》びを上げながら階段を駆け下りてきた優斗なのに反応がない。いないのか、と思ったときドアが開く音がした。

「早く来ないとお母さんひとりで食べちゃうからね」

以前のように、やだー、待ってー、と無邪気に慌てるところが見たくてふざけた。その裏側で、いつどうやってあの落書きを消そうかと考えていた。

階段が軋む音がした。

「優斗？　史織？」

視界に現れたのは優斗の足だった。一段ずつ踏みしめるようにゆっくりと下りてくる。嫌な予感に、杏子の顔から笑みが消えた。

4

現場周辺の防犯カメラ三十八台の解析がほぼ終了したが、容疑者として浮上した人物はいなかった。

怨恨か、流しか。用意周到に計画されたものか、場当たり的な犯行か。事件発生から十五日間の第一期が過ぎてもなお、捜査本部は揺れ動いている。現場ではＤＮＡや指紋、足痕跡は採取されなかったが、ルミノール反応によると犯人は現場から西へ逃走したと見られている。そのルート上には、蟹見圭太が連日のように訪れていたマンションがある。蟹見圭太と佐藤真由奈の関係は別の捜査班によって洗い直されたが、六年前の同期入社という以外に接点は見つかっていない。

捜査会議が終わるのを見計らったかのように我城薫子のスマートフォンに着信が入った。

案の定、佐藤真由奈からだ。放置したいが、そうはいかない。「はい」と応対したとき梶原が出ていくのが見え、スマートフォンを耳に当てたまま追いかけようとしたら、「おまえは行かなくていい」と課長に止められた。組替えだろうか、それとも鑑取りから外されるのだろうか。そう考えながら、とりあえず佐藤真由奈との電話を優先し、「どうしました？」といつもの科白を投げかけた。

「あっちょんのことなんだけど」

彼女もいつもと同じ科白を返す。

「はい。どういったことでしょう」

この流れはまるで台本のようにいつも決まっている。

佐藤真由奈から頻繁に電話がくるようになった。多いときは一日に四、五回もあり、応答できないときは「話があるから連絡ください」とメッセージが入っている。

「思い出したことがあるの」

「なんでしょう」

「聞きたい？」

「お願いします」

「直接会って話したいの」

「電話では言えないことでしょうか」

そう聞くと、「言えないってほどじゃないけど……」と不服そうに言葉を濁した。

佐藤真由奈の話したいことというのは、戸沼暁男との思い出話だ。彼女はいつも憑《つ》かれたようにしゃべった。クリスマスイブの夜に運命的な出会いをしたこと、彼がユミちゃんのパパに似ていたこと、週末には必ず会っていたこと、まめに連絡をくれたこと、キーマカレーが好きだったこと、九月にはふたりで旅行をする予定だったこと、そこで正式なプロポーズを受けるはずだったこと。すでに知らされていることばかりだが、事件の鍵になるものが出てこないとは限らない。そう考え、忍耐強く対応しているつもりだが、いい加減にしてほしいというのが正直なところだった。

「でも、大切なあっちょんのことだから、ちゃんと会って話したいの。あなただって知りたいでしょう？　あっちょんがどういう人だったのか。知ってるのはわたしだけなのよ」

重たいため息が喉までこみ上げ、薫子は静かに息を吐き出した。

「今日はちょっと時間が見えないのですが」

なんとか電話で済まないものかと思い、そう言った。

「何時でもいいわ。来るときに連絡ちょうだい」

佐藤真由奈が通話を切ると同時に、薫子はため息をついた。

「おい、我城」と声をかけられ、課長に呼び止められていたことを思い出した。

「なんでしょう」

答えながら、鑑取りから外れるよう指示されることを願った。

「おまえ、被害者宅に行け」

「は？」

思いがけない指示だった。遺族担当は富田と石光だ。そこに自分が加わるのはあり得ない。それでは組替えか。しかし、富田と石光は先ほど連れ立って出かけたはずだ。

「マルガイの妻がかなり参ってる。情緒不安定で話にならんそうだ」

「嫌がらせの件ですね」

捜査会議で報告があった。〈人ごろしのいえ〉と塀に落書きをされたり、敷地内にごみを投げ込まれたり、〈おまえらが殺したんだろう〉という手紙が自宅ポストに入れられるなど、遺族は二日前から複数の嫌がらせを受けている。ただ、その事案についての担当は薫子ではない。

「おまえが話を聞いてやれ」

「は？」

「女だろ」

「はあ」

薫子の上司である刑事組織犯罪対策課課長は「女には女」という考え方で、普段から薫子に女性の被害者や加害者をすすんで担当させている。

「女同士のほうがいいだろ。気の済むまで話を聞いて、絶対に犯人を見つけるから安心するように言ってやれ」

「どっちの犯人ですか？」

素の疑問がそのまま口をつき、瞬時にばかなことを聞いたと後悔した。課長は一瞬ぽかんとしたが、「どっちもに決まってるだろ！」と怒鳴った。

地域課から駆り出された巡査と即席のペアを組み、被害者宅へと向かった。所轄同士で組むのはこの案件が重要視されていないからだ。薫子の役割は戸沼杏子の話を聞き、安心させることだけだ。アリバイを確認することも供述を引き出すこともしなくていい。

戸沼宅の塀には落書きの痕跡が赤く残っているが、文字は消されている。訪問することを事前に伝えていたため、インターホンを押して名前を告げるとすぐにドアが開いた。顔をのぞかせた戸沼杏子は、薫子の背後にせわしなく視線を動かした。

「大丈夫です。不審者はいません。確認しましたから」

そう告げると、やっと薫子に焦点を合わせ、ああ、とも、はい、とも聞こえる声を出した。眼窩《がんか》がくぼみ、濃いくまができている。目の充血は泣き腫らしたというより、極度の緊張と恐怖で血走っているように見えた。

「どうしてわたしたちがこんな目に遭わなきゃいけないんでしょう」

薫子たちがソファに座ると、戸沼杏子は震える声を吐き出した。怯えと不安、そして怒りをはらんだ張りつめた声音だった。

「お察しします」

薫子は頭を下げた。

「ほんとうにわかってるんですか？　わたしのこと犯人だと疑ってるくせに」

「そんなことはありません」

「じゃあ、どうして夫が殺されたときにわたしがどこでなにをしていたのか、しつこく聞くんですか？　証明できる人はいるのかとか、アリバイはあるのかとか。それに包丁だって全部持っていったじゃない。バカでも疑われてることはわかりますよ。あなたたちが疑うから、世間も疑うんでしょう。塀に落書きされた日なんか、家の前でここ人殺しの家だよとか俺も殺されたらどうしようとか言ってる人たちがいたんですよ。しかも飴を舐めながら！　おもしろがって！」

戸沼杏子の両手はこぶしをつくり、太ももの上で小刻みに震えている。

「申し訳ありません。小さいことをひとつひとつ確認していくのが警察の仕事なんです」

「いつも来る刑事さんも同じことを言ってましたよ。でも、警察のせいでしょう。警察がわたしを疑うから。ううん、犯人を早く捕まえてくれないから。だから、こんな目に遭わなきゃならないんです。上の子なんて事件以来不登校になってるんですよ。下の子だってやっと学校に行けるようになったのに、落書きを見たせいで昨日今日と学校を休んでるんです。

わたしたち、いつになったら普通に暮らせるんですか？」

戸沼杏子が言う「こんな目」とは夫を殺されたことではなく、嫌がらせや中傷のことだ。彼女は夫を殺されたことより、自分たちの生活が脅《おびや》かされていることに耐え兼ねているのだ。

薫子は、富田の報告を思い出した。被害者は家庭での居場所がなく、妻にも子供にも関心を持たれていないようだと言っていたが、なんとなくわかる気がした。

しかし、そんな家庭は珍しくないのではないか、というのが薫子の感想だ。少なくとも薫子の家庭はそうだった。父は薫子が小学生のときに死んだが、母はいつもどおり淡々としていたし、薫子もまた単身赴任の長かった父には薄い情しかなかった。鮮明に覚えているのは、葬儀を終えたときのことだ。珍しく母が親しみを込めて薫子の頭に手をのせ、「これからはママが働くから大丈夫よ」と言った。薫子はそのとき、母が子供ができたせいで仕事を辞めたことと、父が単身赴任になったせいで仕事に復帰できなかったことを知らされた。いつも口数が少なく、表情の乏しい母が、自分からあんなにしゃべったのははじめてだった。母はこれまで自分と父を憎んでいたのではないか。そんな思いに捉われ、胸がすっと冷えた。あのとき母は笑っていた。嬉しさを抑え切れないように。そんな自分を恥じるように。心のままに笑う母を見たのはあのときと、数年後、自分の調剤薬局を開いたときだけだ。

「わたしたち、被害者なんですよ。早くなんとかしてください」

戸沼杏子は追いつめられた顔で訴える。

「全力で捜査しますので、なにかあればいつでもお電話ください」

携帯電話番号を記した名刺を差し出した。

「いつでも？」

両手に持った名刺をじっと見つめながら戸沼杏子がつぶやく。

「ただ緊急時には一一〇番通報してください。そのほうが早いですから」

そう言って薫子は隣の巡査に目を向けた。二十歳そこそこの彼は、通常は交番勤務をしている。

「はいっ。すぐに駆けつけますから」

巡査が張り切って言うと、戸沼杏子はやっとほっとした表情を浮かべた。

しかし妙だった。

なぜ、いまになってなのだろう。

被害者や遺族が嫌がらせや中傷を受けることは珍しくないが、ほとんどの場合、報道された直後にはじまり、数日で終息する。今回の事件も発生直後は、ネット上に被害者や遺族の情報が出まわり、デマや臆測、根拠のないバッシングなどが書き込まれたが、いまは落ち着いている。というより、世間的にはとうに忘れられた事件といえるだろう。戸沼暁男が殺害されてから二十日がたとうとしている。このあいだに、男子高校生が女性教師を殺害し、四十代女性が隣家の二名を殺害した。この二件の事件に世間の興味は集中している。

もっと早い時期ならわかる。なぜいまになって嫌がらせがはじまったのか考えると、被害者や遺族に関係ある人物の仕業としか思えなかった。

佐藤真由奈、と反射的に浮かぶ。

「娘のスマホを取り上げたんです」

ぽつりと戸沼杏子が言う。

はい、と薫子は背筋を伸ばした。

「中学生ですよ。普通、取り上げたら怒るじゃないですか。でもあの子、形ばかりの抵抗はしたけど、ほっとしたようでした。もう限界だったんですよ。あの子、父親があんなことになってからとり憑かれたようにネットばかり見てました。自分たちのことがなんて書かれているか確かめずにはいられなかったんです。やめたいのにやめられない、麻薬中毒と同じですよ。刑事さん、ネットでわたしたちがなんて書かれてるか知ってますか？」

薫子は曖昧《あいまい》にうなずくだけにした。

「犯人扱いですよ。妻が殺した、娘が殺した、家族全員が共謀したっていうのもありました。保険金目的とか、別れ話がもつれたとか、夫が会社のお金を使い込んだとか、みんなおもしろがって好き勝手なこと書いてるんです。わたしが確かめただけでもそれだけあったんですから、娘はその何倍もの書き込みを目にしてるんですよ。それで平気でいられます？　中学生の女の子ですよ。引きこもりになるし、髪を金色に染めるし、将来の夢もあきらめたって言ってるんです。刑事さんにあの子の気持ちが、わたしたちの気持ちがわかりますか？」

お気持ちに添うようにします。そう言おうとしたが、本心からの言葉かどうか自問しているうちにタイミングを逃した。

「赦せないんです」

絞り出すような声。

警察も犯人を決して赦さないという意味が伝わるように、薫子はしっかりうなずいた。

「犯人よりも夫が」

予想外の言葉に、「はい？」と反射的に聞き返していた。

戸沼杏子はそれきり口をつぐんだ。

そろそろ辞去する頃合いだと薫子は腰を上げた。

「順序が逆になりましたが、お線香を上げさせてもらってもいいでしょうか」

戸沼杏子はゆるりと視線を上げ、「ああ、はい」と大儀そうに立ち上がった。

戸沼暁男の祭壇は居間とひと続きの和室にあったが、ふすまが閉めてあったため気づかなかった。

線香のにおいが薄いな、と薫子は思った。

祭壇には、遺骨と位牌と遺影。花立てに花はなく、供物《くもつ》もない。

薫子は祭壇の前に正座し、線香を上げ、手を合わせた。巡査も薫子にならう。

遺影の戸沼暁男はほほえんでいる。楽しそうというより、気をつかったつくり笑いに見えた。ピントもぼけているし、なぜこの写真を選んだのだろう。立ち上がってから訊ねた。

「このお写真はいつのものですか？」

「去年の九月です。珍しく家族みんなでキャンプに行ったときの」

「珍しいんですか？」

「家族でキャンプなんて最初で最後でした。あの人、家族サービスなんてしない人だったから。そんな余裕もなかったし」

戸沼杏子は淡々と答える。

「思い出の写真なんですね」

「思い出？」

眉をしかめ、怪訝《けげん》な顔つきだ。

「ええ。ご家族みんなで出かけた思い出の写真なんですね」

「いい思い出なんかじゃありませんけど」

砂を吐き出すように言う。

「そうなんですか？」

「行かなきゃよかった」

ひとりごとの口調だった。

被害者宅を出たのは一時すぎだった。

課長からは戸沼杏子の気が済むまで話を聞くようにと指示されたが、自分の職務を全うした手応えはまったくなかった。梶原ならまちがいなく、給料泥棒かよ、と言うだろう。

とりあえずどこかで昼食をとろうと考えていると、スマートフォンに着信があった。

「何時に来るの?」

佐藤真由奈はいきなり言った。薫子が答える前に、「時間がわかったら連絡くれるって約束したじゃない。わたし、ずっと待ってるのよ」と続ける。

気の重いことは先に済ませてしまったほうがいい。

「これから伺いますが、いいでしょうか?」

「いいわよ」

ここから佐藤真由奈のマンションまで一時間半はかかるだろう。

「では、三時前にお伺いします」

「もっと早く来れないの? いまどこにいるの?」

被害者宅の近くとは言えない。

「署を出たばかりなので」

「なんだ。一緒にランチしようと思ったのに」

友達のようなことを言う。

彼女はなにを考えているのだろう。数日前からまるで親しい間柄のように頻繁に連絡をよこし、戸沼暁男についてとりとめのない話をするのはなぜだろう。

「先に佐藤真由奈のところに行きます」

薫子が告げると、巡査は「はいっ」と敬礼しそうな勢いで答えた。

「田中《たなか》さん、でしたよね」

「はいっ」

「変に思われるので、返事は普通にしてください」

「はいっ。すみません」

そう答え、あ、とうろたえる。捜査本部ははじめてなのだろう、全身に緊張と気合いが張りついている。

自分はどうだっただろう、と薫子は思い返す。緊張はした。しかし、彼のような気合いややる気を持ち合わせてはいなかった。

インターホンを鳴らすと、「はーい」と明るい声がしてすぐにドアが開いた。

「待ってたのよ」

笑いかける彼女を目にし、被害者と同じ光景を見ているような奇妙な感覚になった。

戸沼暁男もいまの自分と同じように、自宅で妻の杏子と言葉を交わし、その一時間半後にこうして佐藤真由奈のもとを訪ねたのだろうか。

「え。誰?」

佐藤真由奈の視線は、薫子の背後に向けられている。

「彼は田中といいます」

「どうしてひとりじゃないの? ふたりだけで話したかったのに。こないだはひとりで来てくれたじゃない」

こないだ、というのは一昨日の夜のことだ。

佐藤真由奈から、会って話したいことがあると電話がかかってきたのは署を出たあとで、彼女のマンションに寄ったのだった。期待したわけではなかった。それまでも散々、被害者との思い出話を電話で聞かされていたのだ。ただ、もしかすると犯人につながる被害者のメモや手帳が出てきたのではないかという思いを捨て切れずにいた。

「このあいだは帰宅する途中だったので。それで、話したいというのはどんなことでしょう」

佐藤真由奈は不満そうな顔をして黙っている。

ため息をつきかけ、ぎりぎりのところでなんとかのみ込んだ。

「田中さん。申し訳ないけど、少し待っててもらえますか?」

薫子は振り返って告げた。

あっちょんのことならいくらでも語れると思っていた。どれだけ時間があっても語りつくすことなどできない。だって、出会ってからの一秒一秒にたくさんの思い出が詰まっているのだから。

それなのにどうしてだろう。佐藤真由奈はからっぽの箱に向き合い呆然としているような心地がしている。食べても食べてもなくならないお菓子の箱の魔法が解けてしまったようだった。

5

「思い出したことというのはなんでしょう」

目の前の女が容赦なく聞いてくる。

「そんなに急《せ》かさないでよ」

ローテーブルにローズヒップティーを置きながら、今日はなにをしゃべろうか、と頭を働かせた。しゃべることがなくなった瞬間、高橋彰という人間が消滅してしまう気がした。

「事件の手がかりになるようなことでしょうか」

「そんなのわたしにわかるわけないじゃない。それを考えるのはあなたたち警察の仕事でしょう。あなたが、どんなことでもいいから話してくださいって前に言ったからわざわざ連絡してあげてるんじゃないの」

実際、そんなふうに言われたことがあるのかはっきりしないが、女刑事は反論しない。

沈黙が流れる。

どうしよう、と焦った。どうしようどうしよう、このままだとこの女刑事にも見捨てられてしまう。誰にも相手にされなくなってしまう。わたしがあっちょんの婚約者だったことも、わたしたちが過ごした半年間も、赤ちゃんが生まれるはずだったこともすべて葬られてしまう。

真由奈は、自分のアリバイが成立したことを知っている。夜中に牛乳を買いに行こうとしたところをマンションの管理人が見ていたのだ。最初はなんとも思わなかったが、時間がたつにつれてアリバイ成立によって自分は排除されたのだとわかってきた。事実、警察からの連絡はもうこない。除《の》け者、部外者、不用品。そんな言葉が次々に浮かび、こんなことなら犯人扱いされたほうがましだと思った。

「あのね」

沈黙を壊すために声を発したが、まだ言うべきことは決まっていなかった。

女刑事の視線を避けるためにうつむき、左手首の腕時計に目が留まる。真由奈はぱっと顔を上げた。気づかないうちに笑っていた。「この時計のことなんだけど」と左手を顔の横に持っていく。

「この腕時計、あっちょんが買ってくれたの」

「はい。以前、そのようにお聞きしました」

女刑事は表情を変えずに言う。

そうだっただろうか。言っただろうか。まったく記憶になかった。それでも、一度飛び出した思い出を引っ込めることはできない。

「ホワイトデーにプレゼントしてくれたの。ね、覚えてる？　今年のホワイトデーは土曜日だったでしょ。ねえ、刑事さん、覚えてる？」

「はい」

平然とうなずく女刑事に、かっとなった。

「嘘よ。なんであなたが覚えてるのよ。あなたなんかホワイトデーとは無縁じゃない」

この固太りした無愛想な女刑事は独身だし、恋人もいない。そう思ったものの、それがこの女に確かめたことなのか、自分の想像なのかあやふやだった。

「数日前に佐藤さんからお聞きしたので」

「わたしが？」

「はい。お電話で」

「わたし、なんて言った？」

「今年のホワイトデーは土曜日だったから会えて嬉しかった、と。バレンタインのお返しに腕時計を買ってもらった、と」

「そうよ。バレンタインのお返しに買ってくれたの。わたしがいつも腕時計をしてないことに、彼、気づいたのね。わたしはバレンタインに手づくりのチョコレートとマグカップしかあげてないのに、こんな素敵なプレゼントをくれたのよ」

そう言いながら、これもすでに女刑事にしゃべっていただろうか、と考えた。もうどうでもいい。ただそこにいて、聞いてくれればそれでいい。真由奈にとって女刑事はスポンジのようなものだった。自分が放つ言葉を黙って吸収してくれる。笑ったりばかにしたりせず、口を挟むことも話を遮ることもしない。

「バレンタインデーも土曜日だったのよ。だから一緒に過ごしたの。これってすごくない？どっちも土曜日だなんて。まるでわたしたちが一緒に過ごせるように神様が用意してくれたみたい」

女刑事はかすかにうなずくだけだ。

「バレンタインデーのことはあなたに言ったかしら」

真由奈が問うと、今度ははっきりとしたうなずきが返ってきた。

「あっそう。じゃあいいわ。腕時計のことね」

さっきまでからっぽだったはずの箱は、いつのまにか甘いお菓子であふれている。いくら食べても減らないと信じられた。

「わたしはあっちょんと一緒にいられるだけでよかったのよ。それだけで最高のホワイトデーなのに、あっちょんたら、まゆたんにプレゼントがしたい、って言い出して。腕時計はしないの？　って聞かれたから、そんなことないって答えたら、じゃあ買いに行こうって。渋谷だった。その前にごはんを食べたの。イタリアンよ。あっちょんね、デートのときいつも人気のお店を調べてきてくれるの。その日も、トマトソースのショートパスタがとってもおいしかった」

女刑事はボールペンと手帳を持っているが、その手は動かない。まるで、おまえの話していることに価値はないとでも言っているようだ。焦りがこみ上げ、自然と早口になる。

「わたしたち、外ではあまりラブラブなところを見せないようにしてたの。ほら、あっちょんが離婚調停中だったから。だから、わたしの部屋で過ごすことが多かったの。別にあっちょんに言われたわけじゃないわ。わたしからそうしようって言ったのよ。外出するときは、手をつないだり腕を組んだりはしなかった。上司と部下に見えるようにしようね、って。うん、これもわたしから言ったことよ」

女刑事は無表情を保ち、ボールペンを持つ手はまだ動く気配がない。

「でも、やっぱりわかっちゃうのね。ずいぶんかわいい彼女を連れてるんだな、ってひやかされたの」

「誰ですか？」

続きをしゃべろうと息を吸い込んだとき、女刑事が口を開いた。

「あなたたちをひやかしたのは誰ですか？」

「え？」

「あっちょんの友達に決まってるじゃない」

「偶然会ったんですか？」

「そうよ」

「会社の方ですか？」

「ううん。大学時代のゼミの友達って言ってたわ」

そう答えると、ボールペンを持つ手が動いた。

やっと認められたと思った。ふたりの思い出は文字にするだけの価値があるのだ。

「その方のお名前はわかりますか？」

「ええ」

「教えていただけますか？」

ボールペンを手帳にのせ、女刑事が言う。気のせいか、目つきが鋭くなっている。

「ええと」

真由奈は人差し指をこめかみにつけた。

「なんだったかな。やだ、ど忘れかしら。なんで出てこないんだろう」

「思い出せませんか？」

「ううん。思い出せると思う。でも、その人がなにか関係あるの？」

「念のためです」

「少し時間をくれたら思い出せるわ。思い出したら連絡する。それでいいでしょう？」

「はい。お願いします」

女刑事は立ち上がり、「ところでお話というのは？」と思い出したように聞いてきた。

「え？」

「思い出したことがあると電話でおっしゃいましたよね」

「だからいま言ったじゃないの」

「といいますと」

「だから、あっちょんのお友達に会ったってことよ」

「そうでしたか」

えらそうにも鈍感そうにも見える顔であっさりと言う。玄関に向かいかけ、「そういえば」と振り返った。

「三日前ですが、土曜日の夜から日曜日にかけて佐藤さんはどちらにいました？」

「ここにいたわ」

真由奈は考えるまでもなく答えた。

「証明できる人はいますか？」

「いないけど。どうして？」

「いえ。たいしたことではありません」

女刑事は最後まで表情を変えなかったし、真由奈との距離感を崩さなかった。

真由奈はドアスコープをのぞき、女刑事が階段を下りていくのを確認した。

土曜日の夜から日曜日にかけてなにがあったのか、真由奈は知っていた。あっちょんの家の塀に〈人ごろしのいえ〉と落書きされたのだ。真由奈はこの目で見ている。朝早くあっちょんの家まで行ったときにはすでに落書きはあった。あの落書きを目にした妻の反応が見たかったが、しばらく待っても玄関は開かなかった。

6

大学の事務局を訪ねると、戸沼暁男が所属していたゼミの担当教授はまだ在籍していた。

研究室のドアをノックした我城薫子を出迎えたのは、六十代に見える豊かな白髪の男だった。

「やっと警察の方が来ましたか」

意外な第一声だった。

「どういうことでしょう」

「いやいや、たいしたことじゃありませんよ。前にマスコミの人が訪ねてきたので、そのうち警察の方も来るんじゃないかなと思っただけです」

すすめられるまま、薫子と田中は年季の入ったソファに座った。

「でも正直なところ、戸沼くんのことは覚えてないんですよ。二十年以上も前の学生だし、卒業後に交流があったわけでもないし。こういっては失礼かもしれないけど、たぶん目立たない学生だったんじゃないかな。週刊誌の記者が来て、はじめて彼がわたしのゼミの学生だったことを知ったくらいですから。たぶん記者さんもさほど期待してなかったんでしょうね。そう伝えても、特にがっかりした様子ではなかったですよ」

「そうでしたか」数十秒前の期待が落胆に変わった。「では、戸沼さんと親しかった方もご存じないですか？」

戸沼暁男は昨年末、スマートフォンを買い替えていた。妻の杏子によると、以前のスマートフォンは浴槽に落としたとのことだった。データが移行されていないため交友関係の把握が難航している。証拠担当の調べでは、現在のアドレスに登録されているのは仕事関係がほとんどで大学時代の友人はいなかった。

「知らないはずだったんだけれども」

意味ありげな語尾が引っかかり、自然と前のめりになった。

「けれども、なんでしょう」

「当時の名簿を引っ張り出したら三井《みつい》良介《りょうすけ》くんの名前があって、こんなこともあるんだなあと」

教授はそれきり口をつぐんだ。

「ミツイ、リョウスケ？」

タレントか俳優だろうか、と隣の田中を見たが心あたりはなさそうだった。

「ご存じないですか？　警察の方だからてっきり知っているかと思いました。三か月ほど前に亡くなったんですよ。事故死らしいです」

「事故死というと」

教授は、そんなことも知らないのか、という表情を浮かべた。

「新聞にも載りましたよ。転落死です。新宿の歩道橋から落ちたそうです」

「日付はわかりますか？」

「四月のはじめでした。彼は印象的な学生だったから記憶に残っていて、新聞を見てすぐにわかりましたよ。ゼミの学生なんて十人程度しかいないのに、それが三か月のうちに同期だったふたりが立て続けに亡くなるなんて嫌なものですね」

名簿を見せてくれるよう頼むとコピーをくれた。名簿といっても、記載してあるのは名前と学生番号のみだった。薫子は、三井良介、と目で文字をなぞった。

「三井良介さんはどのように印象的だったんですか？」

「とにかく明るくて調子がよくて、人なつっこいというんでしょうか。カンニングとか代返とかちょっとした問題も起こしましたが、処世術に長《た》けているというのか、憎めないというのか、留年まちがいなしだったのに奇跡的に卒業していきましたよ」

「卒業後に交流はありましたか？」

「二、三度遊びに来ましたが、かなり前のことですね」

「三井さんと特に親しかった人はいましたか？」

教授は「いやあ」と首をかしげ、考える表情になった。

「よく覚えてないけど、彼はみんなと仲良くやってたような気がしますねえ」

三月十四日のホワイトデーに、渋谷で戸沼暁男に声をかけたのが三井良介だと仮定する。それからまもなく三井良介は事故死し、その後、戸沼暁男は何者かに刺殺された。その状況に絞って考えれば、偶然で片づけることに抵抗がある。しかし、世の中を俯瞰《ふかん》して眺めると、この程度の偶然はあふれ返っている。偶然によって人の命が奪われていくのをいままで何度も目にしている。

研究室を出ると、田中が勢い込んで口を開いた。

「これから佐藤真由奈のところに戻るんですよね。被害者の友人が三井という名前だったかどうか確認を取るんですよね」

「あれ、おそらく嘘です」

「なにがですか?」

「彼女、知ってますよ」

「あの、なんのことでしょう」

「マルガイの友人の名前です。彼女、覚えているのに忘れたと言ったんです」

「なぜわかるんですか?」

「彼女がマルガイの友人の名前を覚えていないとは考えられません。つきあって半年だし、しかも堂々とつきあえなかったんです。そんななか、はじめてマルガイとつながりのある人間に会ったんですから、彼女なら絶対に覚えているはずです」

「じゃあどうして」

「出し惜しみかもしれません」

佐藤真由奈がなぜ薫子に連絡をよこし、会いたがるのか。その理由がわかった気がした。

アリバイが成立し、警察に相手にされなくなったからだ。

疎外感と焦燥、そして苛立ち。誰からも相手にされなくなった人間は、自分を見てもらうためにさまざまな画策をすることが多い。佐藤真由奈の場合は、戸沼暁男に関する情報を持っているふりをすることがそうだ。友人の名前を出し惜しみすれば、そのあいだは警察の関心を得られる。

「でも、どうして出し惜しみなんか」

「彼女なりの考えがあるんでしょう」

佐藤真由奈と話したことのない田中は、言葉の意味を理解できないようだ。

校舎を出ると、もわりとした湿気に包まれた。いまにも雨が降り出しそうな曇り空の下を学生たちが歩いている。覇気《はき》が感じられないのは天候のせいだろうか。

「ためしに聞いてみましょうか」

薫子はスマートフォンを取り出した。

すぐに呼び出し音が途切れ、佐藤真由奈のうわずった声が聞こえた。

「あっちょんのことでなにかわかったの？」

「先ほどお聞きした、渋谷で会ったというご友人のお名前ですが」

「だめ。まだ思い出せないの」

「三井、ではありませんか？」

「え？」

「ご友人は三井という名前ではありませんか？」

数秒の沈黙が流れた。

「わからない」ため息をつくように言う。「もうちょっとで思い出せそうなんだけど」

「では、三井ではなかったと？」

「思い出せないって言ってるでしょ！」

いきなり尖った声になった。

「三井かどうかもわかりませんか？」

「わたしは混乱してるの。大切な婚約者があんなことになったんだからあたりまえでしょ。それなのにどうして責めるようなことを言うの？　そんなに都合よく思い出せるわけないでしょ」

それでは戸沼さんの奥様に聞くのでけっこうです。そんな意地の悪い言葉が頭に浮かぶ。

「わかりました。またご連絡させていただきます」

「ええ。また連絡して。絶対に連絡してね」

佐藤真由奈の声に明るさが滲《にじ》んだ。

三井で当たりだ、と薫子は確信した。

7

戸沼杏子は玄関を開けて息をのんだ。

まただ。また玄関先にごみが散乱している。まるでカラスに荒らされたごみ集積所のように、ごみ袋の破れ目から使用済みのティッシュや割り箸、絡まった髪の毛、玉ねぎの皮などがあふれ出している。投げつけた衝撃で破れたのか、それとも意図的に破ったのか。ごみ袋は四つある。

呆然と立ち尽くす杏子もまた、片手にごみ袋をさげていた。今日は燃やせるごみの日で、近所の人と顔を合わせないよう早朝に出そうとしたのだった。

杏子は道路に目をやった。まだ五時前だ。人の姿はない。

誰が、なんのために、こんなことをするのだろう。考えると恐ろしくなる。強い悪意を持った人だろうか、わたしたちに恨みがあるのか、おもしろがっているのか、いたずらのつもりか、やつあたりなのか、ただなんとなくか。いずれにしても恐ろしくてたまらない。その人物は同じ空の下で普通に呼吸をし、普通に歩き、普通に食べたり飲んだりしているのだ。

カラスの鳴き声が思いがけず近くから聞こえ、はっとした。誰にも見られないうちに早く片づけなければ。

家に戻り、大きなごみ袋を持ってきた。散乱している生ごみをほうきとちりとりで集める。

ここ数日、嫌がらせがなかったから安心しはじめていたのに。まさか塀に落書きはされていないだろうかと慌てて確かめると、恐れていた事態にはなっておらず束の間ほっとした。

「奥さん、おはよう」

背後からの声にびくっと体が跳ねた。おそるおそる振り向くと、二軒隣の若松《わかまつ》の奥さんだった。古くから住んでいる六十代の専業主婦で、生前の母とつきあいがあったらしい。

「最近、お宅、雨戸閉めっぱなしでしょう。どうしてるのかと思って心配してたのよ。大丈夫だった？」

「あ、はい、大丈夫です。すみません」

悪いことなどしていないのについあやまってしまった自分が腹立たしい。

「どこかに行ってたの？」

「いえ、そういうわけでは」

言葉を濁すと、若松は訳知り顔でうなずいた。

「大変だったわねえ。まさか近所でこんなことが起こるなんてねえ。すぐそこでしょ？」

と、事件現場の方向を気軽に指さす。

「犯人、まだ捕まってないんでしょう。わたしたちも安心して暮らせないわよねえ、なんてみんなで話してるのよ。お宅に恨みがある人かもしれないんでしょう。だったら、また戻ってくるかもしれないしねえ。ほら、少し前に塀にいたずら書きされたでしょ。あれも犯人の仕業なんじゃないの？　奥さん、身に覚えないの？　わたしも警察やマスコミにいろいろ聞かれたわよ、夫婦仲のこととか。でも、そんなの知るわけないじゃないねえ」

「すみません」

と、またあやまってしまう。

「ここだけの話、ご主人、女がいたんだって？」

「え？」

「週刊誌の人が言ってたわよ。人ってわかんないもんねえ。ご主人、そんなふうには見えなかったものね。奥さんは知ってたの？」

「いえ。わたしはなにも」

足もとから震えが這《は》い上がってきた。皮膚はじっとりと汗ばんでいるのに、体のなかはどんどん冷えていく。

「一度、ご近所に説明したほうがいいんじゃないの？　犯人の心あたりとか捜査の進み具合とか、奥さんの口から話したら？　みんな不安がってなるべく出歩かないようにしてるのよ。このあたりは物騒な事件なんかなかったのに、どうしてあんなことが起きたのかしらねえ」

ごみを投げつけたのはこの女じゃないかと思えてきた。早起きで噂好きで偽善者の若松ならやりそうだった。もしかすると、落書きも嫌がらせもすべてこの女の仕業ではないのか。それとも近所の人たちがグルになっているのだろうか。

「タケダさんのおばあちゃんなんか、ショックで寝込んじゃったらしいわよ」

「すみません」

「あら、やだ。わたしったらぺらぺらしゃべって。ごめんねえ。いちばんショックなのは奥さんなのにね。毎日、花を供えてるんでしょ。奥さんもかわいそうにねえ。なにか力になれることはない？　わたしにできることがあったら言ってね」

「ありがとうございます」

小さく頭を下げ、杏子は小走りで家へ向かった。背後に無数の視線を感じ、叫び出したくなる。

食卓に突っ伏し、震えを抑え込むため奥歯に力を入れる。

どうして？

気泡のように次々と浮かんでくるこの言葉。

どうして？　どうして？　どうして？

なにも悪いことはしていないのに。夫が殺されたのに。被害者なのに。どうしてこんな目に遭わなきゃいけないの。わたしたちがなにをしたっていうの。

杏子は顔を上げた。頬をぬぐったが、涙は流れていない。

史織の言ったように早く引っ越そう。新しい場所で名字を変えて、家族三人でやり直そう。母が遺してくれた家を売却することにためらいはあったが、こんな事情だもの、きっと母も賛成してくれるだろう。

こめかみを汗がつたった。雨戸を閉めっぱなしにしているせいで、早朝からサウナにいるように暑い。居間のエアコンをつけた。電気代のことは頭から追い払う。生活費のことも考えない。

大丈夫、これ以上悪いことは起きない。そう自分に言い聞かせる。

ほんとうにそうだろうか？　ふと強い不安に駆られる。夫が殺されてから、いまが最悪だと思うことでなんとか耐えてきた。しかし、どんどん悪いほうへと転がっているのではないか。底まで落ちたと思ったら、足もとが崩れ、さらなる深みが口を開けるように。

不安に押され、杏子はスマートフォンを手に取った。

我城という女刑事が来たのは先週のことだ。あれ以来、ほぼ毎日電話で様子を聞いてくれるが、その声には心が感じられなかった。といっても、面倒がっているようでも手を抜いているようでもない。むしろ誠意を持って対応してくれているといっていいだろう。しかし、そこにひとりの人間としての、同性としての、感情や共感を感じ取ることができなかった。

電話しようかどうか迷い、まだ六時にもなっていないことに気づく。杏子は両手で頭を抱えた。

近所の人たちがグルになって自分たち家族に嫌がらせをしているのではないか。塀の落書きも、心ない手紙も、ごみも、ネットの書き込みも、近所の人たちの画策によるものではないか。いや、近所だけじゃない。世の中のすべての人がグルになっているのだ。

杏子は顔を上げた。こめかみをつたった汗が食卓に落ちた。ぽつ、とその音がはっきり聞こえた。

思考が暴走しているのを自覚していた。杏子は目をつぶり、ゆっくりと息を吸い、吐いた。吐き切ったところで、しっかりしなきゃ、と自分を叱咤《しった》した。

悪夢に底はないのだと知らされたのは、次の燃やせるごみの日だった。

三日前の早朝を思い出しながら、小走りでごみを出しに行き、誰にも会わなかったことと、嫌がらせをされていないことにほっとし、ポストを開けた。

週刊誌が入っていた。ページのなかほどに薄ピンク色の付箋《ふせん》がついている。その瞬間、なにもわかっていないのに、すべてわかった気になった。

ふれたくないという強い拒否反応とは反対に、杏子の震える手は追い立てられるようにページをめくった。

〈めった刺し！　路上に散った中年サラリーマンの嘘まみれの日々〉

煽《あお》るような太い文字が目に飛び込んできた。

そのすぐ下に、目から鼻下までを隠した女の写真がある。写真の下には〈号泣しながら被害者との蜜月を語る愛人M子さん〉とある。

整えられた眉、内巻きにセットされた髪、ノースリーブのワンピース。白黒のページでも、くちびるにはグロスを塗っているのが見て取れたし、香水の甘いにおいがふわりと香るのが感じ取れた。

杏子の目は機械のように文字をなぞり、脳はコンピュータのようにその文字に意味づけをしていく。

読み終えてしばらくのあいだ放心した。

他人事にしか思えなかった。そこにある「被害者の妻」という文字も、自宅の写真も、事件のあらましも、家族構成も、なにもかもが週刊誌のなかで完結する話で、いまここにいる自分とは一点のつながりもない。そんなふうに感じた。だからだろう、杏子の胸にこみ上げてくる感情はなく、自分が空洞になった気がした。

愛人がいるような人には見えませんでした、と近所の人は言っている。ごく普通の家族という印象でしたけどね。トラブルがあったという話も聞いていません。そういえば、夫婦で外出するところは見たことありませんね、と。

彼の赤ちゃんを身ごもっていました、とM子は言っている。でも、あんなことになって流産してしまったんです。まるで彼の魂が、わたしたちの愛の結晶を連れていったかのように。奥さんが離婚に応じていればこんなことにならなかったのに、と。

ありふれた話だ、と頭の片すみにいる小さな自分が言っている。こんな陳腐《ちんぷ》な話、飽きるくらい聞いている。おもしろくもなんともない。

ページを閉じようとし、M子の写真に視線が吸い寄せられた。小さな石のついたネックレスをしている。ダイヤだろうか、と思った途端、頭のなかで火花が散った。次の瞬間、杏子は激しい怒りにのみ込まれた。

このネックレスは夫がプレゼントしたものだとわかってしまった。消費者金融から借りた百三十万円の一部なのだ。

なにが赤ちゃんだ、愛の結晶だ、バカじゃないの。夫が死んだいま、いくらだって好き勝手なことを言える。もしほんとうのことだとしたら、ざまあみろだ。流産ついでに子供が産めない体になっていればいいのに。

杏子は、モザイクがかかった女の目をボールペンで突き刺した。

夫と女が一緒に写っている写真にもボールペンを突き立てる。ふたりはベッドの上に座り、夫はTシャツで、女はキャミソールだ。〈わたしの部屋がふたりの愛の巣でした〉とM子は語っている。

ふたりの顔をずたずたにしたところでボールペンが止まった。ボールペンの先は、夫の首を貫いている。

子供たちが読んだらどうしよう。

燃えたぎっていた血が一瞬で冷えた。

絶対に読ませてはいけない。愛人とか愛の結晶とか流産とか、くだらない言葉を目にふれさせてはいけない。

誰がこれをポストに入れたのか。思い浮かぶのはただひとり、M子である佐藤真由奈だ。

8

我城薫子の眠りを破ったのはスマートフォンの着信音だった。午前六時を過ぎたばかりだ。

はい、と薫子が言うよりも先に、

「助けてください」

せっぱつまった声が耳に飛び込んできた。

「どうしました？」

反射的に体を起こすと、眠気が剝がれ落ちた。

「あの女を逮捕してください。どうして野放しにしておくのよ。いますぐ捕まえてよ。なんでわたしたちがこんなことされなきゃならないの。わたしたちがなにしたっていうのよ。なにもしてないわよ。わたし、悪いことなんかなにもしてない」

戸沼杏子は荒い呼吸でまくしたてた。

「大丈夫ですか？　落ち着いてください」

言いながら薫子はベッドを下り、カーテンを開けた。厚い雲が太陽を隠している。

「大丈夫じゃないわよ。落ち着けるわけないじゃない。わたしたちがどんな目に遭ってると思ってるのよ」

「なにがあったんですか？　あの女って誰ですか？」

「佐藤真由奈に決まってるじゃない！」

悲鳴のような声だった。

三日前、被害者宅の敷地にごみが投げ込まれたのは知っている。また、ごみだろうか、それとも落書きか手紙か。いずれにせよ、戸沼杏子は佐藤真由奈らしき人物を目撃したということだろうか。

通話を切り、急いで着替えた。玄関に向かいかけ、ローテーブルの上に目が留まる。

ペットボトルが倒れ、プラスチックのトレーや包装紙が散らかっている。昨晩、いつものように仕事帰りにコンビニで買い、夕食代わりに食べたものだ。チョコレートデニッシュ、小倉ホイップパン、あんパン、エクレア、おはぎ……と思い出したら、だから太るのよ、と佐藤真由奈の声がよみがえった。

甘いものが好きなわけではない。ただ、甘さを感じたくて食べているだけだ。次のひと口で感じられるのではないか、次のひと口で、と思いながら食べるのをやめられない。

わずかに残っていた烏龍茶を飲み干したら、そのぬるさを拒否するように胃がひくりと動いた。

府中駅で電車を降り、被害者宅へ向かう途中で雨が降ってきた。汗ばんだ背中にシャツが張りつく。駅へ向かう人たちのほとんどは傘をさしているが、薫子は傘を持っていなかった。

急ぎ足が止まる。戸沼暁男の殺害現場に差しかかったところだ。塀に花が立てかけてある。雨に濡れた花はみずみずしく、白、黄色、赤、紫、それぞれの色が際立って見えた。花びらにも葉にも萎《しお》れかけているところはない。ここに置かれてからさほど時間はたっていない。おそらく昨日か今朝だろう。

背後からの足音に、薫子は振り返った。戸沼杏子だった。傘をささず、両手にコンビニのレジ袋をさげている。夫が絶命した場所だということに頓着《とんちゃく》するふうもなく、思いつめた目をまっすぐ前に向け、必死に足を動かしている。

呼吸がはっきり聞こえるほどの距離なのに、薫子に気づかず目の前を走り抜けていく。喘《あえ》ぐような呼吸と重たげな足どり。濡れた顔には血の気がなく、幾筋かの髪が張りついている。

声をかけようとしたがやめて、彼女のあとをついていった。

両手にさげたレジ袋には、それぞれ数冊の雑誌が入っているように見える。

三十分ほど前の電話で、すぐに訪ねると彼女には伝えてあった。それなのに外出するとはよほど急いでいるのだろう。

声をかけたのは、戸沼杏子が玄関に鍵を差し込んでいるときだった。びくっとしたのち振り返った彼女が、薫子を認識するまで数秒かかった。

「……ああ。刑事さん」

目の焦点が揺らいでいる。

「大丈夫ですか？」

彼女は小さくうなずいたが、そこに思考や意志はなく、体の運動反射機能が働いただけのようだった。

「刑事さんも手伝ってください」

戸沼杏子の目の焦点が定まり、険しい輝きを宿した。

「この雑誌、全部買い占めてください」

そう言ってレジ袋から雑誌を一冊取り出し、薫子に突きつけた。

ビジネスマン向けの週刊誌だ。表紙に大物政治家の名前があり、〈黒い交際・桃色の交際〉と続いている。

「近所のコンビニにあったのは全部買いました。だから、あとは刑事さんが買って。市民を守るのが仕事でしょう。いままでなにもしてくれなかったんだもの、そのくらいはしてくれるでしょう」

「戸沼さん」

落ち着いてください、と続けようとしたが遮られた。

「わたし、警察ってもっと頼りになると思ってた。でも、ちがうんですね。全然役立たずじゃないの。税金泥棒って言われるけど、ほんとにそのとおり。なんにもしてくれないじゃない。だから、せめてこの雑誌、全部買い占めてよ。税金払ってるんだから、そのくらいしなさいよ。お願い。早くして。こんなところでぼさっとしてないで、早くなんとかしてよ。こんなの子供に絶対見せられない」

泣き崩れるだろうと思ったが、戸沼杏子は睨みつけるようなまなざしを保ったままだった。


組替えを期待した薫子だったが、梶原と離れられたのは二日間だけだった。

意外にも、梶原は三井良介の事故死に食いついた。洗い直しても新たな情報は出てこなかったが、実況見分調書によると、もともと不審な点がないとはいえない事故だった。

三井良介、死亡当時四十一歳。職業はホストクラブ経営。四月七日未明、新宿区百人町の歩道橋から転落。目撃者はおらず、通りかかった人の通報で救急車が到着したときにはすでに死亡していた。死因は頭部外傷だ。突き落とされた可能性も考えられたようだが、結局は事故として処理された。

「女はクソだな」

コンビニのごみ箱に週刊誌を投げ入れ、梶原が吐き捨てた。ひとりごとの口調だったが、薫子に聞かせようとしているのは明らかだ。

「記事の件ですか?」

梶原は答えず歩を進める。ビニル傘から垂れた水滴がワイシャツの肩を濡らし、雨を撥《は》ね上げたズボンの裾が濃い色に染まっている。

三井良介の遺族に会いに行くところだった。妻の咲美《さきみ》は、小学二年生の娘と横浜市のマンションで暮らしている。咲美と連絡がつくまで十日近くかかったのは、彼女が娘を連れてヨーロッパ旅行をしていたためだった。三井良介は妻を受取人にした保険に加入していたが、三千万円の死亡保険金は不自然とはいえない額だ。

三井咲美は夫の死後、それまで住んでいた荻窪《おぎくぼ》のマンションから横浜市の山手《やまて》に引っ越した。荻窪のマンションは賃貸だったが、いまは中古ながらも分譲だ。

「いやいや、豪勢な暮らしでうらやましいですよ」

ソファに腰かけると同時に梶原が言った。わざとらしい棘《とげ》を声に含ませている。

三井咲美は対面キッチンに立ち、グラスに氷を入れながら「はい？」と聞き返した。

「豪勢な暮らしですね、と言ったんですよ。このマンション、買ったんでしょう？　こんないい暮らしをしてるんだから、亡くなったご主人もさぞかし安心してるでしょうねえ」

薫子には、梶原がいやらしく言うほど豪勢な暮らしには見えなかった。たしかに分譲マンションではあるが、築二十年はたっているだろうし、向かい側には陽射しと眺望を遮るように高層マンションがそびえている。

「実家にも少し援助してもらったので」

ローテーブルに麦茶を置きながら三井咲美は言った。

「ご主人の保険金も出たんでしょう？　三千万でしたっけ」

ぶしつけな質問に彼女は眉をひそめ、「それがなにか？」と梶原をまっすぐ見た。

三井咲美は、薫子が漠然とイメージしていた雰囲気とはちがった。薫子よりひとつ下の三十五歳で、結婚するまではキャバクラに勤めていた。もう少し派手な印象を想像していたが、黒髪のショートボブにワインカラーのセルフレームの眼鏡をかけた彼女は、大手企業の秘書室勤務といったイメージだ。

「子供と一緒にヨーロッパ旅行ですかあ。いやあ、ほんとうにうらやましい。でも学校、まだ夏休みじゃないでしょう」

「大きな声出さないでください。子供に聞こえるでしょ」

「ああ、不登校ですか。大変ですねえ。やっぱりあれですか、お父さんが死んだショックが原因ですか。それとも、転校していじめにでもあったんですかねえ」

三井咲美は梶原を睨みつけた。

「ヨーロッパに行ったのは輸入雑貨の店をオープンするので、その買い付けのためです。娘を連れていくのはあたりまえでしょう。小学二年生の子に留守番させろって言うんですか？　それから今日、学校を休んでるのは不登校じゃなく体調不良です。……これでいいですか？」

「へえ。輸入雑貨の店をねえ。資金もかかるでしょうに。オープンって奥さんが？」

にやにや笑いながら梶原が聞く。

「そうですけど、それがなにか？」

「いやいや、たいしたものだ。ご主人が事故死してから三か月しかたってないのに、トントン拍子ですな」

「は？　意味がわかりませんけど」

三井咲美は怒りを露《あら》わにする。

その顔をにやつきながら見ていた梶原は、「ま、いいや」とばかにするようにつぶやき、「おい、おまえ」と薫子に顔を向けた。

「ぼさっとしてないで早く済ませろよ」

ったく使えねえな、とひとりごとの口調で続ける。

すみません、と三井咲美に軽く頭を下げてから、薫子は切り出した。

「今日伺ったのは、ご主人のお知り合いについてお聞きしたかったからなんですが、戸沼暁男という方をご存じではありませんか？」

「知りません」

三井咲美は即答した。

「ご主人の大学時代の友人で、同じゼミだったそうなんですが」

「だから知りませんって」

「ご主人から名前を聞いたことはありませんか？」

「ないですね」

「では、高橋彰という人は？」

「知りません。あの人、顔が広くてたくさん知り合いがいたからいちいち覚えていません」

薫子は、戸沼暁男の写真を取り出した。

「この方なんですが」

面倒そうに視線を向けた三井咲美の表情に変化が表れた。

「知ってるのか？」

梶原が身をのり出す。

三井咲美は写真を見つめたまま下くちびるを軽く嚙み、首をかしげた。思い出しそうで思い出せない、とその表情が語っている。

「どこかで見たような気がするんだけど」

そうつぶやいてから、目を上げた。

「この人がどうかしたんですか？」

「先日、亡くなりました」

そう答えた薫子にかぶせるように、「殺されたんだよ」と梶原が言い放つ。

「奥さん、知らない？　サラリーマンが府中の路上でめった刺しにされて殺された事件。

ニュースでもけっこう流れたと思うんだけど」

「まさか、夫も殺されたんですか？」

いやいやいやいや、と梶原が制する。

「それとこれとは別だから。奥さん、思い出してよ。この人、どこで見ました？」

「夫は殺されたんじゃないですか？」

「ちがうちがう。奥さん、写真ちゃんと見てよ」

戸沼暁男と三井良介の接点は、いまのところ大学の同じゼミだったことしかない。彼らと同じゼミだった人物をひとりずつ当たったが、ほかに死亡しているものはいない。

「気のせいだわ」

やがて三井咲美は言った。

「はい？」

「見たことがある気がしただけかも。やっぱり知らない人だわ」

「ちゃんと思い出してよ、奥さん」

梶原の言葉に、「もう奥さんじゃないですから」と三井咲美はまなざしをきつくした。

「見覚えがあるんでしょ？　どこで見たの？」

「特徴のない顔だもの、どこかで見たような気がしただけだと思う。もしかしたらパーティとかイベントで顔を合わせたことがあるのかもしれないけど、覚えてません」

嘘をついているようには見えなかった。梶原も同じ印象を抱いたらしく、「じゃあ、なにか思い出したら連絡ください」とあっさり立ち上がった。

マンションのエントランスを出たところで、梶原のスマートフォンが鳴った。傘をさしかけたのをやめ、梶原はスマートフォンを耳に当てる。

「蟹見が?」

驚きの混じった声だった。

すぐ行く、と言って通話を切ると、梶原は勢いよく傘を開いた。どうせ教えてはくれないだろうと、薫子は黙ったままついていく。

「蟹見圭太を引っ張ったってよ」

薫子に背を向けたまま、ひとりごとの口調で吐き捨てた。

9

佐藤真由奈は週刊誌をぱっと閉じ、すぐにまた開いた。そこには、口もとだけ残してモザイクがかかった自分の写真が載っている。ベッドの上で撮ったあっちょんとのツーショットも載っているし、その下には〈わたしの部屋がふたりの愛の巣でした〉と真由奈の言葉も載っている。この記事は、真由奈とあっちょんがたしかに存在したことを証明している。

それなのに記事を読み進んでいくほど、自分たちとは関係のない作り話に思えていく。愛がないからだ。この記事には愛が書かれていない。

〈めった刺し！　路上に散った中年サラリーマンの嘘まみれの日々〉

こんなワイドショー的なタイトルは、真由奈が望んだものではない。ふたりがどんなに愛し合っていたか、遺された婚約者がどんなに悲しんでいるかを書いてほしかった。それに〈嘘まみれの日々〉というのも納得できない。まるで、あっちょんが嘘をついていたみたいではないか。嘘のほうに真由奈がいるみたいではないか。嘘をついて結婚したのは妻のほうなのに。嘘にまみれていたのは家族との暮らしのほうなのに。

記事には、あっちょんが騙されて結婚したことも、結婚生活が苦痛に満ちていたことも書かれていない。それなのに、〈M子さんと結婚する約束を交わしていた〉ことや、〈旅行する予定だった〉ことが書いてある。これじゃあ、まるで不倫をしていたようではないか。そもそも真由奈のことを婚約者ではなく、〈愛人〉と表現しているのがおかしい。

事前に原稿をチェックできると思い込んでいた。まさか本人の了承を得ずに、いきなり発売されるなんて思いもしなかった。

真由奈は記者を思い返した。五十歳前後の男だった。真由奈が話しているあいだ、「はいはいはいはい、なるほどね」と流すような相づちを繰り返していた。あのとき、嫌な予感はしたのだ。こんな男にわたしたちの愛が理解できるのだろうか、と。写真だってそうだ。顔はわからないようにしますからと言ったくせに、中途半端なモザイクしかかかっていない。これなら顔を出したほうがよかった。だいたい、わたしは顔を隠してほしいなんて頼まなかったのに。

出版社に電話をしたときはぜひ話を聞きたいと飛びついてきたのに、記者の関心は真由奈にではなく、犯人にあるようだった。あっちょんとの思い出を語っている途中でも、「犯人の心あたりは？」「誰かに恨まれていた可能性は？」「警察はなんて？」などと口を挟んできた。

〈一日も早い犯人逮捕を願うばかりである。〉という最後の一文まで読み、真由奈は週刊誌を閉じた。そして、すぐにまた開く。何度目を通しても、この記事を読んだ人がどう感じるのか想像できなかった。

こんな記事と写真で、あっちょんの妻は負けたと感じるだろうか。若さも、容姿も、彼への愛も、彼からの愛も、女としての魅力も、思い出の美しさも、なにもかも〈愛人のM子さん〉のほうが上だと認めるだろうか。

インターホンが鳴った。真由奈は週刊誌を閉じ、立ち上がった。ドアスコープの向こうの顔を見て、彼女が訪ねてくるのを心待ちにしていたことに気づく。

「突然すみません」

そう言いながらも、我城という女刑事は少しも悪いと思っていない顔つきだった。

「いいのよ。どうしたの？　あっちょんのことでなにか聞きたいことがあるの？　どうぞ入って」

ドアを大きく開けたとき、女刑事の背後の男に気づいた。

嫌悪と軽蔑を剝き出しにした暴力的な目つき。他人にどう思われようが頓着しない横柄《おうへい》な態度。

――あなたが高橋さんだと思っているのは戸沼さんです。

あのときだってそうだ。婚約者が殺されたわたしに、かわいそうに、お気の毒に、という言葉もかけず、うっとうしそうに言い切った。

「その人は嫌！」

真由奈は声を張った。

「だとさ」

梶原という刑事はばかにする様子を隠しもしない。

「つーことで、俺は退散するから、あとは女同士適当にやってくれや。こんなくだらないことで時間潰すほど、俺はひまじゃないからよ」

「梶原さんはどちらへ？」

女刑事が問いかけたが、梶原は階段を下りていった。

部屋に入った女刑事の目がローテーブルの上の週刊誌を捉えたのがわかった。真由奈は気づかないふりをして、「お茶いれますね。ハーブティーでいい？」と声をかけた。

「おかまいなく」

「あら、コーヒーのほうがいい？　でもお肌に悪いわよ」

「蟹見圭太のことでお聞きしたいことがあります」

女刑事は改まった口調で告げた。

ああ、そういうこと。ふっと笑いたい気持ちになった。

「ええ。なあに？」

真由奈は首をかしげて、女刑事のまっすぐな視線を受け止めた。

「以前、蟹見圭太のことをお聞きしたとき、おつきあいはないとのことでしたよね」

「ええ。それがなにか？」

「蟹見圭太が逮捕されました」

「あら」

真由奈は目を見開いた。

「まさか蟹見くんがあっちょんを殺したの？」

女刑事は数秒の溜めののち、「いえ」と答えた。

「じゃあ、なに？」

「ご遺族に嫌がらせをしていました。ごみを投げ入れたり、塀に落書きをしたり、誹謗《ひぼう》中傷する手紙をポストに入れたり」

そこで言葉を切り、ローテーブルの上の週刊誌に視線を落としてから、「この週刊誌をポストに入れたり」と続けた。

「あなたも読んだ？　わたし、びっくりしてるの。こんなふうに書かれるとは思ってなかったわ。週刊誌の記者ってひどいのね。煽るようなことばかり書いて、売れればいいと思ってるのね」

この女刑事が記事を読んでどう思ったのか知りたかったが、自分から訊ねることはプライドが許さなかった。

「佐藤さん。あなた、蟹見圭太に連絡をしたそうですね」

「ええ。でも、蟹見くんに連絡したのは、刑事さんに彼のことを聞かれたあとだもの。だから嘘はついてないわ。だって、あんなこと聞かされたら気になるじゃない。もしかしたら蟹見くんがあっちょんを殺したのかも、って。疑いたくなるのはあたりまえのことでしょ。それが悪いの？　罪になるの？」

「彼をそそのかすようなことは言いませんでしたか？」

「そそのかす、ってどういうこと？」

「蟹見圭太は、あなたからいろいろ聞いたと言っています」

「いろいろ、って？」

「彼はリフォーム会社を解雇されたそうですね。その理由は知ってますよね」

「ええ。蟹見くんから聞いたわ。あなたたちのせいでしょ？　警察が犯人扱いして、彼のことを聞きまわったんですってね。そのせいで彼女にもふられたって怒ってたわ」

真由奈の嫌みに気づかないのか、女刑事は表情を変えない。無表情なのにクールな印象はまるでなく、愚鈍といった顔つきだ。

「会社を解雇されたのは、彼が仕事をサボっていたからです。彼は外回りと称して、恋人のマンションに入り浸っていました。戸沼さんのご近所のマンションです。無断駐車を通報されたことで、会社にばれてしまいました」

「でも、わたしは警察のせいだと思うわ」

真由奈の声が聞こえなかったかのように、女刑事は無表情のまま続ける。

「蟹見圭太は解雇されただけじゃなく、ガソリン代を請求されています。ご存じですよね？」

真由奈は人差し指をあごに当て、「んー」と声を発し、「そういえば、聞いたような気もするけど」と首をかしげた。

「逆恨みといいます」

「え？」

「蟹見圭太が、無断駐車の通報者を恨むのは逆恨みです」

真由奈は無言で、女刑事の出方を待った。

「通報したのは被害者の妻、戸沼杏子さんだ。あなたは、蟹見圭太にそう言ったそうですね」

「あら、ちがうの？」

「ちがいます」

「なーんだ。わたし、てっきりそうだと思っちゃった。どうしてかしら。でも、まさか蟹見くんがそこまでするとは思わなかったわ」

女刑事は黙っている。揺らぎのない視線を真由奈に向けているが、そこに感情らしきものを見つけることはできなかった。

ふと、泥みたいな女だ、と思う。この女が、怒ったり笑ったり泣いたり、誰かを愛したり愛されたりするところがまるで想像できない。

「蟹見くんは刑務所に入るの？」

「わかりません」

女刑事は即答したが、そのくらいで刑務所に入るはずがないことはわかっている。

「わたし、悪いことをしたのかしら」

真由奈はうつむき、ひとりごとの口調を意識した。肯定でも否定でもいいから反応が欲しいのに、女刑事は黙っている。

「いちばんかわいそうなのはわたしよ！」

突然、言葉が飛び出した。驚いたのは束の間のことで、すぐに気持ちが追いついた。

「いちばんかわいそうなのはわたしなのよ」

今度は気持ちをのせて口にする。「だってそうでしょ？」と続けると声が震えた。

「彼が殺されていちばん悲しいのはわたしなのよ。わたし、婚約者なのよ。もうすぐ結婚するはずだったのよ。あなたもこの記事読んだのなら知ってるでしょ。わたし、流産したの。あなたたちみんなのせいよ。警察と、あっちょんの家族のせい。あっちょんは、わたしたちの子供ができたことも知らずに死んじゃったのよ。わたし、大切なものを全部失くした。あっちょんも、赤ちゃんも、幸せな結婚生活も、なにもない。それなのに、誰もわたしのことなんて考えてくれないじゃない。それどころか除け者みたいに扱うじゃない。どうしてわたしがそんな仕打ちを受けなきゃならないの？　おかしいじゃない」

まくしたてながら真由奈は悟った。このままわたしは抹殺されるのだ、と。わたしだけじゃなく、あっちょんも、流産した赤ちゃんも、取るに足りないものとして捨てられていく。残るのは、戸沼暁男と彼の家族なのだ。

やがて、この女刑事さえも訪ねてこなくなるだろう。

目の前の女刑事は、真由奈が投げつける言葉をどんよりとした無表情で吸い込んでいく。雨水をたっぷり含んだ泥のような顔だ。

10

夫が殺されて一か月がたったが、捜査がどうなっているのか戸沼杏子は知らない。刑事の来訪は減り、状況の報告も受けていない。

知らされたのは、嫌がらせをしていた犯人のことだ。佐藤真由奈ではなく、蟹見圭太という男だった。その男に心あたりはないし、相手も杏子のことを知らないらしい。杏子のせいで会社をクビになったと思い込み、一方的に憎悪を募らせたとのことだった。

被害届は出さないことにした。被害者は恨まれる、陰口を叩かれる、嫌われる。なにより弱い。無数の匿名の手で暴力をふるわれながらも、じっと耐えなければならない。これ以上、被害者になりたくなかった。

「史織ー。お母さん買い物に行ってくるねー」

階段の上に向かって声を張り上げてから、杏子はマスクをつけ、ドアを開けた。

雨でよかったと思いながら傘で顔を隠す。

しばらく買い物は宅配で済ませていたが、そんな余裕はもうない。十円でも安い買い物をしなければならない。火曜日はスーパーの売り出し日で、卵は百円だし、食パンは六十五円だ。運がよければ、九十九円均一もやっているだろう。

いまの杏子にとってもっとも切実な問題はお金のことだった。

相続放棄の申請は格安の司法書士事務所に依頼した。家も売りに出したが、すぐには決まらないだろうというのが不動産会社の見立てだった。人の好さそうな営業担当は言葉を濁したものの、一家の主が殺されたいわくつきの家として見なされ、どうしても売却したければかなり価格を下げる必要がありそうだった。

一日でも早く新しい仕事を見つけなければならないが、子供たちが心配だ。

幸いにも、子供たちは週刊誌の記事を目にしていないようだ。

史織は家に閉じこもり、スマートフォンも杏子が預かったままだから、いまは外の情報をシャットアウトできている。優斗は学校に通うようになった。まだ小学四年生だし、のん気で鈍感な性質もあってそれほど不安は覚えない。

杏子は自宅前の細い道を右へと進む。ほんとうは左に進んだほうが近いのだが、そうすると夫の殺された場所を通らなければならない。

杏子の足を止めたのは、耳奥によみがえった言葉だった。

――毎日、花を供えてるんでしょ。

そう言ったのは誰だっただろう。なかなか思い出せず、もしかして勘違いか夢だったのかもしれないと結論しようとしたとき、二軒隣の若松の奥さんだ、と唐突に記憶が戻る。

若松はなぜそんなことを言ったのだろう。わたしはもうずっと花なんか供えていないのに。

そんな気持ちも、お金の余裕もないのに。

しかし、杏子の脳裏に鮮やかな花が浮かんだ。それは杏子がたむけた菊ではなく、その二、三倍ものボリュームがある立派な供花《きようか》で、黄色、赤、紫といった花がどこか誇らしげに雨に濡れていた。

あのときだ、と思い出す。週刊誌がポストに入っていた日。子供たちの目につかないよう週刊誌を買い占めようとコンビニをまわった朝。あのとき、夫が殺された路地を通ったのではなかったか。

考えるよりも先に足が動いた。

毎日花を供えるとしたら、佐藤真由奈しか考えられない。ただの浮気相手のくせに、安っぽい愛人のくせに、夫の死後も未練たらしく、いや、これみよがしに花を供えるなんて図々しい。

週刊誌に載っていた写真、その胸もとを飾るネックレスを思い出し、杏子の怒りは勢いを増した。

もしいまも花が供えてあったら絶対に回収しなければならない。あの女の花をそのままにしておくわけにはいかない。

杏子は来た道を戻り、家の前を通りすぎてひとつめの角を右へ曲がった。

目に飛び込んできたのは、花ではなく女だった。しゃがみ込み、塀に立てかけた花束に向かって手を合わせている。傘で顔は隠れているが、若い女なのはまちがいない。陰気くさい灰色の路地とその女は不似合いで、どこからかまぎれ込んだ異質なものに見えた。

薄桃色のノースリーブのワンピースに、ヒールのある白いサンダル。ワンピースから伸びた腕と足はむっちりとしてみずみずしい。どうしてだろう、見えもしないのに丁寧に化粧をしていることも、ひと粒ダイヤであろうネックレスをしていることも、爪をピンクのネイルで飾っていることも、もっといえば、かわいいレースのブラジャーとショーツをつけていることもわかってしまった。

記事に出ていたM子にまちがいない。夫の浮気相手の佐藤真由奈だ。

この女が夫と共謀して、わたしたちの生活をめちゃくちゃにしたのだ。

体から、幽霊のようにふわふわとした自分が抜け出していくのを感じた。幽霊の自分は容赦なく彼女を殴り、蹴りつけ、罵倒《ばとう》し、花を踏みつける。彼女が泣こうが赦しを乞《こ》おうがかまわず、徹底的に痛めつける。そうだ、わたしは妻なのだから当然のことだ。

それなのに実際の体は動かなかった。

佐藤真由奈が立ち上がるそぶりを見せ、杏子は反射的にその場を離れた。どこへ向かおうとしているのかわからないまま、しだいに早足になる。彼女が追いかけてくるようで怖かった。逃げているみたいだ、と思い、すぐに、逃げているのだ、と認めた。

この敗北感と惨めさはなんだろう。

ぺらぺらのTシャツとウエストゴムのスカートのせいか。寝ぐせを直していない髪のせいか。伸び切ったベージュのブラジャーのせいか。くすんだ肌のせいか。たるんだ肉のせいか。履き古した運動靴のせいか。

再び自宅の前を通りすぎ、左に曲がってもまだ歩調は緩まない。振り向いたら、すぐそこに佐藤真由奈の勝ち誇ったほほえみがあるような気がしてうなじが粟立《あわだ》った。

被害者になるということは負けることなのか。被害者は弱者であると同時に敗者なのだ。夫が憎い、あの女が憎い。しかしこの瞬間、杏子がもっとも嫌悪したのは自分自身だった。

新しいパートが決まったのは、その日の夕方だった。フリーペーパーの募集広告が目に留まり、なにげなく電話をしたら履歴書はいらないからすぐ面接に来てと言われ、行くとその場で採用が決まった。調布にあるしゃぶしゃぶの店で、夜の七時から十一時までの勤務だ。

もしもその日、佐藤真由奈を見かけなければ、まだ仕事ははじめていなかっただろう。子供たちが外の情報にふれることが心配だったし、嫌がらせをしていた犯人は判明したものの第二、第三の蟹見圭太が現れないとは限らない。なにより夫を殺した犯人が捕まっていないことが不安だった。それでも杏子はパートをはじめたかった。お金のことももちろんあるが、とにかく動き出したかったのだ。

佐藤真由奈を見かけ、とっさに逃げ出し、無意識のうちに敗北を認めてしまったことで、全否定された気持ちになった。立ち直るには新しいことをはじめるしかないと考えた。

女将《おかみ》の言葉も大きかった。

「あなた、上品な顔立ちだから着物が似合っていいね」

しゃぶしゃぶ屋の女将は、杏子を見るなりそう言ったのだ。ばかにしているのかと思ったが、女将の真顔に気づき、顔がぽっと火照《ほて》るのを感じた。いままで親以外の人に顔を褒められたことがあっただろうか。上品な顔立ち、と頭のなかで復唱するのをやめられなかった。

「着物、着られる?」と聞かれ、反射的に「いえ」と答えたが、すぐに「あ、でも、がんばります」としどろもどろにつけ加えた。着物など成人式以来着たことがなかったが、なんとかなる気がした。

どのみち長く勤めるつもりはなく、史織が学校に行きはじめたら昼の仕事に切り替えるつもりだった。

「お母さん、仕事楽しいの?」

朝の食卓で史織にそう聞かれたとき、不意打ちを食らったように心臓が跳ねた。

「なに言ってるのよ。楽しいわけないじゃない。疲れるだけよ。慣れない着物で苦しいし、嫌なお客さんにも愛想よくしなきゃならないし、前の仕事のほうがよっぽどましよ」

言葉が上滑りするのを自覚したが、史織はトーストにジャムを塗りながら「ふうん」と相づちを打っただけだった。

「なんで仕事が楽しいの、なんて聞いたの？」

なぜか後ろめたさがこみ上げ、杏子はそわそわと聞いた。

「別に。なんとなく」

「お母さん、少しでも早く引っ越しできるようにがんばってお金稼ぐからね」

「引っ越したら名字変えるんでしょう？」

娘のおどおどとした上目づかいに、杏子は衝撃を受けた。

こんな顔をする子じゃなかった。中学二年生の女の子らしくはつらつとして、怖いもの知らずで生意気でわがままだった。たった一か月で、傷ついた捨て猫のようにも卑屈な老人のようにも見える表情を張りつけるなんて。

「そうよ。お母さんの旧姓にするって何回も言ったでしょ」

つい、きつい言い方になった。

史織は母親の苛立ちを敏感に察知し、しかしその理由がわからず、逃げるように視線を落とす。

これは自分だ、と杏子は思った。佐藤真由奈を見て逃げ出したとき、きっといまの史織と同じ表情を浮かべていたにちがいない。

「もっと堂々としなさい！」

杏子は声を張った。史織の肩がびくっと動く。

「わたしたち、なにも悪くないのよ。逃げる必要も、隠れる必要もないのよ。髪を金色に染める必要もないし、家に閉じこもる必要もないの」

自分に言い聞かせている気がした。

史織は反応せず、トーストをかじり、牛乳を飲む。視線はぼんやりとテレビに向けられている。テレビをつけるようになったのは一週間ほど前からだ。ニュース番組でもワイドショーでも夫の事件が取り上げられることはない。事件直後は報道されたのだろうが、杏子は知らない。

「お母さんだってそうじゃん」

史織がつぶやいたのはトーストを食べ終えてからだった。

「なにが？」

先に食べ終えた杏子は食卓に落ちたパン屑を指で集めながら、白髪染めのコマーシャルに目を向けていた。若々しいつやと自然な染め上がりというその商品がいくらなのか気になった。

「お母さんだって、逃げてたし隠れてたじゃん。電話にも出なかったし、誰か来ても居留守使ったじゃん。雨戸だってずっと閉めっぱなしだったよね。いまだって出かけるときマスクしてるの知ってるんだから。仕事はじめたからって急にえらそうに説教しないでよ」

史織は目を尖らせ、まくしたてた。さっきまでの臆病な表情が、皮膚のすぐ下に透けて見える。

「パートはじめたのがそんなにすごいの？　学校に行かないわたしのこと非難してるの？」

「ちがうわよ。そんなふうに思うわけないでしょ」

「お母さんがうらやましい」

「え？」

「わたしも学校に行きたい」

「行けるわよ」

「無理」

「どうして」

「無理なものは無理なの！」

食卓を叩き、史織は立ち上がった。居間を出ていく間際に言い捨てた「ごめん」という涙声が杏子の耳にいつまでも残った。

第三章　忘れたい出来事

1

戸沼暁男が殺害されて一か月となった日の午後、蟹見圭太が釈放された。

その数時間後、新宿区の戸塚《とつか》警察署からもたらされた情報が捜査本部をどよめかせた。

血痕が付着した包丁とレインコートが、同区下落合《しもおちあい》の交番に届けられたのだった。持ち込んだのは女で、交際していた男の車のなかにあったとのことだった。包丁とレインコートはコンビニの袋に入れられ、助手席の下に突っ込まれていた。

女がそれを見つけたのは、戸沼暁男が殺害された八日後の六月十九日。交番に届けるまで二十日ほどのタイムラグがあるが、その理由を「血だとわからなかったから」と供述している。

女は最初、それをごみだと思い、捨てようと持ち帰った。なかには使い捨てのレインコートが入っていた。交際していた男は防水工で、汚れは仕事でついたのだと考えた。女はレインコートを捨てなかったし、男に確かめることもしなかった。

女が交番を訪ねたのは、男と別れた翌日のことだった。「レインコートに包丁がくるまれていてびっくりしたから」と言ったが、はじめから知っていたというのが捜査員の見立てだった。男をかばおうとしたのだろう。女がレインコートを見つける二日前、男の住まいの近くで酔っ払いのけんかによる傷害事件があり、それに関与しているのではないかと疑ったようだ。しかし、男のたび重なる浮気が原因で別れたことで考えが一変したらしい。

男の名は、末松勇治郎《すえまつゆうじろう》。三十九歳。伯父が経営する防水工事会社で働いている。

包丁とレインコートからは戸沼暁男のＤＮＡが検出された。

「俺、知らないです。ほんと知らないです。包丁もレインコートも知らないです。ほんとうです。車に包丁なんか置いてません。俺じゃありません。ほんとうに知らないんです」

末松勇治郎は一貫して容疑を否認した。

「そんな人知らないです。トヌマアケオなんて、俺、知らないです。会ったことないです。嘘ついてません」

体を震わせ、舌をもつれさせ、「知らない」と連呼したが、やがて「あっ」とひきつけのような声を発すると、「わかった！　わかりました。府中ですよね？　夜中ですよね？　どしゃぶりの。すごい雨の。女です！　女を車に乗せました！」と一気にしゃべりはじめた。

「その日は夕方から高幡《たかはた》不動《ふどう》駅近くの個人病院で仕事でした。朝からすごい雨でしたけど、屋内での作業だったんで問題はなかったです、はい。終わったのは夜の八時すぎで、そのあと先輩とメシを食いました。和食屋っていうか、まあ、居酒屋っていうか、チェーン店の。えーと、酒は飲んでないと思います。どうだったかな、ちょっと覚えてないです。飲んだとしても舐める程度っていうか……。店を出たのは十二時ごろだったと思います。俺も先輩も次の日休みだったんで、ちょっとゆっくりして、そうですね、二、三時間はいたと思います。先輩とは店を出てすぐに別れました。ふたりとも車だったんで。俺は多摩川を渡って、甲州街道を走って、途中で脇道に折れて。いや、別に理由はないです。ただ、なんとなく……。すみません、ほんとうは前にそこで検問やってるのを見たことがあって、それで反射的に。すみません。

すごい雨でした。前が見えないくらいの。だからゆっくり走りました。神社の近くの、片側一車線の暗い道です。車も人も全然いなくて。そうしたら、人がふらっと出てきて。あやうく轢《ひ》きそうになって急ブレーキかけました。

女でした。傘はさしてましたけど、ずぶ濡れで。窓を開けて、どうしたの、って声かけたら、電車がなくなっちゃった、って。それで車に乗せて、俺んちに行きました。

いや、そんなに変だとは思わなかったです。だって、よくいますよ。終電なくなってふらふらしてる女とか、彼氏とけんかして家飛び出してきた女とか。そりゃあいま思うと、傘をさしてたのにあんなに濡れてたのはおかしいかもしれませんけど、でも、あの日はすごい雨でしたからね。あまり気になりませんでした。

車に乗せると、疲れた、って言って、すぐ寝ちゃいました。そういえば、そっちのほうがおかしいと思ったかな。だって無防備すぎるでしょ。会ったばかりの男の車のなかで平気で寝るなんて。本気寝ですよ、シートに横たわって。ああ、彼女、後部座席に座ったんです。助手席には荷物があったんで。後ろに移すって言ったんですけど、さっさと乗り込んじゃって。だから、話もそんなにしてないですよ。

いや、ちょっとはしゃべりましたけど、なに話したかまでは覚えてません。口数の少ない女だったんじゃないかな。ああ、思い出した。それで俺、きっと男にふられたか、別れたかしたんだろうな、って思ったんですよ。ショックを受けてるような感じだったんで。

リサとかユカとか、源氏名っぽい名前だったと思います。すみません、はっきり覚えてないです。もしかして名前なんて聞かなかったかもしれないです。でも、聞いたとしてもたぶんほんとの名前じゃないと思いますよ。二十代か三十代……十代かも。いやいやいや、高校生ってことはないです。ほんとうです。絶対に十八歳以上でした。でも、いまの女って若いのか歳取ってるのかわかんないんですよね。

それで彼女寝ちゃったんで、俺のアパートに連れてきました。彼女もはじめからそのつもりだったんじゃないですか、すんなりついてきましたよ。そりゃあ男と女ですからね、やることはやるっていうか、自然の流れっていうか。すみません。

起きたら、女はいませんでした。俺、慌てて財布とか通帳とか確認したけど、なくなってるものはなかったです。起きたのはたぶん十一時すぎでしたね。寝たのは明け方じゃなかったかな。

背は低くもなく高くもなく、普通だったと思います。百六十センチ？　ああ、そうそう、そのくらいかも。体型も普通です。太ってはいなかったですね。俺、太った女に声かけないですから。そんな、ほくろがあったかなんて覚えてませんよ。髪は肩くらい……いや、どうかな、もうちょっと長かったかもしれません。芸能人にたとえると？　えー、誰でしょうね。特に誰かに似てるとは思わなかったですね」

裏づけ捜査が行われたが、末松勇治郎の供述に矛盾する点はなく、戸沼暁男との接点も見つかっていない。とはいえ、彼は容疑者リストのトップにいる。

包丁とレインコートとコンビニの袋からは二種類の指紋が検出された。ひとつは交番に届けた女のもの。もうひとつはデータベース照合をしたが、一致するものはなかった。同じ指紋が、末松勇治郎の部屋と車からも検出された。

「やつ、シロっぽいっすよ」

いつもの居酒屋で、ビールを流し込んでから石光が言った。からになったジョッキを掲げ、おかわりくださーい、と声を張る。

「それより、だいたいなんであんな冴えないおっさんがもてるんでしょうね。世の中おかしいっすよ」

末松勇治郎は交際中の女がいたにもかかわらず、連日のように女に声をかけ、部屋に連れ込んでいた。そのため、彼のアパートからはたくさんの指紋が検出された。

「顔がいいわけでも金があるわけでもないのに、なんであんなおっさんに女は平気でついていくんでしょうね。話聞いてるとむかついてきますよ」

「やっぱりシロっぽいですか」

「富田さんいわく、ですけどね」

「石光さんはどう思いますか？」

「嘘言ってるようには見えない、っていうのが正直なところですねえ」

「でも、あのモンタージュ、つかみどころがないですよね。特徴がなさすぎます」

「よく覚えてないって言い張るんすよ。たくさん女ひっかけてるから、誰が誰だかわかんないし、顔なんかいちいち見てない、って。あのモンタージュ、信用できないっすよ。俺らにガンガンせっつかれて適当に答えたって感じですから」

ったくむかつきますよ、と吐き捨てる。

「末松の供述どおりだとしたら、犯人は車に乗せた女の可能性が高いですよね」

「まあ、そうでしょうね。でもよくわかんないっすよねえ」

そう、よくわからないのだった。

末松勇治郎の供述どおりだとすると、犯人と見られる女は慎重なのか無防備なのか一貫性がなかった。

Nシステムによって末松勇治郎の事件当夜のルートと、運転席にいる彼の姿は確認された。助手席は無人だ。供述によると、女は後部座席に乗ったのだからあたりまえだ。

女はNシステムを警戒して後部座席に乗り、しかも念のために横たわったのか。だとしたら周到だといえる。ところが、指紋には頓着していない。包丁とレインコートとコンビニの袋、末松勇治郎のアパート、車の後部座席から同一の指紋が検出されている。一般的には、Nシステムより指紋を気にするのではないか。

石光に疑問を投げると、「そうなんっすよねえ」と返ってきた。

「でも、やつの供述はいまのところ完璧に辻褄《つじつま》が合ってるんすよねえ」

犯人の逃走ルートを示すルミノール反応は、犯行現場の西の方向で消えていた。その場所は、末松勇治郎が女を乗せた位置と一致し、彼の車の後部座席からもルミノール反応が出た。

現在、末松勇治郎の供述に沿って、彼のアパートの最寄り駅である高田馬場《たかだのばば》駅を中心に防犯カメラの映像解析が進められているが、明け方から通勤ラッシュを挟んで正午までという時間帯のため、手がかりは見つかっていない。

「先輩のほうはどうなんすか？」

「なにがですか？」

「大学のゼミつながりの件ですよ」

「ああ」

一応、梶原が捜査会議で報告したが、数ある可能性のひとつとしてしか受け止められなかった。梶原と薫子は、被害者の交友関係を引き続き当たっている。


「なんですか、もう」

三井咲美は迷惑げに吐き捨てた。

彼女を訪ねるのは二度目で、今回はアポイントメントを取っていない。

「いま食事中なので手短にお願いします」

部屋に上げるつもりはないらしい。夕食はカレーのようで、玄関のたたきに立つ薫子の鼻孔にもスパイシーなにおいが届いている。

「奥さんが連絡くれないから仕方なく来たんじゃないですか」

梶原がにやにやしながら言う。

「はあ？　連絡？　なんのことですか？」

「嫌だなあ。奥さん、忘れちゃったの？　ほら、この人」

そう言って、戸沼暁男の写真を彼女の目の前に突き出す。

「めった刺しにされて殺されたこの人。戸沼暁男さん。思い出したら連絡くれるってこの前約束したのに、奥さん、全然連絡くれないんだもの。我々だって忙しいのに、仕方なく来たんですよ。で、どこで会ったか思い出した？」

三井咲美が、はーっ、と息を吐く。

「申し訳ありません。お食事中に」

薫子が頭を下げると、うんざりした顔をしながらも梶原の手から写真を取った。数秒のあいだ無言で見つめたのち、眉間にしわを寄せ、小首をかしげた。

梶原も薫子も、三井咲美の言葉を黙って待つ。

「やっぱり、わからないみたい」

やがてつぶやき、彼女は目を上げた。

「もっとピントが合った写真はないの？」

「すみません。最近の写真はこれしかないんです。昨年の九月に撮ったそうなんですが」

ふうん、と興味なさそうな三井咲美の情に訴えるために薫子は続ける。

「ご家族でキャンプに行ったときの写真だそうです。そのキャンプが、最後のキャンプになってしまったと奥様がおっしゃってました」

「キャンプ？」

三井咲美の目が変わった。「キャンプ？」と繰り返した言葉は、彼女自身に向けられていた。

「去年の、九月の、キャンプ？」

と、彼女が薫子を見据えた。

「そうです。去年の九月のキャンプです」

「秋川渓谷の？」

場所は知らされていなかったが、「はい」と薫子はうなずいた。

「そうかもしれない」

写真を見つめながら三井咲美がつぶやいた。

「そうかもしれない、とは？」

梶原の声が引き締まる。

「この人、キャンプにいたかもしれない」

「そのキャンプのこと詳しく教えてくれる？」

梶原が完全に会話を引き取り、薫子は開いた手帳にボールペンの先を当てた。

「この戸沼っていう人、子供いますよね？」

梶原がうなずく。

「主人はイベントが好きで、よくいろいろ企画していたんですけど、そのときは家族連れ限定のキャンプでした。異業種交流会で会った人たちに声をかけたって言ってました。だから、わたしにとっては全然知らない人たちばかりだったんですけど」

「キャンプには何人くらい参加したんですか？」

「奥さんや子供も入れたら三十人前後だったと思います」

薫子は手帳にペンを走らせる。梶原は、薫子が聞きたいことはもちろん、薫子が思いつかなかったことまで立て続けに質問する。三井咲美がうんざりしはじめてもまったく気にしない。この男はやはり優秀な刑事なのだな、と頭のすみで思った。

突然、戸沼杏子の暗い表情が浮かんだ。苦いものを嚙んだときのような、見たくないものから目をそむけるような、なんともいえない顔。あれはいつ目にしたのだったか。なぜいま思い出したのだろう。

そうだ、キャンプの話をしたときだ。行かなきゃよかった、と彼女は砂を吐き出すように言ったのだった。

いま目の前にいる三井咲美は、あのときの戸沼杏子と似た表情を浮かべている。

「奥さん、キャンプでなにかあったんですか？」

梶原の言葉にはっとしたのは薫子だけではなかった。

三井咲美が小さく息をのんだ。一度目を伏せ、くちびるを軽く嚙んでから、梶原に視線を戻す。

「女の子が亡くなったんです」

絞り出すように言った。

2

蟹見の行動は、佐藤真由奈の想像を超えていた。

まさかあそこまでするとは思わなかった。すればいいとは思ったが、いざ現実に起こってみると、これっぽっちの満足も得られなかった。

刑事から蟹見のことをはじめて聞かされた日、真由奈は彼に電話をした。真由奈が名乗ると、「俺、会社クビになったんだよね。いやあ、参るわ。家賃払えないじゃん、どうしてくれんだよ」と怒りをぶつけたあと、「で、あんたが犯人なわけ？」と急に話を変えた。クビになった理由を聞くと、無断駐車を通報され、サボっているのがばれたからだと悪びれることなく答えた。そういえばこの男は、新卒で入った寝具メーカーを辞めるときも「営業なんかだるくてやってられない」と言っていた。

「殺された人の奥さんが、蟹見くんが犯人だ、って言ったらしいわよ」

真由奈が言うと、蟹見は「はあっ？」と声をひっくり返した。「なんで俺なんだよ。俺、戸沼なんてやつ知らないぞ」

「蟹見くんの車のこと、あやしいって警察に言ったの奥さんよ。同じ車が家の前に停まってたこともあるし、家の前を行ったり来たりするのを何回も見たって言ったんだって。なんかね、その奥さん、四十すぎのくせに、ストーカーにつきまとわれてるって言ってるみたい。蟹見くん、四十すぎのおばさんのストーカー扱いされちゃったのよ」

そう言って声をあげて笑うと、蟹見はでまかせに簡単にのってきた。「俺の人生めちゃくちゃにしといて、なに被害者面してんだよ。ババアのくせに」と吐き捨てるのを聞き、真由奈は口のなかに笑みを溜めたのだった。

あのとき、蟹見があっちょんの家族に嫌がらせすることを期待しなかったわけではない。ただ、それよりもあっちょんの妻が憎しみの対象になればいいと思った。わたしはないがしろにされているのに、被害者の妻としてみんなから同情され、大切にされるのが我慢ならなかった。

女刑事の泥のような顔が頭から離れない。

蟹見をそそのかしたのが真由奈だと知ったうえで、あの女刑事は責めることも、罪に問うこともしなかった。それどころか詳しい話を聞こうとさえしなかった。

三井のことだってそうだ。ホワイトデーに会った男が三井だったかどうか、改めて聞いてはくれなかった。あの日、三井は「ずいぶんかわいい彼女を連れてるんだな」とあっちょんをひやかした。あっちょんが困ったような笑みを浮かべたのは照れたからだろう。あのときの話をもっとしたかったのに、女刑事はふれてはくれなかった。

もう終わりだ、とそのときはっきり感じた。もうわたしは誰からも相手にされない。見捨てられ、いない者とされる。どうあがいても抹殺されてしまうのだ、と。

真由奈は、夜の路地に立っている。

あっちょんが殺された場所は静けさに満ちている。頭上には晴れた夜空があるが、星は見えない。ひさしぶりに雲のない藍色の空を目にした気がした。

最後に花を供えに行ったのは雨の日だった。あっちょんが殺された路地は人通りがなく、静かに雨に濡れていた。あのとき、いつものように塀に花を立てかけ、手を合わせていると、一瞬、自分がなにをしているのかわからなくなった。まるで頭のなかが無重力になったような感覚だった。重力が戻ったのは、人の気配がしたからだ。反射的に顔を向けたが、そこには誰もいなかった。

あのとき供えた花はなくなっている。

街路灯の少ない路地は、星のない夜空よりも暗い。まるで夜の切れ目に落ちてしまったような、いや、この世界から抜け落ちてしまったようだ。

あっちょんも抜け落ちていく、と真由奈は感じた。わたしから、抜け落ちていく。

あっちょんが死んで一か月が過ぎた。一か月。まだ一か月しかたっていないのに、あっちょんを思い出すのは、小学校の卒業アルバムをめくる行為に似ている。いまの自分から剝がれてしまった過去。ほんとうに存在したのかどうかあやふやな時間。あっちょんと過ごした日々が実在していたことを、自分自身にさえ証明できなくなっていく。

せめて赤ちゃんがいればちがったのに。

真由奈は腹に手を当て、空洞を感じることに慣れてしまった自分に悲しくなった。花を持ってこなかったことを悔いた。花屋はすでに閉まっていたが、スーパーならまだ開いているかもしれない。

路地を引き返し、駅へと続くけやき並木通りに出た。居酒屋やファストフード店が放つネオンが、扇を広げるように茂ったけやきの葉先を照らしている。

スーパーを探す真由奈の目が留まった。

花壇に腰かけているのは、あっちょんの娘ではないか。前に一度、学校帰りの彼女を路地で見かけたことがある。あのときはショートカットの黒髪だったが、いまは金髪だ。

彼女の前にはひょろりとした男が立っている。ジーンズのポケットに両手を入れ、へらへら笑っているのは蟹見圭太だ。

彼とは電話で話しただけで、目にするのは寝具メーカーで同期だったとき以来だ。やる気のなさと文句の多さで目立った彼は、五、六年たっても変わっていない。

なぜ蟹見が、あっちょんの娘と一緒にいるのだろう。

これまで蟹見は、真由奈に何度も会おうと言ってきた。釈放されてからはほぼ毎日電話をかけてきて、戸沼杏子や警察、会社や元彼女への恨みを吐き出した。ときにおもしろおかしくあげつらい、ときに唾を飛ばす勢いでまくしたて、そして真由奈に金の無心をするようになった。

昨日の電話で蟹見は言った。

「誰のせいで警察に捕まったと思ってんの。真由奈ちゃんのせいでしょ。でも、真由奈ちゃんの気持ちもわかるよ。真由奈ちゃんだってある意味、被害者だもんな。かわいそうに。読んだよ、週刊誌。中年のおっさんに騙されて捨てられて、しかも子供まで堕ろしたんだろ?」

真由奈に否定する隙を与えず、蟹見は続けた。

「そんな男、殺されて当然だよ。やっぱあれかな、妻が犯人なのかね。だとしたら、もっとやってやってもよかったかもな。俺はさ、真由奈ちゃんの代わりにやってやったんだよ。つまり、真由奈ちゃんの身代わりに捕まったってこと。ちゃんと感謝してくれないと、さすがの俺だって怒っちゃうよ。怒ってなにしちゃうかわかんないよ。お礼なら喜んで受け取るから、会ってゆっくり話そうよ」

この男はわたしが好きなのだろうか、と真由奈は考えた。好きだからこそ、会いたくてこんなまわりくどいことを言っているのだろうか。好きな女の子をいじめる小学生みたいにねじれた愛情表現なのかもしれない。世の中には、好きな女の子が困るところを見て性的快感を覚える男もいるっていうし。

けやきの下の蟹見は一方的にしゃべっている。しかし、史織は嫌そうではない。蟹見がポケットから手を出し、史織の頭をぽんぽんと叩いた。史織の表情がくしゃっと崩れ、両手で顔を覆った。蟹見はしゃがみ込み、なにか話しかけながら史織の頭を撫で続けている。

なぜ蟹見があっちょんの娘といるのか。

考えられることはただひとつ。やっぱり蟹見はわたしのことが好きなのだ。昨日の電話でも言っていた、真由奈ちゃんの代わりにやってやった、と。蟹見はわたしの代わりに、あっちょんの家族に罰を与えようとしている。そのために娘に近づいたのだろう。そうすれば、わたしが喜ぶと思っているのだ。わたしの役に立ちたいのだ。

しかし、真由奈は蟹見のような男は苦手だった。すぐに怒ったり苛ついたり、物事を力ずくで思いどおりにしようとするところは、中学の校長をしている父を思い出させた。そういえば、あの梶原という刑事も父に似ている。

3

梅雨明けしたのだろうか。我城薫子はまぶしさに目を細めた。

長いあいだ重苦しい雨に閉じ込められていたのに、ここ数日、容赦ない陽射しにじりじりと焼かれている。

まだ午前中なのに空はすみずみまで鮮やかに青く、太陽の光が勢いづいている。こめかみを汗がつたい、手の甲でぬぐった。

「ハンカチも持ってねえのかよ」

吐き捨てた梶原の顔にも汗が粒になっている。

〈渡瀬川〉と書かれた表札の下のインターホンから「お入りください」と男の声がし、門扉が自動で開いた。

渡瀬川《わたせがわ》の家は豪邸というほどではないが、注文住宅だとひとめでわかる。一階部分の外壁はレンガの風合いのサイディングで、二階部分は白い塗り壁だ。バルコニーと玄関柱にもレンガのサイディングがほどこされている。

門から玄関へと続く小道もレンガ敷きで、両側は手入れの行き届いた芝生だ。黄緑色の葉をつけた木の下には、ヨーロッパ調のテーブルと椅子が配置され、庭というよりガーデンと呼ぶのが似合う雰囲気だ。

ドアが開き、男が顔をのぞかせた。渡瀬川邦一《くにかず》だろう。キャンプで亡くなった女児の父親だ。

「いまになってなんでしょうか」

迷惑げな態度ではあるが、社会人としての礼節を張りつけている。事前の電話では、昨年のキャンプについて確認したいことがあるとしか伝えていない。

リビングはエアコンがほどよく効き、ウッドデッキにつながる掃き出し窓からの陽射しに満ちていた。キャメルのソファセットは光沢のある革製で、黒いローテーブルにはガーベラの一輪挿しが置かれている。シンプルながらこだわりが感じられるリビングだが、マガジンラックには絵本、テレビボードにはアニメのＤＶＤがあり、生活感があった。

「確認したいこととはなんでしょう。これから仕事ですので手短にお願いします」

ソファに座るなり渡瀬川邦一は言った。その言葉どおり、すでにネクタイをしめている。お茶を出すそぶりも見せず、早く帰ってほしがっていることは明らかだった。

渡瀬川邦一は、埼玉県に本社を置く不動産会社の副社長だ。社長は彼の母親で、創業者はすでに亡くなっている祖父だ。家族は妻とふたりの娘がいたが、長女は昨年九月のキャンプで水死している。

「奥様は？」

梶原がわざとらしくリビングを見まわして訊ねる。

「出かけております」

そっけない返答だ。

「買い物ですか？」

「時間がないのでご用件をお願いできますか？」

渡瀬川の言葉に、梶原がぐいと身をのり出す。

「戸沼暁男さんをご存じですよね？」
二、三秒、訝しげな顔をしたのち、渡瀬川は、ああ、と息をつくような声を出した。
「ニュースで見ました。犯人はまだ捕まっていないんですか？」

「戸沼さんとは異業種交流会でお知り合いになったとか」

「ええ。昨年の夏だったと思います。知り合いといっても、普段のつきあいはありませんでしたけど。それがなにか？」

「昨年の九月にキャンプに行かれましたね」

渡瀬川の顔が曇る。無理もない。そのキャンプで長女を亡くしているのだ。

「その際、戸沼さんからトラブルがあるといった話は聞いていませんか？」

「あの、沙耶子《さやこ》のことじゃないんですか？」

亡くなった長女のことだ。

「戸沼さんはどんな人でした？」

渡瀬川の問いを無視し、梶原は続ける。

「たとえば、女性関係やお金のこと、仕事や大学時代のこと。なんでもいいので思い出してもらえませんかね」

渡瀬川は首をひねり、考える表情になる。

「正直、あまり記憶にないですね。異業種交流会とキャンプの二度しか会っていないし、そのとき言葉を交わしたかどうか……。たぶん物静かな人だったんじゃないですか。ほとんど印象にありません。事件のことも、一緒にテレビを観ていた妻が気づいたから彼だとわかりましたけど、わたしひとりだったら気づかなかったかもしれないですね」

「では、三井良介さんはいかがですか？」

「は？」

きょとんとした表情だ。

「三井良介さんも、異業種交流会とキャンプで一緒でしたよね」

「ああ、あの三井さんですね、キャンプの幹事の」

「亡くなったのはご存じですか？」

「いえ。いつですか？」

「今年の四月です」

「どうして」

「こちらは事故です。新聞にも小さく載ったようですが、気づきませんでしたか？」

載ったのは東京の地域版だから、埼玉の川越で暮らす渡瀬川が目にする可能性はほとんどないだろう。知ったうえでかまをかけているのだ。

「ええ。気づきませんでした」

驚いてはいるものの、渡瀬川に動揺の色は見られない。

「戸沼さんと三井さんは大学時代同じゼミだったようですが、なにか聞いていませんか？」

「いえ」

「三井さんにトラブルのようなものは？」

「三井さんとも二度会っただけですし、プライベートな話はしていません。ですから、三井さんと戸沼さんが同じゼミだったことも知りませんでした」

「奥さんは何時ごろお戻りですか？」

話の変化についていけないのだろう、「え」と渡瀬川は無防備な声を出した。

「念のため、奥さんにもお話を聞きたいんでね」

「お断りします」

ピリオドを打つような口調だった。

第一印象の拒絶する態度が消えた渡瀬川だったが、一瞬にして逆戻りしたのがはっきりと見て取れた。

「なぜです？」

「妻もわたしと同じですよ。なにも知りません」

「それはこちらが判断することです。こちらとしてはどんな手がかりでも欲しいんですよ」

「どうしてもというならそれなりの手続きを踏んでください」

「人ひとりが死んでるんだよ」

「うちもですよ」

痛みと怒りが入り混じった声だ。

「うちも娘が死んでるんですよ。わたしたちのことを、妻のことを、少しは考えてもらえませんか。沙耶子が亡くなってから妻はずっと体調を崩しています。沙耶子の後を追うんじゃないかと本気で心配したくらいです。やっと少し立ち直ってくれたかなと思ったとき、戸沼さんのニュースをテレビで観ました。またキャンプを思い出したんでしょうね。それ以来、精神的に不安定な状態です。いまはそのときのことをお話しできる状態ではありません。そっとしておいてもらえませんか」

「わかりました」と、梶原はあっさり引き下がった。

このあとも、異業種交流会とキャンプの参加者たちを片っ端から訪ねることになっている。時間を無駄にできないし、苦情が入っても面倒だと判断したのだろう。

戸沼暁男の殺害時刻のアリバイを訊ねると、渡瀬川は「形式的なものと言われてもいい気分はしませんね」と言いながらもスマートフォンを操作した。その日は出張中で栃木に宿泊しており、同行した部下に確認すればいいとのことだった。

「奥さんは？」

梶原の質問に、渡瀬川は目をつり上げた。

「家にいたに決まってるでしょう」

「証明できる人は？」

「いい加減にしてください」

「いないってことか」

「深夜ですよ？　そんな時間に誰が証明するっていうんですか」

「形式的なものですから気にしないでください。ではまた」

梶原はつらっと言い、立ち上がった。

「絶対に妻には近づかないでください」

玄関で渡瀬川が言った。

「もしこれ以上お聞きになりたいことがあるなら弁護士を通すことになりますから」

梶原を見据えるまっすぐな目つきで、本気なのだとわかった。

外に出た途端、毛穴がいっせいに開くのを感じた。じりじりと肌を焦《こ》がす強烈な陽射しだ。

前を歩いていた梶原が振り返り、「スーパーはどこだ？」と聞いてきた。

「はい？」

「このへんのスーパーだよ。渡瀬川の女房がいるかもしれないだろ。ぼさっとしてないで早く調べろよ。ったく使えねえな」

薫子はスマートフォンの地図アプリを起《た》ち上げた。そのあいだにも梶原は大股でずんずん歩いていき、薫子との距離が広がる。

「スーパーだといちばん近いところで徒歩十五分から二十分といったところでしょうか。コンビニなら近くにありますが」

梶原からの返答はないが、足どりがゆっくりになったことから聞こえているのだと理解する。

「ま、どうせ顔がわかんねえからな」

ひとりごとめいた声が聞こえ、薫子は「はい」とだけ答える。

「しっかしクソにもならないモンタージュだよな」

梶原は吐き捨て、ポケットからモンタージュを取り出した。

末松勇治郎の記憶が曖昧《あいまい》なため信憑《しんぴょう》性に欠ける、と捜査会議でも言われた女の顔は、目を離した途端にわからなくなりそうなほどぼんやりとした印象だ。

「参考にならないモンタージュってなんだよ。んなもんつくるなよ」

文句を言いながらも梶原は、時間があるとモンタージュを取り出し、目に焼きつけようとしている。

次の訪問先では、冷たい麦茶とどら焼きが出た。

北青山にあるマンションの一室でデザイン事務所を経営している夫婦だった。夫婦ともに四十五歳で、小学生の男児がふたりいる。

梶原がキャンプの件を切り出すと、夫婦そろって沈痛な表情になった。

「あれはほんとうにねえ」

妻がしんみりと言い、夫がうなずきながらあとを引き取る。

「ほんとうに、ねえ。なんて言ったらいいか。いまでも夢に見ますよ」

ほんとに、と妻がつぶやくと沈黙が続いた。

昨年九月のキャンプは、誰にとっても思い出したくないものらしい。戸沼杏子も言っていたではないか、「行かなきゃよかった」と。無理もない、子供がひとり死んでいるのだ。誰も口にはしないが、大人たちは悲しみや痛みのほかに、子供から目を離してしまった後ろめたさを感じているのだろう。

非情な言い方をすれば、よくある水難事故だった。キャンプに来ていた五歳の女児が川遊びをしている最中、流れに足を取られた。川は大人の膝ほどの深さしかなく、流れも急ではなかったため、危険視されなかったらしい。たしかに大人がついていれば助けられた可能性が高い。

「今日、伺ったのは戸沼暁男さんの件なんですよ」

どら焼きを平らげ、麦茶をおかわりしてから梶原は口を開いた。

夫婦はどちらも反応せず、梶原が続けるのを待っている。

「ご存じですよね、戸沼暁男さん。キャンプで一緒だったじゃないですか」

夫婦は顔を見合わせ、知ってる？ と目だけで確認し合っている。

「キャンプではみんなとしゃべったわけじゃないですから」

夫が言った。

写真を見せると、妻のほうが反応した。「あ、あの人じゃない？」と夫に目を向ける。

「ほら、車で来なかった家族がいたじゃない。キャンプなのになにも持ってこなかった人たちよ。そのお父さんじゃない？」

「ああ。そういえばそうかも。あ、異業種交流会で交換した名刺があるかもしれない」

立ち上がった夫は、「ありましたありました」と名刺を手に戻ってきた。「でも、すみません。名刺を見てもどんな人かいまいち思い出せないや」と続けた。

「戸沼さんが殺されたことはご存じないですか？」

梶原の問いに、夫婦の声が「え」と重なる。

「ニュースでもワイドショーでもけっこう取り上げられましたよ。週刊誌の記事にもなったし」

「いつ？ 誰にですか？」

妻が前のめりになって聞いてくる。

「六月十日の深夜、正確には十一日ですね。自宅近くの路上で刺殺されました。府中市です。

犯人はまだ捕まっていません。ほんとうに知らなかった?」

「そういえば、そんな事件があったような……。でも正直、戸沼さんのお名前を記憶していなかったので」

——わたしといるときのあっちょんがほんとのあっちょんだったんだから。

薫子の耳奥に、佐藤真由奈の声がよみがえった。

妄想ちゃんと揶揄《やゆ》された彼女の主張が、いま、少し理解できた気になった。誰の記憶にも残っていない戸沼暁男。いてもいなくてもいい人間。霞《かすみ》のような存在。彼が鮮やかに生きられたのは佐藤真由奈のなかだけだったのかもしれない。

「では、三井良介さんはご存じですか?」

今度は夫婦ともうなずいた。

「酔っ払って歩道橋から落ちたとか」

「三井さんとは親しかったんですか?」

「いえ。飲み会などで三、四回会った程度です」

「最後に会ったのは?」

「キャンプです。キャンプの参加者とはあれ以来誰とも会ってません」

「みんなそうなんじゃないですか」妻が口を挟む。「やっぱりどうしても思い出しちゃうじゃないですか。ほとんどの人が見てるんですよね、あの子の……顔。亡くなったときの。

思い出したくないじゃないですか。苦しい気持ちになるじゃないですか」

できれば忘れたいですよ、と妻は言い添えた。

4

夫がスマートフォンを浴槽に落としたのは、昨年の暮れのことだ。あのとき夫をひどくなじったことを戸沼杏子ははっきり記憶している。なにかと物入りな年末なのに、さらに出費が増えることに腹が立って仕方なかった。

しかし、最近思う。あれは故意だったのではないか、と。データを破棄するために、わざと水没させたのではないか。よくよく考えてみると、浴室にスマートフォンを持ち込むのは夫らしくなかった。

週刊誌の記事によると、夫が佐藤真由奈に出会ったのはクリスマスイブだ。その数日後にスマートフォンを水没させている。偶然とは思えないタイミングだ。

記事のとおり、夫は佐藤真由奈と結婚するつもりだったのではないか。妻を、子供を、家族を、生活を、いや、人生そのものを、まるごと取り替えるつもりだったのではないか。だから、それまでの人間関係を絶とうとしたのではないか。

その考えは、夫が異業種交流会に参加していたと刑事から知らされたときに浮かんだものだった。訪ねてきたのは、我城というあの女刑事と、人相の悪い五十歳くらいの男の刑事だった。刑事の話によると、その異業種交流会に参加したメンバーでキャンプをしたらしい。夫と異業種交流会がまったく結びつかず、「ほんとうに夫が参加したんですか?」と何度も聞いた。そもそも、夫とキャンプも結びつかなかったのだ。

夫は人生を変えたかったのではないか。夫なりに試行錯誤したのではないか。

それが、異業種交流会であり、キャンプだった。

しかし、キャンプは散々だった。ほかの家族はみんな車にキャンプ道具やバーベキューの食材を詰め込んでやってきた。電車を乗り継ぎ、しかも手ぶらで行ったのは自分たち家族だけだった。夫がそれでいいと言ったからだが、ちっともよくなかった。明らかに自分たち家族だけ浮いていた。生活レベルの低い非常識な家族だと思われたにちがいない。惨めだった。いたたまれなかった。そのうえ、女の子が溺れ死んだ。

子供を持つ身として胸が張り裂けそうだったし、同じ場所にいながら異変に気づかなかったことに罪悪感を覚えた。

うちの子じゃなくてよかった――。

そう思うことしかできなかった。

刑事には、三井良介という男のことを聞かれた。フルネームまでは知らなかったが、三井はキャンプを仕切っていた男だ。快活で感じがよく、常に話題の中心にいた。夫は、三井のことを大学時代の友人だと言ったが、嘘だと杏子は思った。友人なら、夫と親しげにしゃべるだろうし、みんなの輪に入れずにいるわたしたちを気づかってくれるはずだ。友人ではなく、ただ大学が一緒だっただけなのだろう。

ふたりの刑事にそう伝えたが、三井が夫の事件にどう関係しているのかは言葉を濁された。

「おかわりちょうだい」

カウンターの客の声に、「はい。ただいま」と杏子は笑顔で返し、焼酎の水割りをつくる。

パートをはじめて半月になる。最初は二階にある小上がりや宴会席を担当していたが、すぐに常連客が多い一階に移り、カウンターに入ることが多くなった。杏子はカウンターに立つのが好きだった。飲み物をつくったりお酌をしたりしながら客と言葉を交わしていると、いっぱしの女になった気がした。女将には、覚えが早く客あしらいがうまいと褒められた。褒められた分だけ自信になった。客商売が自分の天職なのではないかとさえ思いはじめている。

「戸沼さんがつくってくれる水割りはうまいなあ」

カウンターの常連客が話しかけてくる。

「愛情がたーっぷり入ってますから」

「いやあ、まいったなあ」

初老の客は嬉しそうに笑い声をあげる。

しゃぶしゃぶの店ではあるが、先代が割烹料理店だったこともあり、一品料理とお酒を楽しむ常連客も多い。週に二、三日は来店するこの客もそのひとりだ。

壁の時計を見ると、パート上がりの十一時まで十分を切っている。杏子の視線に気づいたのか、「戸沼さん、そろそろ上がりかい？」と聞いてくる。

「ええ。十一時で」

「さびしいなあ」

「わたしもさびしいですよ」

ぽんぽんと返せる自分に軽い快感を覚える。

時計の針が進むにつれ、帰りたくない、と思う。日に日にその気持ちは強くなっていく。人生をまるごと取り替える——。

夫の気持ちがわかる気がした。

こんな人生もあったのだ、とパートをはじめてから気づかされた。目からうろことはこういうことをいうのだと思った。

中学生のころから、平凡な主婦に納まるのが自分に向いていると信じてきた。それ以外の未来を想像できなかった。暗くてつまらなくて地味だと自覚していたが、ほんとうにそうなのだろうか。それは、暗くてつまらなくて地味な世界にいたせいではないだろうか。ぱっとしない実家、杏子以上に存在感のない夫、平凡な家庭。

居場所が変わるだけで、自分が変わる。人生も変わる。

夫にとってそのきっかけが佐藤真由奈だったのだ。

夫の気持ちがわかることに、杏子は底冷えするような恐れを感じた。

5

「おまえ、臨場したんだったよな」

渡瀬川宅を見やったまま、梶原が珍しく話しかけてきた。

路肩に停めた捜査車両のなかにいる。午前九時をまわったところだ。一時間ほど前、夫の邦一が黒いベンツを運転して出かけたきり動きはない。

「はい。しました」

我城薫子は助手席で前を見たまま答える。

ちっ、と梶原は舌打ちし、「しました、ってそれだけかよ。どんな感じだったか聞いてんのがわかんねえのか？」と忌々しそうに言う。

「嫌な感じがしました。あたりまえのことですが」

ばかにされるかと思いつつ正直に答えたが、意外にも梶原は前を見据えたまま「嫌な感じ」と嚙みしめるように復唱した。

「はい。怨恨という印象を受けました。もちろん、同じ箇所を複数回刺されていたこともあるんですが」

一度言葉を切り、薫子は事件当夜の光景を思い返した。

どしゃぶりの夜だった。容赦なく叩きつける雨がすべての色彩をのみ込み、形あるものを塗り潰していた。飛び交う怒声も無線の音も、警察車両の赤色灯も、ふとした拍子にかき消えてしまいそうだった。狭い路地に倒れていた被害者が、薫子の目には真っ黒な水底にいるように見えたのだった。

「真っ黒な水底か」

梶原がつぶやく。

「くろぐろとした憎しみのようなものを感じました。でも、それは自分の思い込みだと思います。自分は殺人事件の経験が多くないですし、しかもどしゃぶりの夜だったので、視覚や聴覚からの情報がそう感じさせたのではないか、と」

「こむずかしい言い方するなよ。めんどくせえ女だな」

「すみません」

あと十日で戸沼暁男が殺害されてから二か月がたつ。捜査本部は縮小され、石光と組んでいた富田をはじめ数人が本庁へ戻った。

戸沼暁男と三井良介の共通点は、大学で同じゼミだったこと、異業種交流会に参加したこと、キャンプに行ったこと、そして死んだこと、だ。ゼミと異業種交流会を当たったが、ほかに不審な死を遂げた人物はいなかったし、ふたりと深いつきあいをしていた人物も浮上しなかった。

キャンプの参加者からも新しい情報は得られなかった。キャンプに参加したのは、大人十六人、子供は亡くなった女児を含め十三人。計二十九人だ。ひとりを除いて大人には全員に会って話を聞くことができた。ただひとり会えずにいるのは、渡瀬川瑠璃《るり》。水死した女児の母親だ。

「犯人はどこから来て、いまどこにいるんだかなあ。まったく見えないんだよなあ。末松勇治郎が乗せた女が犯人でまちがいないはずなんだが、指紋はあっても姿は見えず。ばかげてるが、亡霊なんじゃないかと思うくらいだ。誰にも言うなよ。言ったら殺すからな」

梶原がいつになく饒舌《じょうぜつ》なのは、迷宮入りの予感を振り払うためのような気がした。

「自分も同じです。雨のなかから現れて雨のなかに消えたというか、水底から現れて水底に消えたというか……。臨場したとき、そんなふうに思いました」

運転席の梶原が身をのり出したのと、薫子が言葉を切ったのは同時だった。

後方から来たタクシーが渡瀬川の家の前で停まったのだ。

数分後、女児の手をひいた女が門から出てきた。紺色のワンピースに白いストールを巻き、長い髪をひとつに束ねている。渡瀬川邦一の妻、瑠璃だ。手をつないでいるのは二歳の娘、美月《みづき》だ。

門を出てからタクシーに乗り込むまでのわずか五、六歩のあいだに、渡瀬川瑠璃は左右に顔を向けた。まず娘を乗せ、すぐに自分も乗り込む。

タクシーを追いながら、「似てるような似てねえような」と梶原はいつもの科白を口にした。参考にならないモンタージュのことだ。

末松勇治郎は、「車に乗せた女を見ればわかるか」との質問に、「たぶん」とか「絶対とは言えませんが」などと曖昧な答え方しかしていないらしい。

「あの女、なんか警戒してるみたいだなあ」

梶原が言う。

「夫になにか言われたとは考えられませんか？」

「刑事が訪ねてくるかもしれない、ってか？」

「はい」

「刑事を警戒するってことはやましいことがあるってことだろ」

「やましいことがなくても怯えるかもしれません。子供を亡くしたときも事情聴取されてますし」

知ったふうな口をきくなと罵倒されることを覚悟したが、梶原は無言だった。しかし、薫子自身、自分の言葉に疑問を持った。

「でも、あの夫がなにか言うとは考えにくいですよね。情緒不安定だという妻に、わざわざ亡くなった子供を思い出させるようなことは言わないと思います」

「やましいことがなければな」

「どちらにですか？」

反射的に聞いてしまった。

「どっちにもだよ、バカ。少しは頭使え。この給料泥棒」

いつもの梶原に戻った。

渡瀬川親子が乗ったタクシーが赤信号で停まる。薫子たちとは軽自動車を一台挟んでいる。

「おまえ、さっきなんて言ったよ」

前を向いたまま梶原が口を開く。

「さっき、ですか？」

「臨場したときだよ。被害者がどう見えたって言ったよ」

「ああ、はい。雨のせいで真っ黒な水底にいるように見えた、と」

「で、犯人は？」

「はい？」

話の流れについていけない。

「俺が、犯人の実体が見えないって言ったとき、おまえなんて言ったよ」

「はい。自分もです、と」

「もっと具体的に言っただろ。比喩《ひゆ》ってやつを使ってよ」

「ええと、はい」

すぐには思い出せない。もたついているにもかかわらず、珍しく梶原に苛立った様子はない。

「そのときもおまえ、水底とか言わなかったか？」

「あ、はい。言いました。水底から現れて水底に消えたようにも、雨のなかから現れて雨のなかに消えたようにも思えた、と」

「この際、雨はいいよ」

「水底、ですか」

そう口にした瞬間、背骨に沿って冷たい水がつたう感覚がした。ざわりと鳥肌が立つ。

「死んでるよな、子供が、水でよ」

「はい」

頬の筋肉がこわばるのを感じた。

「まあ、ただのたとえだよな。しかも、役立たずの給料泥棒の女のよ。だけどな、捜査線上に浮かんできたもんはどんなもんでも潰さなきゃ気が済まないんだよ、俺は」

渡瀬川親子がタクシーを降りたのは、本川越駅すぐそばのスーパーの前だった。手をつないだふたりが入っていくのを見届けて、まず薫子だけが車から降りた。

スーパーに入ると、ふたりはまだ入口近くにいた。

二歳の娘が母親の手をふりほどき、おぼつかない足どりで駆け出した。「美月、気をつけてね」と母親が声をかける。やさしく漂うような声音だった。

離れた場所から見ても、渡瀬川親子からは品の良さが感じられた。派手ではないが、いわゆる「いい暮らし」をしている人特有の余裕と華やかさが滲み出ている。紺色のワンピースの裾から伸びた足は白くつやつやかで、風呂上がりにはボディクリームで念入りにマッサージしているのだろうと想像できた。娘の美月はひまわり柄のワンピースが似合っている。

ふたりはエスカレータで三階まで行った。子供服や生活雑貨を扱っているフロアだ。美月は子犬のようにちょこちょこと好き勝手に歩きまわっている。そのすぐ後ろを瑠璃がゆったりとした足どりでついていく。後ろ姿からでも、美月が満面の笑みを浮かべ、瑠璃が穏やかにほほえんでいるのが見えるようだった。

幸せそうな母娘。しかし、十一か月前、ここにもうひとり子供がいたのだ。

薫子は頭のなかで、美月の隣に五歳の女の子を配置してみた。無邪気でわがままな妹、そんな妹に手を焼きながらもかわいがるやさしい姉、ふたりを笑顔で見守る母親。それは完璧なまでに幸福な光景だった。

瑠璃が振り返ったことに気づくのが遅れた。あ、と思ったときには視線がぶつかった。そう感じたのは薫子だけかもしれない。瑠璃の視線は薫子の表面をすっとなぞっただけで、すぐに前を歩く美月へと戻った。

梶原が現れたのは、食料品売場のある一階に下りたときだった。待機していたのだろう、エスカレータの降り口近くに立ち、スマートフォンを操作するふりをしている。別行動をするつもりらしく、薫子に声をかけることなく渡瀬川親子が視界に入る位置へと移動した。

渡瀬川親子がスーパーを出たのは、それから三十分後のことだった。購入した商品は宅配手続きをしたため手ぶらだった。

ふたりはタクシーに乗ってまっすぐ自宅へと帰った。

車のなかからしばらく様子をうかがったが、動きはない。瀟洒《しょうしゃ》な家のなかで母親と娘はなにをしているのだろうと想像しても、具体的な光景は思い浮かばない。正午までまもないことに気づき、きっと昼食をつくっているにちがいないと考える。母親は清潔なシステムキッチンに立ち、二歳の娘はアニメのDVDを観ながら昼食ができるのを待っている。そして、昼食を終えると娘は昼寝をし、母親は添い寝するのかもしれない。穏やかな昼下がりといったイメージだ。

しかし、そこに五歳の長女を加えたらどうだろう。おもちゃの取り合いや言い争いで、にぎやかな時間になるのではないか。

渡瀬川親子は、とてもよく似ていた。アーモンドの形をした目も、すっきりとした鼻すじも、色の白さも。そして写真でしか知らないが、亡くなった長女もまた母親にそっくりだった。

——死んでるよな、子供が、水でよ。

梶原の言葉がよみがえり、横目でうかがうと眉間にしわを刻んで渡瀬川宅を睨みつけている。

——水底、ですか。

自分の言葉もよみがえる。

渡瀬川沙耶子の死に事件性はないし、キャンプの参加者たちの証言にも矛盾する点はない。みんなが目を離している隙に溺れてしまった。参加者たちの話を要約すると、こういうことになる。気の毒だが、典型的な子供の水難事故といえるだろう。

「似てるような気がしてきたよ」

梶原が言った。

「はい？」

「あのクソみたいなモンタージュにだよ」

「似てますか？」

「特徴のないぼやっとした雰囲気が似てる気がするんだよ」

「彼女、きれいだと思いますが」

「モンタージュだってぶさいくじゃないだろうが」

末松勇治郎には、キャンプに参加したすべての女性の写真を見せていた。八人の女性のうち弾かれなかったのは三人もいる。その三人に共通するのは、若くて、容姿に恵まれていることだ。その三人のなかに、渡瀬川瑠璃と、歩道橋から転落死した三井良介の妻の咲美がいる。もうひとりの女はアリバイが証明されたため除外された。

署に戻り、スーパーで隠し撮りをした渡瀬川瑠璃の写真を見せると、「見たことある気がします」と末松勇治郎は張り切って答えた。

「この女かもしれないです。なんか見覚えがあるんです」

あたりまえだ。すでにキャンプでの写真を何枚も見せているのだから。

「車に乗せたのはこの女か？」

梶原が訊ねた。

「そうかもしれないです。似てる気がします。ええ、似てますよ」

しかし、三井咲美の写真を見せたときも、彼はそう答えたのだった。

「おまえ、いい加減にしろよ。やっぱりおまえが殺したんじゃねえのか？　女を乗せたなんてでたらめじゃねえのか？」

「俺じゃないです。ほんとうです。ほんとに女を乗せたんですって」

「やった女の顔も覚えてないってどういうことだよ」

「だって顔なんかそんなに見ないすから」

その日の夕方、勾留期間が切れた末松勇治郎は釈放された。

6

佐藤真由奈はずっと不思議だった。

あっちょんの家族への嫌がらせはすべて蟹見圭太がやったことだと女刑事は言った。しかし、付箋《ふせん》をつけた週刊誌をポストに入れたのは真由奈だ。それなのになぜ、蟹見は自分がやったと言ったのだろう。

「いつになったら会ってくれるんだよう」

電話で蟹見は甘えた声を出す。

「そんな気になれないわ」

「そんな気、って大げさに考えないでよ。ちょっと会って話をしようって言ってるだけなんだからさ」

「でも、わたしは婚約者を殺されたのよ」

無意識に出たその言葉が唯一のよりどころに感じられ、真由奈は続ける。

「いちばんかわいそうで、いちばん悲しいのはわたしなのよ」

「もちろんそうさ。だから俺、真由奈ちゃんを助けてやりたいんだよ」

ああ、やはりこの男はわたしのことが好きなのだ、とすとんと胸に落ちた。そう考えれば、すべて辻褄が合う。蟹見があっちょんの家族に嫌がらせをしたのも、わたしをかばって週刊誌をポストに入れたと言ったのも、このあいだあっちょんの娘と会っていたのも。

けやきの下のふたりを思い出す。少女の頭を撫でていた蟹見と、撫でられていた史織。きっと蟹見は、わたしには内緒で、わたしのためになにかしてくれようとしているのだ。

その気持ちに応えるため、あの夜ふたりを見かけたことは黙っていることにした。

「ねえ、真由奈ちゃん。犯罪被害者等給付金って知ってる？」

「知らないわ」

「犯罪で殺されたら、遺族に金が出るんだってさ。しかも一千万とか二千万もだぜえ。見舞金みたいなもんなのかなあ」

遺族、と真由奈は心のなかでつぶやき、おかしい、と思う。まるで遺族がいちばんあっちょんに近い人みたいじゃないか。ちがうのに！　いちばん近いのはわたしなのに！　あっちょんとわたしは、ふたりでひとりなのに！

「それ、真由奈ちゃんがもらうべきものなんじゃないの？」

聞こえていたのに、え？　と聞いた。蟹見がとても大切なことを言った気がした。

「だって婚約者だったんだろ？　真由奈ちゃんがいちばん悲しんでるんだろ？　殺された男

もそれを望んでるんじゃないのかなあ。離婚したがってたんだろ？　家族にうんざりしてたんだろ？　なんだっけ、そいつの名前」

「え？」

「真由奈ちゃんの婚約者だよ」

「高橋彰。あっちょんよ」

「そうそう、そのあっちょんだって、家族なんかに金を渡したくないと思うよ。それに、生命保険だってかけられてたに決まってるぜ。あっちょんが殺されたおかげで、あいつら大喜びしてるんだぜ」

「ほんとなの？」

「なにが」

「あっちょんの家族は喜んでるの？」

「ああ、喜んでるよ」

「見たの？」

「ああ。ババアなんかこないだ若づくりして出かけてったよ。全然悲しそうじゃなかったな。むしろうきうきしてたっつーか。ありゃあもしかしたら男にでも会いに行ったのかもな」

「そんなのひどい。あっちょんがかわいそう」

妊娠したと嘘をついて結婚を迫ったくらいだもの、ひどい女だとは思っていた。そんな女と結婚しなければ、あっちょんはわたしと幸せに暮らしていられたのに。

「犯罪被害者等給付金は、あっちょんが命と引き換えにした金じゃないかな」蟹見はしんみりとした口調になる。「あっちょんの命ともいえるんじゃないかな。あっちょんが誰に渡したいかは、婚約者の真由奈ちゃんがいちばんわかるよな」

「わたし、あっちょんに騙されたわけじゃないわ」

「そんなことわかってるよ」

「だって蟹見くん、前にそう言ったじゃない」

「そうだっけ。ごめんごめん。いまはちゃんとわかってるから」

「それに、わたし堕胎なんかしてない」

「え？　だ、だたい？」

「赤ちゃんを堕ろしてなんかいない。蟹見くん、前にそう言ったのよ。わたしが赤ちゃんを堕ろした、って。わたしとあっちょんの愛の結晶なのよ。そんなことするわけないじゃない。訂正してよ。あやまってよ。あっちょんが死んじゃったショックで流産したの。あっちょんの家族と警察のせいよ」

「ごめんごめん。訂正するよ、あやまるよ。だから一度会おうよ。俺、真由奈ちゃんの味方だよ。力になるからさ」

「話を聞いてくれるの？」

「もちろん聞くさ」

「わたしとあっちょんの？」

「ああ、任せろよ」

いちばんわかってくれるのは蟹見かもしれない。乱暴で歪《ゆが》んでいるけれど、これがこの男の愛情表現なのだろう。わたしのことが好きだから、わたしを理解しようとしているのだ。

7

渡瀬川沙耶子の水難事故を洗い直しても不審な点は出てこない。

キャンプは、昨年の九月二十一日のことだった。彼らは当初、バーベキュー施設のあるキャンプ場に集まったが、混雑していたため上流の河川敷へ移動している。

テントを張り、バーベキュー用の火を熾《おこ》しているときに事故は起こった。子供たちが「沙耶子ちゃんが溺れた」と呼びに来たのだ。大人たちが行ってみると、すでに沙耶子の姿は見えなかった。目撃した子供たちによると、みんなで浅瀬で遊んでいたところ、沙耶子が「島まで行ってみる」と、中州に向かって歩き出した。その途中、流されたらしい。

キャンプの参加者たちの証言は一致している。ただひとり会えずにいる被害者の母親を除いて。

我城薫子と梶原は、渡瀬川邦一の母親を訪ねた。

渡瀬川容子《ようこ》は不動産会社の社長で、ひとり息子の邦一が副社長だ。容子がひとりで暮らすマンションは、息子夫婦の家から車で十分もかからない場所にある。最上階のワンフロアすべてが彼女の住まいで、リビングはホテルのラウンジのようだった。息子とは趣味がちがうらしく、複雑な形をしたシャンデリアやヨーロッパ調のクラシカルなソファセット、金色の刺繍《ししゅう》をほどこしたクッションなど、わかりやすいお金のかけ方をしている。

「それがうちの沙耶子とどう関係があるの？　まさか呪いや祟《たた》りとでも言うつもりかしら。冗談じゃないわ。かわいそうなのはあの子よ。まだ五歳だったのよ。亡くなったうえにそんなことを言われるなんて絶対に赦せないわ」

キャンプに参加した大人ふたりが立て続けに亡くなった事実に、恐れや不安を口にした人はいたが、呪いを持ち出したのは彼女がはじめてだ。

「誰もそんなこと言ってませんよ」

梶原はうんざりしている。

「わたくしがどれほどあの子を大切にしていたか、あなたがたにはわからないでしょうね」

渡瀬川容子は梶原と薫子を交互に睨みつける。

「お察しいたします」

薫子は頭を下げた。

「初孫だったのよ。跡取りだったのよ。もし男の子が生まれても、沙耶子に会社を継がせるつもりだったの。名前もわたくしがつけたのよ。いい名前でしょ、沙耶子って」

「はい」

「キャンプなんかに行かなきゃよかったのよ。そんな危ないところにわたくしの大事な跡取りを連れていって、しかも目を離すだなんて信じられない」

その言葉から、事故当時、嫁の瑠璃はさぞかし厳しい言葉で責めたてられたのではないかと察せられた。

容子は、リビングボードに並んだ写真立てのひとつを手に取った。

「これが沙耶子の生まれてすぐの写真よ。出産のとき里帰りさせてあげたから、メールで送ってきたの。だからちょっとぼけているけれど、目と口がわたくしにそっくりでしょ」

別の写真立てを取る。

「これは沖縄よ。あの子が三歳のときね。はじめて飛行機に乗ったのだけれど、ちっとも怖がらなかったし、ほかの子みたいに騒ぐこともなくて、とってもお利口だったわ。ほら、こちらをごらんなさい。わたくしがプレゼントしたお着物を着ているの。よく似合っているでしょう」

彼女の口ぶりと写真に収まった女児の姿から、沙耶子がどれほど祖母に溺愛されていたかが伝わってきた。

「それで、ご用件はなんですの？」

渡瀬川容子は改まった。

「だから、亡くなった戸沼さんと三井さんをご存じないか聞いてるんですよ、さっきから」

梶原がいらいらと答える。

「知るわけないじゃない」

「最近、息子夫婦に変わったことは？」

「どんなことかしら？」

「たとえば、なにかに怯えている様子はないですかね。息子さんに聞いたところ、瑠璃さんは二か月ほど前からまた調子を崩したみたいですね」

容子は険しい表情で梶原を見据え、「どういうことかしら」と威圧的な声を発した。

「邦一たちがなにか事件に巻き込まれているということかしら。それとも疑われているのかしら」

「参考までにお聞きしてるだけですから」

「どんな参考かしら」

「それはお話しできませんね」

「あら、そう」

ぴしゃりとふすまを閉めるような声だった。

「奥さん、実はここだけの話なんですけどね」

急になれなれしい口調になり、梶原が顔を近づける。

「事故死した三井さんなんですが、ここにきて殺された可能性が出てきたんですよ。それでキャンプに参加した人たちに改めてお話を聞いてるんです。まあ、話っていっても亡くなったふたりがトラブルに巻き込まれてなかったか、ってくらいのもんですけどね。ただ、渡瀬川瑠璃さんにだけお会いできていないんですよ。ここんところ体調が悪いらしく、息子さんに止められましてね。妻にキャンプのことを思い出させないでくれ、って。まあ、無理もありませんよね。大切なお子さんを亡くしてますからね。ただ、わたしらも関係者全員の話を聞いて書類にしなきゃならないんでね、困ってるわけですよ。まあ、キャンプを思い出したくない気持ちもわかりますけどね」

「冗談じゃないわ。嫁なんか、わたくしより早く立ち直ったのよ」

「ほう。瑠璃さんは立ち直ったんですか」

「いちばん悲しいのはわたくしよ。沙耶子はお祖母ちゃん子だったんですから」

容子は息をついてから、ひとりごとの口調に転じた。

「ほんとうに沙耶子の霊の仕業かもしれないわね。あれだけの大人がいて子供から目を離したんですから。みんなに見殺しにされたようなものよ」

そう言うと、急に疲れた顔になり、「もういいでしょう。帰ってちょうだい」とそっけなく告げた。

「奥さん、六月十日の夜から十一日の朝にかけてどちらにいました？」

「どういうことかしら」

「形式的なものです」

「うちにいたんじゃない？」

「証明できる人は？」

「いないんじゃない？」

容子は他人事のように答えた。

三井良介に他殺の可能性があることは、捜査本部で公に認められているわけではない。事故死として処理した所轄に配慮し、あくまでも戸沼暁男との接点を洗い直しているというスタンスだ。

「さて、あのばあさんは俺たちが来たことを息子夫婦に言うか言わないか、だな」

渡瀬川容子のマンションを出たところで梶原が言った。

「どうやって確かめるんですか？」

「おまえ、バカか。言えば、息子がなんらかのアクションを起こすだろうよ。まあ、あのばあさんだって完全にシロって決まったわけじゃないしな」

「でも彼女、七十歳ですよ」

「それがどうした」

「いえ」

末松勇治郎の供述と合わない、という言葉をのみ込んだが、梶原には伝わったらしい。

「おまえ、あいつの話を無条件で信じるのか？　府中で若い女を乗せて、アパートに連れ込んで、やって起きたらいませんでした、って」

「いえ」

「しかも顔を覚えてないときてる」

「はい」

「俺は信じる」

「え？」

「だが、百パーセントではない」

「はい」

「ほんとに事故だったのかなあ」

梶原が首をごりごり鳴らしながら言う。

薫子自身、三井良介の死は事故ではないと考えているし、梶原も同じだと思っていた。

「俺が言ってるのは子供のことだぞ」

梶原がまなざしを新しくする。

「え？」

「渡瀬川沙耶子だよ」

「え？」

「なにが、え、え、だよ。素人かっつーの。たまには頭使えよ。この給料泥棒が」

「でも、目撃者が複数いますし、供述も一致していますし」

「共犯の可能性だってあるだろうよ」

目尻に意地の悪い笑みが表れた。

「共犯って、全員のですか？」

「渡瀬川夫婦以外だよ。それを知った夫婦による復讐《ふくしゅう》、とかよ。ありがちだろ」

言いながら笑っている。

「でも、目撃者は子供たちですよ。子供たちが口裏を合わせるのはむずかしいと思いますが」

「おまえ、俺に意見するつもりか」

「いえ、そういうつもりでは」

「直接手を下したとは限らないだろ。たとえば、誰かが中州まで行くように焚《た》きつけたとしたらどうだ？　五歳の子供だぞ。中州まで行けたらすごいとか、反対に、行けないのか弱虫、とかな」

突然、足もとに穴があいた気がした。

ぽっかりと口を開けた真っ黒な穴に底の気配はない。すうすうと冷たい風が吹き上がってくるようで、薫子はかすかに震えた。

言葉は人を痛めつけることもできれば、壊すこともできる。十分わかっていたつもりだった。しかし、たったひとことで簡単に人を殺せるということに、いまはじめて気づいた気がした。そこに悪意や企みがあれば、負のエネルギーを充塡《じゅうてん》した言葉はすさまじい力を持つだろう。

臨場したときに感じた暗く強い感情を思い出し、自分はいま、その感情の入口に立っているような気になった。

「思い込むなよ」

強い口調に目を上げると、梶原の鋭い視線とぶつかった。

「ひとつの可能性にすぎん。何気ないひとことが、人を殺すこともあるってことだ」

まるで薫子の心の内を読んでいるように言い、口調を変えて続ける。

「おまえ、最初やる気なかっただろ」

不意打ちをくらい、薫子はなにも返せなかった。

「いまもあるとはいえないけどな。適当に俺に合わせてるだけだもんな。ま、この仕事してるなら、そのほうが自分は痛まなくて済むから楽だよな」

すべて見透かされていたのだ。一瞬にして、洋服を剥がされたような感覚になった。羞《しゅう》恥心《ちしん》と心もとなさでこの場から逃げ出したくなる。

ま、いいや、と梶原はつぶやき、くちびるに力を入れた。

「まずは渡瀬川瑠璃だな」

細めた目に、いまにも舌なめずりしそうな加虐《かぎゃく》的な表情がちらついていた。

8

なにもかもうまくいきはじめているはずなのに、なんだろう、この胸に滲む小さな黒い染みは。不安、恐れ、嫌な予感。なんとでも呼べたし、どれもちがう気がした。

洗面所の鏡に向かって口紅を引き、戸沼杏子はにっと口角を上げた。あたりまえだ、と自分に言い聞かせる。夫が殺されたんだもの、犯人が捕まっていないんだもの、快晴のような気持ちになれるはずがない。陰りがあって当然だ。

それでも、ようやく人生が上向きになった手応えがあった。

いちばんの気がかりだった史織が、二学期から学校に通うと宣言したのだ。

ひきだしにしまっておいた史織のスマートフォンがなくなっていることに気づいたのは昨

日のことだ。インターネットばかり見る史織から取り上げた形だったが、実際のところは史織のほうが手放したがっていたのだ。史織の部屋に行き、「スマホがなくなってるけど、史織が持っていったの？」と聞くと、うん、と返ってきた。「またネットをチェックしてるんじゃないでしょうね」と言うと、「二学期から学校行くから」と答えたのだった。

大きな荷物をひとつ下ろした気分だった。

杏子は、八月に入ってから昼のパートもはじめていた。保険会社のコールセンターだ。電話のオペレーターは、夫が殺されるまでの一年間経験していたから気が楽だった。

お金が欲しかった。生活のために、子供たちのために。その隙間からじわりと染み出す、自分のためにという欲求。口紅が欲しい、効果の高い化粧水が欲しい、おしゃれな美容室に行きたい、縫製のいいワンピースが欲しい、ブランドバッグが欲しい、ヒールの高いサンダルが欲しい。決壊したダムのように勢いよくあふれ出す欲求を制御することができなかった。どうしていままでなにも欲しがらずに生きてこられたのか不思議でたまらない。まるで死んでいるみたいに生きていたのではないか。人生を楽しむことを放棄していたのではないか。欲しいものやしたいことがあるいまのほうがまっとうな気がした。

杏子は姿見の前に立ち、全身をチェックする。白いブラウスに花柄のフレアスカート。どちらも安物だが、このあいだ買ったばかりだ。まずまずだ、と思う。思い込もうとする。姿見に映る自分に、あの女が重なる。ノースリーブから伸びたむっちりとした腕。胸もとを飾るひと粒ダイヤ。お金を稼いでもっと大きなダイヤを買ってやる、と決意する。いまはまだ勝っていないかもしれない。ただ、それはあの女のほうが若いというだけだ。若ければ、安い化粧品や洋服でもそれなりに見える。それだけのことだ。

杏子は、二軒隣の若松を筆頭に近所の主婦たちを思い浮かべた。杏子に会うたび好奇と非難の色を浮かべて夫のことを無遠慮に訊ね、陰では悪口を言い、マスコミにあることないこと吹き込む彼女たち。ひまだからだ。なんの取り柄もなく、家と近所にしか居場所がないからだ。

わたしはちがう。いまのわたしは、もうちがうのだ。

パートに出かけようとし、和室の骨箱が目に入った。四十九日を過ぎても夫の遺骨はそのままだ。次男だから室蘭にある家墓に入れない、と義母が主張したのだった。「生きてるあいだはあの子にさんざんさびしい思いをさせたんだから、お墓くらいつくってあげてちょうだいよ。それくらい嫁の務めでしょ」と電話でまくしたて、かわいそうに、と泣いた彼女だが、「わたしはこっちで供養するから」と言って、息子の四十九日に来るわけでもなければ、花代や供物代を送ってくるわけでもなかった。

骨箱の前の水を取り替えていないことに気づき、杏子は新しい水を供えた。かわいそうに、という義母の言葉を思い出し、かわいそうに、と自分の声で思う。骨になってしまって、たんすの上に置かれっぱなしで、家のお墓に入れてもらえず、死んでからも誰にも相手にされず、そもそもあんな殺され方をしてかわいそうに、と混じりっ気のない気持ちで思う。しかし、胸が痛むこともなければ、涙が出ることもない。まるで安っぽいテレビドラマの感想のようで、心を使うことはない。

夫が死んでもうすぐ二か月になる。当初に襲われた激しい憎しみと恨みは鎮まり、骨箱を見れば、かわいそうに、と思えるときもある。しかし、怒りが消えたわけではない。もし夫が生きていれば、いまも自分たち家族は騙されていたのだ。リフォームローンの返済のためにパートをし、洋服や化粧品もまともに買えず、美容室に行くのも我慢していたその裏で、夫は消費者金融から借りた金でダイヤのネックレスを女に買い与えていた。

義母は、生きていたころの夫のことをかわいそうと言うが、かわいそうなのはこっちのほうだ。

杏子は遺影に目をやった。気弱な笑みを浮かべた男がいる。

胸に滲む黒い染みは、もしかすると後ろめたさなのかもしれない、とぼんやり思った。

しゃぶしゃぶ屋の裏口は、厨房の横にある。

「おはようございます」とにこやかに挨拶をしながら入ると、「おはよう」「おはようございます」と返ってくる。夜なのに朝の挨拶をすることにも慣れた。

従業員室に向かいながら厨房を見ると、織田《おだ》と視線が絡んだ。まるで目が合うことを予期していたかのように、織田がほほえみかける。杏子の耳が一瞬で熱くなる。

織田の視線を感じるようになったのは、仕事に慣れてまもなくだった。最初のうちは仕事ぶりを観察されているのかと思ったが、杏子に向ける表情や声音でそうではないらしいと悟った。厨房には大将のほか、調理人の織田と、補助と洗い場を担当するアルバイトがふたりいるだけだから、織田の態度はわかりやすかった。それでもしばらくは、そんなことあるはずない、と否定した。織田はまだ三十代だし、背が高く、精悍《せいかん》な顔つきをしている。そんな男が、子供がふたりもいる平凡な女を気にかけるはずがない、と。そう思う自分と、でも、わたしは変わったのかもしれない、と自己肯定する自分がいた。

従業員室に入り、着替えようとするとスマートフォンが鳴った。優斗からだ。

「どうしたの？　お母さんお仕事中なのよ」

優斗の、お母さあん、と甘えた声が聞こえる前に早口で言うと、突き放す口調になった。

「どうしたの？　なにか用事があったんじゃないの？」

黙りこくっている優斗に、やさしい声を意識して訊ねた。

「……お母さん、今日どうして帰ってこなかったの？」

おずおずとした口調が責めるように聞こえた。なぜ非難されなければならないのか、と一瞬、理不尽《りふじん》な思いに捉われる。

「お母さん、ちゃんと電話したのよ。でも誰も出なかったのよ。優斗はどこに行ってたのよ」

いつもはコールセンターのパートが終わったあと、一度家に帰ってからしゃぶしゃぶ屋のパートに出かけるのだが、今日はデパートで洋服を見ているうちに時間がなくなってしまったのだ。

「……何時ごろ？」

「六時前よ」

「……ジュンちから帰るところだったかもしれない」

「五時には帰りなさいっていつも言ってるでしょ。冷蔵庫のなかにカレーが入ってるから温めて食べるのよ」

「お母さあん」

「なに？　お母さん、忙しいの」

「お姉ちゃんには言わないでね」

「なにを？」

「お姉ちゃん、いま出かけていった」

いま？　と復唱しながら壁の時計に目をやると、六時四十五分だった。

「お姉ちゃんは中学生だもの。コンビニじゃない？　すぐに帰ってくるわよ」

「コンビニじゃないと思う」

珍しくきっぱりと言う。

「じゃあ、どこなの？　優斗は知ってるの？」

「お姉ちゃん、前も夜に出かけて遅くまで帰ってこなかった」

「遅くまでって何時ごろよ」

「十時とか十一時とか。そういうのが三回か四回あった」

「なんでもっと早く言わないのよ」

「だって、お母さんに言うな、って言われたから」

「優斗はいまひとりで平気？」

「まあね」と急に大人ぶる。

「お姉ちゃんにはお母さんからちゃんと言うから」

「僕が言ったたって言わないでよ」

「大丈夫よ。絶対に言わないから」

通話を終えると、「もうっ。これ以上心配させないで」とひとりごとが口をついた。

なにやりたい放題やってるのよ、という気持ちがこみ上げる。学校に行かなくても金髪にしても、いままで見守ってきたじゃない。二学期から学校に行くと安心させておいて、次の日にはこれ？　甘えるのもいい加減にしてほしい。わたしのことも少しは考えてほしい。

いちばん大変なのはわたしなのよ。

そうだ。どうしてそのことに気がつかなかったのだろう。

夫を殺され、犯人は捕まらず、それどころか犯人扱いされ、夫には女がいて、嫌がらせはされるし、近所からは白い目で見られるし、お金はないし、でも、生活しなくちゃならない。子供のために、家族のために、ずっと自分を犠牲にしてきた。それなのに、どうして誰も労《いたわ》ってくれないのだろう。もっと認められ、感謝されてもいいはずだ。みんな、母親だから自分を犠牲にするのはあたりまえだと思っているのだろうか。

着物に着替え、鏡に向かって口紅を引き直した。瞳に輝きが宿るのが見て取れた。自分じゃないみたいだ、と思う。

店の一階のカウンターには馴染みの客がすでにふたりいた。

「よっ。杏子ちゃん」

初老の客が、まるで長年の知り合いのように声をかけてくる。

杏子の口角が自然と上がり、ぱっと花開くようなほほえみが表れる。「最近、皆勤賞《かいきん》ですね。嬉しいわ。お料理は召し上がってます?」と言葉が流れ出る。

カウンターのなかに立ち、客たちの相手をしていると、瞳がどんどん膨れ、輝きが増していく気がした。

時間があっというまに過ぎていく。

帰りたくない、と焦燥感にも似たいつもの思いがこみ上げる。このまま時間が止まればいいだなんて、ここでのパートをはじめるまで思ったことはあっただろうか。ずいぶんつまらない人生を送ってきたのだな、と自分の過去を振り返った。

パート上がりの十一時になると、杏子は唯一の宝物を取り上げられる気持ちになった。着替えを済ませ、いつものように「お先に失礼します」と言いながら裏口に向かう。厨房をそっと見たが、織田の姿がないことに落胆した。

裏口のドアが開き、織田が入ってきた。ふいを突かれ、心臓が大きく跳ねる。

「あ、戸沼さん。上がりですか？　お疲れさまです」

にこにこと話しかけてくる。その如才《じょさい》ない口調に、なぜか軽く裏切られた気持ちになった。

「あ、はい。お疲れさまです」

「今度、ふたりで飲みに行きませんか」

すれちがいざま、ささやきが吹き込まれた。

え、と顔を上げると、秘密めいた笑みがあった。

「みんなには内緒で」

いたずらっぽさとつやっぽさが混じり合った表情だ。

今度っていつ？

閃くように思ったのは、裏口を出てからだった。はっとして振り返ったが、閉じられたドアがあるだけだ。

腹の底から疼《うず》くような感覚が湧き上がり、血流にのって体じゅうを巡る。体温が上がり、毛穴から甘いにおいが漏れるようだった。

9

渡瀬川容子に話を聞いた一週間後、我城薫子は梶原とともに再び彼女のマンションを訪ねた。今度は彼女から呼ばれたのだった。

その日は、戸沼暁男が殺害されてちょうど二か月になる日だった。いまだ有力な手がかりを見つけられず、捜査本部内では「初動捜査が滑った」という声がピークに達していた。渡瀬川容子からは「話したいことがある」としか聞かされていなかったため、リビングに足を踏み入れた薫子はふいを突かれた。

ソファに、渡瀬川邦一と瑠璃が座っている。

「はっきりさせておいたほうがいいと思ってわたくしが呼んだのよ」

容子が言った。

瑠璃が立ち上がり、彼女にとっては初対面となるふたりの刑事に無言で頭を下げた。邦一は座ったままで、目を合わせようともしない。

「あなたたち、息子夫婦に聞きたいことがあるんでしょう。陰でこそこそ探る必要なんかないわ。なんなりとお聞きなさいよ」

容子の言葉に、「すみませんねえ、ご主人。あんなに妻には会わせないっておっしゃってたのにねえ」と梶原がにやついた。

「仕方ないでしょ、社長命令なんだから」

邦一が吐き捨てる。

「奥さんもすみませんねえ」

これっぽっちもすまないと思っていない口調だが、瑠璃は「いいえ」と律儀に答えた。両手を膝の上で合わせ、片手にハンカチを握りしめている。泣いていたのだろうか、伏せた目のふちが赤らんでいる。

きれいな女だ、と薫子は改めて思った。透きとおるような白い肌、つややかな黒髪をひとつに束ね、うつむいた顔にはまつ毛の影が落ちている。人目を惹《ひ》く派手さはないが、清楚《せいそ》な輝きと品の良さが感じられる。

「では奥さんにお伺いしますが、戸沼暁男さんが殺されたのはご存じですね？」

梶原の問いに、瑠璃は一瞬だけ目を上げ「はい」と小さく答えた。

「なにで知ったんですか？」

「テレビの、ニュースです」

目を伏せたままか細い声を出す。

「なるほど。テレビのニュースを見てすぐに戸沼暁男だとわかった、と」

「あたりまえじゃないですか」と夫が割って入る。「戸沼さんの名前が報道されたんですから、誰だってわかるに決まってるじゃないですか」

「でも、ご主人は気づかなかったんですよねえ。奥さんに言われてはじめて気がついた。前にそう言いましたよねえ。ちがいましたっけ？」

「そ、それは、わたしが新聞を読んでいたからですよ」

口ごもる邦一を無視し、梶原は瑠璃へと目を戻す。

「奥さんが戸沼さんとはじめて会ったのはいつですか？」

「キャンプのときです」

「ほんとうに？」

「はい」

うつむき加減のこわばった顔には緊張や不安よりも、悲愴感が張りついている。

「キャンプでは戸沼さんとどんな話をしました？」

「……どんな」

整った眉が下がり、悲しげな印象が強まった。

「少しくらい話をしたでしょう」

「ご挨拶くらいはしたかもしれませんが、よく覚えていません」

そう告げたあと、申し訳ありません、と続けた。

「では、三井良介さんとはじめて会ったのはいつですか？」

「キャンプのときです」

「三井さんとはどんな話をしました？」

思い出せないと言いたいのだろう、すみません、とつぶやいたきり瑠璃は無言になった。梶原は瑠璃から目をそらさず、根競《こんくら》べするように沈黙をつくる。沈黙を破ったのは、邦一だった。

「あのときは大勢の人がいたんですから、そんなことをいちいち覚えていませんよ。覚えてないってことは、たいした話をしてないってことじゃないですか」

なあ、と隣の妻をのぞき込む。

小さくうなずいた瑠璃は、震える手でハンカチをきつく握りしめている。悲しみに耐えながら気丈《きじょう》にふるまおうとしているように見えた。そのことに薫子は違和感を覚えた。

彼女を尾行したときのことを思い返す。二歳の娘と手をつないだ後ろ姿。「美月、気をつけてね」というやわらかな声。おぼつかない足取りの娘を見守るやさしい雰囲気。スーパーでの瑠璃は幸福そうに見えた。もちろん内面を量ることはできないが、いまのような痛々しさをまとってはいなかった。

「もういいでしょう。三井さんと戸沼さんが殺されたことが、わたしや妻になんの関係があるっていうんですか？」

「おや。三井さんが殺されたとは言ってませんがね」

梶原の声が尖る。

「わたくしが言ったのよ」

容子が平然と告げた。

「刑事さん前に言ったじゃない、三井って人も殺された可能性がある、って。キャンプの参加者で話を聞けずにいるのは、うちの嫁だけなんでしょう。わたくしたちは遺族なのよ。かわいい沙耶子を失ってしまったの。それなのに、痛くもない腹を探られるのは我慢ならないわ。なんだって聞けばいいじゃない」

その瞬間、瑠璃の目から、ぽたっぽたっ、と涙が続けざまに落ちるのがはっきり見えた。

「じゃあ聞きますけどね、奥さん。娘さんの姿が見えなくなったとき、戸沼さんと三井さんはどこにいました？」

瑠璃がはっと息をのむのが聞こえた。

「やめてください！」

邦一が叫ぶ。

瑠璃は目をきつくつぶり、うつむいたまま何度も首を横に振る。

「どうですかねえ。ふたりがどこでなにをしてたか、覚えてないですかねえ」

梶原は、渡瀬川夫婦の反応に頓着せず質問を重ねる。

「いい加減にしてください。妻は精神的に不安定なんです」

夫に肩を抱き寄せられ、ようやく瑠璃は首を振るのをやめた。ハンカチを口に当て、う、う、と嗚咽《おえつ》を漏らしながらも「覚えて、いません」と声を絞り出した。

薫子は容子をうかがった。冷淡ともいえる表情で嫁を見つめている。

「罰《ばち》が当たったのかもしれないわね」

やがて容子が乾いた声でつぶやいた。あごを上げ、まっすぐ前を向いているが、焦点はどこにも合っていない。

「だってキャンプに行った人がふたりも死んだのよ。よくよく考えたら偶然とは思えないじゃない。沙耶子はやさしい子だから、あの子が誰かを呪うわけがないわ。きっと天罰よ。沙耶子を見殺しにした大人たちに罰が当たったのよ」

そのなかに自分の息子夫婦が含まれていることに気づかないのだろうか。いや、知ったうえで言っているのだと、毅然《きぜん》とした横顔を見ながら薫子は思った。

「……いい加減にしてください」

邦一の声は低く、震えていた。怒りを剝き出しにした目を母親に向けているが、容子はその視線を無視している。

瑠璃は両手で顔を覆いしゃくり上げている。嗚咽の切れ目から、ごめんなさい、と湿った声が聞こえた。

「……ごめんなさいごめんなさい。わたしのせいです。わたしが悪いんです。わたしが死ねばよかったんです。ごめんなさいごめんなさいごめんなさい……わたしのせいで、ごめんなさい……」

邦一が泣きじゃくる妻を抱きしめ、「大丈夫、大丈夫だから。きみのせいじゃない。誰のせいでもない。瑠璃、大丈夫だから」と耳もとで繰り返すが、その声が届いているようには見えなかった。

邦一がきっと目を上げる。

「これでご満足ですか？　もう十分でしょう。これ以上わたしたちを苦しめるのはやめてください」

「いちばん苦しかったのは沙耶子よ」

遠くを見る目で容子が言った。

それきり沈黙が続き、瑠璃の嗚咽と言葉にならないつぶやきが大理石の床に降り積もるようだった。

「ママー」と、幼い声がした。

リビングの入口に女の子が立っている。美月だ。寝ぼけたような涙声で母親を呼んでいる。

瑠璃が素早く涙をぬぐい、「美月」と声をかける。

「美月、起きちゃったのか？　ほら、おいで」

そう言って立ち上がりかけた夫を制するように、「美月、お祖母ちゃまのところに行きなさい」と瑠璃が言った。

美月は足を止め、母親と祖母をきょとんとした顔つきで見比べたが、「いやあ」と無邪気に拒否し、母親に抱っこをせがんだ。

「すみません。寝起きは機嫌が悪いんです」

瑠璃の言葉に、容子はちらりと視線を投げただけだった。

「もういいですよね？」

邦一が念を押すように言う。

「あー、奥さん。六月十日の夜から十一日の朝にかけてどちらにいました？」

「いい加減にしてください。前に言ったじゃないですか、家にいたって」

「奥さんに聞いてるんですよ」

「……家にいました」

瑠璃が答える。

「たしかですか？」

「夜遅くに家をあけることはありませんので」

「証明する人はいますか？」

「いないと思います」

「なるほど。では、四月六日の夜から七日の朝にかけては？　ちなみに三井良介さんが亡くなった日です」

「ほんとうでしょうか？」

ひと呼吸おいてから、瑠璃はおずおずと訊ねた。

「なにがですか？」

「ほんとうに三井さんは殺されたんですか？　事故ではないんですか？」

「気になりますか？」

挑発する梶原に、瑠璃は「はい」と素直にうなずいた。

「どうして気になるんですか？」

梶原はいまにも舌なめずりしそうな顔だ。

「だって怖い」

そうつぶやくと顔を伏せ、膝にのせた娘をぎゅっと抱きしめた。頼りない妻と娘を守るように、邦一がまわした腕に力を入れる。

「で、その日の奥さんのアリバイは？」

「アリバイ？」

邦一が声を荒らげたが、瑠璃は気を悪くする様子もなく、「夜遅くでしたら家にいました」

と答えた。

「適当に答えないでくれるかな。ほんとうに家にいた？　ちゃんと思い出してくださいよ。奥さんだって夜に出かけることくらいあるでしょう」

「ありません」

「一日も？」

「はい」

「あたりまえでしょう」

容子が口を挟む。

「渡瀬川家の嫁が、夜に家をあけるわけがないでしょう。そこらへんの家と一緒にしないでちょうだい。そんな育ちの悪い女を嫁に迎えたりしません」

「妻が夜に家をあけたのは里帰りをしたときだけです」

邦一がどこか自慢げに言い添えた。

「なるほど。できた嫁さんで」

「あたりまえのことです」

容子がきっぱりと言う。

「では、任意で指紋を提出してもらっても問題ないですね？」

「はっ？」

容子が鋭い声を発した。

「そのほうがお互いの手間が省けますしね。奥さんと……そうだな、念のためお義母《かあ》さんのももらおうかな」

「調子にのらないでちょうだい。せっかく協力してあげたのになんなのかしら、その態度は。指紋なんて冗談じゃないわ。渡瀬川家はね、地元では名士で通ってるの。いいえ、地元だけじゃないわ。うちはね、中国にもシンガポールにも支店があるのよ。指紋なんか取られたら警察のデータベースに登録されるって聞いたことがあるわ。そんな容疑者扱いされていいわけないじゃない。もう我慢ならないわ。帰ってちょうだい」

容子の剣幕に驚いたのだろう、美月が母親の膝の上で泣き出した。

10

塀に花を立てかけ、佐藤真由奈は目を閉じて手を合わせた。あっちょん、どこにいるの？どうして死んじゃったの？　真由奈はこれからどうすればいいの？　と心のなかで呼びかける。

あっちょんが殺されて二か月がたった。

今日はあっちょんの月命日だというのに、真由奈が来たとき供花も供物もなかった。

かわいそうに、あっちょん。あっちょんには真由奈しかいないんだね。

午後の陽射しが頭頂部に照りつけ、熱を持った地肌から汗が流れる。立ち上がって日傘をさし、ハンカチでひたいと鼻を押さえた。

ここに花を供えに来るたび、あっちょんの妻と鉢合わせする可能性を考えた。あっちょんの家の前を通るときも、玄関から妻が現れる場面を想像した。自分が妻と会いたいのか、会いたくないのか、よくわからなかった。言いたいことはたくさんある。離婚に応じなかったことや、妊娠したと嘘をついて結婚したことをなじりたかったし、あっちょんが心から愛したのは真由奈だということ、今年中に結婚する予定だったこと、そしてふたりがどんなに幸せだったかを知らしめたかった。

頭のなかではいくらでも言えた。それなのに、あっちょんが暮らしていた場所に来てみると不安が膨れ上がった。

不安のなかから聞こえるのは刑事のだみ声だ。

――あなたが高橋さんだと思っているのは戸沼さんです。

戸沼暁男という男の痕跡にふれたとたん、あっちょんが完全に消失してしまう気がして恐ろしかった。

〈戸沼〉と表札がかかった家は、何度見ても陰気くさい。雨戸は開いているが、使い古した箱のような印象は変わらない。アスファルトの照り返しで目の奥が痛いほどなのに、その家だけじめじめした日陰に建っているようだった。

家の前を早足で通りすぎ、立ち止まり、振り返る。レースのカーテンが引かれた窓に動くものはなく、人がいるのかどうかもわからない。この家で暮らすあっちょんをイメージできなかった。

真由奈は府中駅前に戻り、バスに乗って国分寺《こくぶんじ》駅まで行った。

指定されたファミリーレストランはすぐに見つかった。

ランチタイムの終わりどきで、客は半分ほどしかいない。まだ来ていないだろうと思ったが、蟹見圭太はすでにいた。テーブルに広げた漫画雑誌に目を落としながら、肉片を刺したフォークを口に運んでいる。顔を上げ、ビールジョッキを持つ。目が合ったと思ったが気のせいだろうか、蟹見はビールを流し込み、手の甲でくちびるをぬぐった。

再び目が合った。レジ前に立つ真由奈を見て、蟹見が、おや？　という表情になる。この男はわたしの顔を覚えていないのだろうか、と思いかけ、まさか、と打ち消す。顔も覚えていない女を好きになるわけないじゃないか。

「真由奈ちゃん？」

蟹見が大声で話しかけてきた。

ええ、と答え、真由奈は蟹見の正面に腰を下ろした。

「すっかりきれいになっちゃって。すぐにわかんなかったよ」

そうなのか、と納得する。覚えていないのではなく、わたしがきれいになったから戸惑っただけなのか。たしかに蟹見と同期入社したときは、いまより三キロも太っていたし、メイクもヘアスタイルも野暮《やぼ》ったかったかもしれない。

真由奈は目を落とし、指先で前髪を整えてから改めて蟹見を見た。

「蟹見くんは変わってないのね。すぐにわかったわ」

無意識のうちに笑いかけていた。

「思ったより元気そうじゃん。もっとズタボロになってると思ってたよ。よかったよかった」

その言葉に、真由奈は笑みを消した。

「元気なわけないじゃない。無理してるに決まってるでしょ。大切な婚約者を殺されたんだから。そんなこともわからないの？ 蟹見くんならわかってくれると思ってたのに」

「わかるわかる。元気なわけないよな。大切な婚約者を殺されたんだから」

蟹見の前には、ハンバーグがのった鉄板と、中身がわずかになったビールジョッキがある。

真由奈がアイスティーを注文すると、「メシ食わないの？」と聞いてきた。

「食欲なんてあるわけないじゃない」

「ふうん。あ、俺、ビールおかわりね」

蟹見がビールジョッキを掲げる。

「それでなんなの？」

真由奈は聞いた。

「なんなの、って？」

「会いたい会いたいって、しつこく呼び出したじゃない」

「なに言ってんの。真由奈ちゃんが、あっちょんの話を聞いてほしいって言ったんだろ」

なんて素直じゃないんだろう、と真由奈はあきれた。こんなふうにひねくれた愛情表現しかできないなんて、小学生の男の子以下だ。

「ちがうわ。蟹見くんが先に会いたいって言ったのよ」

そうだっけ、と蟹見はつぶやき、まいっか、とにやついた。フォークに突き刺したハンバーグをほとんど嚙まずに飲み込んでから、「あのさ」と顔を寄せてきた。

「彼女になってくれない？」

「え？」

「俺の彼女になってほしいんだよね」

真由奈は驚かなかった。告白される予感がしていた。たぶん、同期入社のときから好意を持たれていたのだろう。

だったら意地悪な物言いをせずに、最初からそれらしくふるまえばいいのに。そう思ったが、そんなの困るわ、と胸のなかだけで言った。だって、わたしの魂はあっちょんとともにあるんだもの。わたしたちの愛は永遠なんだもの。

「でも、婚約者を殺されたばかりなのよ」

意識せずとも声が潤んだ。

「娘は引きこもりだって」

「え？」

潤みが瞬時に消え去った。蟹見の話についていけない。

「なんのこと？」

「夫婦仲はよろしくなかったみたいだぜ」

「あっちょんのこと？」

「もっと教えてほしい？」

企むような笑みを張りつけている。

教えてほしくなどない。蟹見が話しているのは高橋彰ではなく、戸沼暁男のことだ。戸沼暁男について知れば知るほど、あっちょんが消えていってしまう気がした。

――あなたが高橋さんだと思っているのは戸沼さんです。

低いだみ声が耳奥を流れる。

「教えてほしいわ」

そう答えていた。

すべて否定してやればいいのだ、と自分に言い聞かせる。戸沼暁男の暮らしをすべて否定すれば、戸沼暁男という存在は偽りになる。あっちょんとして生きた高橋彰のほうが真実になる。

「じゃあ彼女になってよ」

蟹見が甘えた声で言う。

ふざけているようにしか見えないが、これがこの男の本気なのだろう。

真由奈には、自分がもてるという自覚があった。あっちょんも言っていた、まゆたんは癒《いや》し系だからもてるだろうな、と。しかし、よりによってこんなときに、こんな男にまで好意を持たれてしまうなんて。

「もちろん、ふりでいいからさ」

「ふり？」

「正確には元カノってところかな」

「どういうこと？」

「いますぐ決めなくてもいいから、ちょっと考えてみてよ。俺もそのあいだ、もうちょっとシナリオ考えておくからさ」

蟹見はおかわりしたビールを飲み干すと、じゃ、ごちそうさん、と立ち上がった。

「また連絡するよ」

浮かれた笑顔を真由奈に向けた。

11

戸沼杏子が刑事から、三井良介がすでに死んでいると聞かされたのは、新宿のコーヒーショップだった。

前日、聞きたいことがあると電話があり、昼の職場から近いこの場所で会うことにした。パートを終えた杏子が店に行くと、我城という女刑事と人相の悪い梶原という刑事はすでに席についていた。

梶原の説明によると、三井良介は夫が殺される二か月ほど前、新宿の歩道橋から転落死したらしい。

「このあいだは三井さんが亡くなってるなんて言わなかったじゃないですか。どうしてですか？　試したんですか？　陰でこそこそ嗅ぎまわってるんですか？　まだわたしを疑ってるんですか？」

「陰で嗅ぎまわるのが警察の仕事ですからね」

梶原がふんぞり返って言う。

「三井さんが夫の事件となにか関係があるんですか？」

「まだわかりませんねえ」

「まさか、三井さんも殺されたんですか？」

「一応、事故死ってことになってますけどねえ」

「一応、って……」

杏子は、黙ったままの我城に目を向けた。両手を膝にのせ、姿勢を正して杏子を見つめているが、相変わらず心が感じられないまなざしだ。

「ご主人と三井さんは、大学のゼミが一緒だったんですよね。で、異業種交流会で再会して、みんなでキャンプに行った、と」

「異業種交流会のことは、わたしは聞いてませんでしたけど」

「キャンプでは女の子が死んでますよねえ」

幼い顔が瞬時に浮かび、杏子の胸に重苦しさがたちこめる。

青白く固まった頬、半開きのくちびる、まぶたの合わせ目がわずかに緩み、白目が見えていた。体に張りついた赤いTシャツとオーバーオールがひどく重そうで、早く着替えさせてあげたいと、あのときそんな考えがよぎったことをいま思い出した。

「そのときご主人はどうしてました？」

梶原の問いかけに、杏子は眉をひそめた。

「どういうことですか？」

「子供が溺れたときのことですよ」

「それは事故の直後にお話ししましたけど」

「もう一度詳しく話してください」

「別に……ほかの人と同じです」

あのとき、川で遊んでいた子供たちが、沙耶子ちゃんが溺れたと呼びに来た。大人たちは全員で川へと走った。もちろん夫もだ。みんなから少し遅れた頼りない後ろ姿を覚えている。川底に沈んでいた女の子を見つけたのは、みんなから「アカマさん」と呼ばれていた男だった。女の子の足首が運悪く岩に挟まってしまったらしい。

「そのときのご主人のことを、もっと具体的に教えてくれませんかね」

そういえば、あのとき夫は川に入らなかった気がする。夫の洋服は濡れていなかった。でも、川に入らなかったのは夫だけではない。いや、そうだろうか。ほかの男たちはみんなずぶ濡れになりながら、姿を消した女の子を必死で探していたのではなかっただろうか。

しかし、杏子は「夫も、ほかの人と一緒に女の子を探しました」とだけ答えた。

「何か変わった行動をとったことは?」

「ありません」

「じゃあ三井さんは?」

「よく覚えてませんけど、特に変わったことはなかったと思います」

キャンプに参加したものの、杏子たち家族は孤立していた。孤立していることさえ、ほかの家族に気づいてもらえなかった。輪の中心で楽しげにリーダーシップを発揮する三井を見て、どうして夫とこんなにもちがうのだろうと思った。三井はすべてを持っていた。高そうな車とこだわりのキャンプ道具、テントも張れたし、火も熾せた。社交的で世慣れていて、人の目を惹くオーラがあった。

彼のような男と結婚していればわたしの人生はちがっただろう、と杏子は思った。リフォームローンを返済するためにパートに出る必要はなかったし、洋服や化粧品に惜しみなくお金を使うことができたし、休日には高級車に乗って家族でドライブをしただろう。いまとはまるでちがう生活を送っていたのだ。

そうか、あの三井は死んだのか。夫よりも先に。しかも殺されたかもしれないのか。そう思うと、痛みをともなうおかしさがこみ上げてきた。

「誰でも死ぬんですね」

そうつぶやいていた。

「どういうこと?」

「いえ。あんなに恵まれている人でも死ぬんだなあと思っただけです」

「三井さんはそんなに恵まれてた?」

「わたしから見れば」

「渡瀬川さんは？」

梶原が探る目つきになる。

「はい？」

「渡瀬川さんも恵まれてた？」

「ええ。でも……」

「子供が死んだから？」

杏子はうなずいた。

あのキャンプに参加した人たちは、電車で行った自分たち家族以外、全員が恵まれているように見えた。

「渡瀬川さんとはつきあいがなかった？」

「ええ」

「渡瀬川さんの奥さんとも？」

そう問われ、渡瀬川の奥さんだけが自分たち家族にも挨拶してくれたのを思い出した。しかしあのときは、恵まれた彼女がまぶしくて余計惨めになったのだった。

「あの、去年のキャンプが夫の事件になにか関係あるんですか？」

「それをいま調べてるんだよ」

「もういいです」

言葉が飛び出した。杏子は梶原の目を見据えて続ける。

「もう調べなくていいです。もう夫のことはいいです。これ以上わたしたちの生活をかきまわさないでください。警察がわたしたちになにかしてくれた？　ひどいことしかしてないじゃない。あなたたちのせいでどんな目に遭ったと思ってるの？　犯人扱いされるし、陰口を叩かれるし、嫌がらせをされるし、娘は登校拒否になるし、息子はおねしょするし、義理の母親はバカみたいだし、生活がめちゃくちゃになったんです」

「犯人が捕まらなくてもいいのかい？」

「ええ、かまいません」

「ご主人を殺したんだよ」

「二か月たっても捕まえられないくせにえらそうに言わないでよ」

勢いに任せて杏子は立ち上がった。

「これ以上わたしたちにかまわないで」

そう言い捨て、お金も払わずその場を立ち去る。たくさんの視線を感じたが、怒りが羞恥心を消していた。

もういい、というのが正直な気持ちだった。

せっかく落ち着いてきたのだ。上向きになりはじめているのだ。警察の捜査で夫の新たな秘密が暴かれたら、また雨戸を閉め、家に閉じこもる日々に戻ってしまうかもしれない。あんな思いは二度としたくない。相続放棄の手続きは済み、あとは家が売れるのを待つばかりだ。そうしたら、ひまな主婦しかいない町内を離れ、新しい場所で名字を変えてやり直すのだ。

でも、と思う。

店を出た杏子は強烈な陽射しに突かれた。毛穴から熱っぽい汗が滲み出すが、その感覚が不快ではなかった。

自分の思考をまとめるためにもう一度、でも、と胸に上らせる。

でも、あまり遠くには行きたくない。できれば、いまのしゃぶしゃぶ屋でのパートを続けたいし、パートを辞めたとしても東京を離れたくはない。

杏子は駅へと足を早める。刑事たちのせいで一時間近くロスしてしまった。急いで帰らなければ。時間がないから、今日の夕食はレトルトの親子丼で済ませよう。洗濯物を取り込んで、お米を研いで、シャワーを浴びて、化粧をして、六時十五分には家を出なければならない。

ふと、心にひっかかりを覚えた。なにか忘れているような気がし、家に帰ってからするべきことを改めてなぞった。

史織だ、と思い当たった。史織が夜遅くに出かけたと優斗から聞いたのはいつだっただろう。まあ、いい。今日は時間がないから、明日にでも史織とちゃんと話をしよう。そう思うことで、課題をひとつ片づけた気になった。

杏子の思考はたんすのなかへと移行する。

今日はなにを着ていこうか。そう考えるとき、最近はまず下着を思い浮かべるようになった。黒地にピンクの刺繍《ししゅう》のあるブラとショーツのセットにしようと決める。勇気を出して、若い女が行くランジェリーショップで買ったものだ。凝ったデザインのわりに、値段は手が出ないというほどではなかった。

――今度、ふたりで飲みに行きませんか。

織田の声が鼓膜を震わせる。

――みんなには内緒で。

あれから一週間たつのに、織田はまだなにも言ってこない。

第四章　かわいそうな母親

1

「くそ。蒸し暑いな」

更地《さらち》と化した、渡瀬川瑠璃の実家跡で梶原が吐き捨てる。

片側一車線の県道沿いで、道路を挟んだ向かいはぶどう農園だ。深い緑色の山々に囲まれているせいか風がなく、灰色の雲が低く垂れ込めている。水田と畑が広がり、住宅はまばらだ。

渡瀬川瑠璃の旧姓は山本《やまもと》だ。実家は、山形県長井市の豆腐屋だった。山本豆腐店は皇室に献上した歴史を持つ老舗《しにせ》だが、四年前、瑠璃の父親の代で店じまいした。その一か月前に、瑠璃の母親が病死していることがなんらかのきっかけになったのかもしれない。

瑠璃は二人姉妹の長女で、高校までを地元で過ごし、短大への進学をきっかけに上京している。短大卒業後、百貨店に就職し、二十四歳のとき十歳上の邦一と結婚。長女の沙耶子が生まれたのは、その五年後のことだ。

夫の邦一は、瑠璃が夜に家をあけたのは実家に帰ったときだけだと言ったが、それがほんとうならば彼女は三年のあいだ夜間の外出はしていないことになる。母親が没した一年後、その後を追うように父親も亡くなり、帰るべき実家がなくなっているからだ。

山形まで来たのは、瑠璃が暮らす川越でも、結婚するまで暮らしていた東京でも、彼女と親しい人物が見つからず、これといった証言が得られなかったからだ。

――あの女、なにか隠してるな。

渡瀬川容子のマンションではじめて瑠璃を聴取した日、エントランスを出るなり梶原が言った。してやったりという顔つきだった。

――できすぎなんだよ。

そうか、できすぎなのか、と我城薫子は腑《ふ》に落ちた。

姑と夫を前にした彼女は、愛する娘を亡くした悲しみに暮れる母親そのものだった。もちろん当然のことだろう。ただ、表情も仕草も、もっというと涙を流すタイミングも体の震わせ方も完璧に仕上げているように映った。尾行したときに見せたなにかを警戒するそぶりはいっさいなく、ただただ悲しみの底にいる母親だった。

梶原と薫子は、最初に向かいのぶどう農園を当たった。

二代目だという男は、農園を継いだときは瑠璃はすでに上京していたと答えた。

「だから、山本さんの奥さんとご主人の葬儀のときに見ただけですねえ」

「どんな印象でした？」

「どんな、って。まあ、きれいな人でしたよ」

「話したことは？」

「挨拶程度ですね。そういえば、お産で里帰りしたときも見かけたな」

「それいつ？」

「うーん。五、六年前ですねえ」

長女の沙耶子のときだ。次女の美月が生まれたときはすでに両親とも他界し、里帰りする実家はなくなっていた。

「山本さんとは親しかった？」

「いやあ、全然。山本さんの豆腐、皇室に献上したことがあるんでしょう？　ご主人はそうでもなかったけど、奥さんはばかにする態度でね。うちなんか相手にされませんでしたよ」

ぶどう農園をあとにし、五十嵐《いがらし》という土地持ちの家へと向かった。三軒先だが、畑を挟んでいるため辿りつくまでに汗だくになった。

北欧風の大きな家は夏休み中の孫たちが遊びに来ているらしく、奥からかん高い声が聞こえた。

「うるさくてすみませんねえ」

五十嵐の妻は玄関まで麦茶を持ってきてくれた。七十歳前後だろう、穏やかな印象だ。山本家について訊ねると、「そんなに親しくはなかったけどねえ」と頰に手を添えた。

「娘さんの瑠璃さんをご存じですよね？」

「いいところにお嫁に行ったんでしょう？　奥さん、嬉しそうだったもの。これでいつ豆腐屋をたたんでも大丈夫だ、って。なかなか孫ができないって嘆いてたけど、やっと初孫が生まれて、これからだってときに奥さんもご主人も立て続けに亡くなって気の毒に」

「瑠璃さんはこちらで出産されたとか」

「ええ、そうですよ」

「最後に瑠璃さんと会ったのはいつですか？」

「ご主人が亡くなったときじゃないかしら」

「瑠璃さんはどんな子供でした？」

矢継ぎ早に訊ねる梶原に圧倒され、「どんなって……」と五十嵐の妻は困った顔になった。

「普通の子でしたけど。きれいなお嬢さんでね。奥さんは、言うことをきかなくてかわいくないって言ってましたけど、女の子なんてどこもそうじゃないですか」

意外だった。瑠璃の印象から、おとなしくて控えめで、親の言うことを聞くいわゆる「いい子」だった気がしていた。清らかな存在感ときめ細かな白い肌を思い返し、彼女のような女でも「かわいくない」と言われるのか、と薫子は小さく驚いた。

「奥さんは瑠璃ちゃんに婿を取らせて、豆腐屋を継がせるつもりだったんですよ。自分もそうだったから。なんたって皇室献上ですから」

そこでいたずらっぽい笑みを浮かべた。

「だから、瑠璃ちゃんが東京の短大に行くときは大反対しましたよ。でも、瑠璃ちゃんもああ見えて気が強いから、飛び出すみたいに出ていきましたけどね。結局は資産家に嫁いだんだから、よかったんじゃないですか。奥さんもよく自慢してましたよ」

「なるほど。瑠璃さんは気が強かった、と」

梶原が念を押す。

「それほどじゃありませんけど」

五十嵐の妻は困惑の表情を浮かべ、前言を撤回した。

「いま気が強いって言ったじゃない」

「あの、瑠璃ちゃんがどうかしたんですか？　もしかして沙耶子ちゃんの件？」

「ご存じでしたか」

「川で溺れて亡くなったんですよね。一年くらい前でしたっけ」

「昨年の九月ですね」

「山本さんのところも不幸が続くわねえ」

ひとりごとの口調の裏に、うちじゃなくてよかった、というニュアンスが感じられた。

家のなかからひときわ大きな子供たちの声がした。男の子と女の子、合わせて四、五人くらいだろうか。

「瑠璃さんには妹さんがいますね」

瑠璃には八つ下の妹がいるが、住民票の住所は実家のあった場所のままで所在が不明だった。

ええ、と五十嵐の妻は表情を曇らせる。

「葵《あおい》ちゃんでしょ。葵ちゃんのことは禁句でしたけどね」

「どういうこと？」

「中学もろくに行かないで、家飛び出しちゃったから」

「どこにいるかご存じない？」

五十嵐の妻は首を横に振る。

「飛び出したきり一度も帰ってきてないと思いますよ。お父さんとお母さんが亡くなったときも顔を見せなかったから」

まったくあの子はねえ、とため息をつくようにつぶやいた。

五十嵐宅を辞去すると、自転車に乗った女子高校生がふたり、楽しげにしゃべりながら目の前を横切っていった。ふたりともジャージで、健康的に日焼けしていた。瑠璃はこういう高校生ではなかっただろうと薫子は思った。きめの整った白い肌と、黒く輝く髪はいまのままだった気がした。

結局、彼女は母親に勝ったのだ。しかも、母親に負けを感じさせることなく、それどころか資産家に嫁いだ孝行娘として。

——産んで損した。

ひとり娘が薬剤師にならなかったことを知ったとき、薫子の母は怒らなかった。一瞬、驚いた表情をしたのち、沈黙を挟んでからそうつぶやいただけだ。そのとき、母と決別したつもりだった。警察官になってからは二、三年に一度、静岡の実家に帰ったが、心はとうに離れたつもりでいた。

しかし、ちがったのだと気づかされたのは、巡査部長に昇進してまもなくのことだった。父の法要で実家に帰った際、昇進したことを告げると、「興味ない」と母はつまらなそうに言った。そのとき、こめかみでなにかが切れるのを感じた。どんな言葉で母を罵倒したのか、ほとんど記憶にない。ただ、「わたしだってあんたなんかから生まれたくなかった」とまくしたてたことだけは覚えている。

〈元気でやっていますか？　ママは元気ですよ。〉

母らしくないメールが届いたのは、その一週間後だ。薫子は返信しなかった。せめて返信していれば、と何度思っただろう。しかし、どう返信すればいいのか、いまでもわからないのだった。

フラワー長井《ながい》線で、長井駅から赤湯《あかゆ》駅まで移動した。

瑠璃の地元の友人と二時に会う約束をしている。

東京では見かけたことのないファミリーレストランに入り、目印に決めてある赤いボールペンをテーブルに置いた。

「なにやってんだ、おまえ」

梶原のあきれた声に、薫子ははっとして手を止めた。暑さにやられたのか、ぼんやりしていた。アイスコーヒーに四つめのガムシロップを入れているところだった。

「持って帰るならわかるけどよ、いくらせこくてもあるもの全部入れるやつはいねえぞ」

「すみません」

「だからおまえはデブなんだよ」

佐藤真由奈にも同じことを言われたのを思い出した。

「甘さがわからなくて」

「あ？」

エアコンの効きが弱く、梶原の機嫌はいつもより悪い。

「甘い味が感じられないんです」

「なんだそりゃ」

「辛いのや苦いのは感じるんですが」

「おまえは舌もバカなんだな」

どうでもよさそうに吐き捨て、梶原はグラスに口をつけてあおるようにアイスコーヒーを飲む。ガリガリと氷を嚙み砕き、くそっ染みるな、と歯を見せる。

人の気配を感じ、薫子は顔を上げた。

テーブルの上のボールペンと薫子を見比べる緊張した顔つきで、彼女が大槻美樹《おおつきみき》だと察した。薫子が立ち上がり、「大槻さんですか？」と訊ねると、「はい」と返ってきた。旧姓は早川《はやかわ》で、瑠璃と中学高校が一緒で、いちばん親しかった人物だと聞いていた。

「電話でも言いましたけど、瑠璃とはもう何年も連絡を取ってないんですけど」

大槻美樹はおずおずと告げた。丁寧に化粧をしているが、小じわと毛穴が目立ち、年齢より老けて見える。

「彼女に最後に会ったのはいつかな？」

梶原の質問に、大槻美樹はなかなか答えることができなかった。えー、うーん、いつだったかなあ、とつぶやきながら、首を左右にかしげるのを繰り返す。

「お産で里帰りしたときは会わなかったの？」

あ、と美樹が目を上げる。

「沙耶子ちゃん、ですよね。亡くなったんですよね」

「彼女から聞いた?」

「いいえ。ニュースで知りました。かわいそうに。わたし、びっくりしちゃって」

「で、彼女が里帰りしたときは会わなかった?」

梶原が話を戻す。

「会いませんでした。里帰り出産するから会おうねって連絡はもらったんですけど、結局会いませんでした」

「どうして?」

「赤ちゃん見せてもらうのを楽しみにしてたんですけど、いつのまにか彼女帰っちゃったんです。なんか厳しいみたいですよね、お姑さん。それでじゃないですか」

「厳しいって彼女が言ったの?」

「いいえ。瑠璃の口ぶりからそうじゃないかなって。……あ、わかった。最後に会ったのは、わたしの結婚式だったと思います。だから七年前ですね」

「さっき何年も連絡取ってないって言ったけど、どのくらい?」

美樹はまた、えー、うーん、いつかなあ、と唸りながら首をかしげ、

「もしかしたら、わたし、瑠璃を怒らせたのかもしれません」

と目を上げた。

「どういうこと?」

「よくわかんないんですけど……。電話してもそっけなかったり、メールしても返事をくれなかったりっていうのが続いて、そのうち疎遠になったんです。だから、最後に連絡したのがいつっていうのははっきり覚えてないんですけど、スマホに替えてから一度も連絡してないから四年くらいだと思います。瑠璃、わたしのこと避けてたんじゃないかな。でもわたし、嫌われるようなことしたかなあ。全然心あたりがないんだけど」

最後は自問する口調だった。

「彼女とはどんな話をしたの?」

「どんな、って。んー、普通の、ですよ。近況報告みたいな感じかなあ。あとは同級生の噂話とか。でも、やっぱり子供の話がいちばん多かったかな」

あ、そっか、と言葉を切り、ひとりで何度かうなずいてから、「わたし、えらそうにしちゃったのかも」と、質問をした梶原ではなく薫子に視線を移した。

「結婚は瑠璃のほうが早かったけど、子供産んだのはわたしのほうが先だったんですよね。それで子育てのこととかアドバイスしたんですよ。瑠璃はそれがうざかったのかも。よく考えたら、瑠璃が冷たくなったのって子供が生まれてからのような気がします。わたしは瑠璃のためを思っていろいろ教えたりしたんですけど、瑠璃は自分が見下されてる感じがしたのかもしれないですね。女同士ってそういうところありますよね?」

同意を求められ、薫子は条件反射でうなずいた。気持ちが入っていないことを見透かしたのだろう、美樹は失望の色を目に浮かべ、「子供がいない人にはわからないか」と薫子から目をそむけた。

「瑠璃さんは子供をかわいがってた？」

もちろんです、と梶原に目を戻した彼女は力強く答えた。

「やっと生まれた子でしたからね。瑠璃、資産家に嫁いだでしょう。跡取りを期待されてプレッシャーあったと思いますよ。女の子だったけど、お姑さんが性別にこだわらない人みたいで。だからほんとよかったな、って。わたしは会ったことがありませんけど、沙耶子ちゃんって耳とか爪がダンナさんにそっくりだったんでしょ？　こんなところまで似るなんてすごいのね、ってしつこいくらい言ってましたから。それなのにかわいそうに」

彼女は、瑠璃に第二子ができたことを知らないようだった。

「瑠璃さんはどんな人かな？」

梶原は訊ね、美樹が言葉を見つける前に、「たとえば、気が強いとか思いつめるタイプとかなにをするかわからないとか」と続けた。

「そんな感じではないです」

美樹はあっさり否定する。

「気が強いというより、しっかりしてるっていうか現実的っていうか。中学生のときから悟ってるようなところがありました。瑠璃、きれいですよね。けっこうもてたんですけど、それはこんな田舎だからで、東京だったら自分なんか全然目立たない、って。いつも自分のことを、そこそこレベル、って言ってました。大きなことは望まない、って。そこそこレベルのトップに行ければいい、って」

「そこそこレベルのトップ？」

「トップにならないと、もっともっとと欲張ってしまうでしょ？　自分より上にいる人と比べて、ひがんだり妬んだりするでしょ？　そういうのが嫌だって言ってました。瑠璃のお母さんがそうだったみたい。瑠璃のうち、実はけっこうお金が大変だったんですよ。だから、お金持ちになっていい暮らしをしたい、って。でも、そこそこでいい、って。それが自分に向いてる、って。中学生が言うことじゃないですよね。とにかく家を出たくて、短大も奨学金で行ったんですよ」

そこそこレベルの短大に、とつけたして彼女は小さく笑った。

「だから理想どおりの結婚ができたんじゃないかなって思うんです。大企業ってわけじゃないけど、そこそこの会社の跡取りでしょ。それに、東京じゃなくて埼玉に住んでるじゃないですか。埼玉の川越。瑠璃らしいなあ、って。川越って埼玉なのに、そこそこいいイメージじゃないですか。東京の人から見てどうですか？」

梶原がなにも言わないので、薫子は「そうですね」と相づちを打った。

「では、彼女にはなにをしでかすかわからないようなところはなかった、と?」

「そうですね。クールなほうだと思いますけど」

「問題を起こすこともなかった?」

「ないですね。問題なら、瑠璃の妹のほうが」

「葵さんですね? 葵さんがどんな問題を?」

うーん、問題っていうか、えーと、うーん、と美樹は首を左右にかしげてから、思い切ったように口を開いた。

「子供すぎるっていうか、成長が遅いっていうか」

「どういうこと?」

「とにかく変わった子でした。常識が欠落してるっていえばいいのかな」

「どんなふうに?」

「真っ裸で外を歩いたり、畑を荒らしたり、人の物を平気で盗んだり。瑠璃の下着を持ち出したこともありました。小さいときはいいけど、小学校の高学年になるとさすがに、ねえ」

「彼女、家出したんだって?」

「わたしは、瑠璃のあとを追ったんじゃないかって思ったんですけど、瑠璃は自分のところには来てない、って。瑠璃のところお母さんが厳しくて、瑠璃だけが葵ちゃんの味方でしたからね」

「彼女のことは禁句だったんだって？」

「禁句ってほどじゃありませんけど、見て見ぬふりっていうか、だんだん口にしにくい雰囲気になっていきましたね。だって女の子でしょう、いろいろありますよね」

「いろいろ、って？」

「あの、どうしてこんなこと聞くんですか？　瑠璃になにかあったんですか？」

「ご存じのとおり、お子さんが亡くなってね」

「でもそれ、去年のことですよね。瑠璃がなにかしたんですか？」

心配げに眉を寄せているが、瞳は好奇の色で輝いている。

「いやいや、お子さんに関係することですよ」

「まさか、瑠璃が殺したって言うんですか？」

驚いた声で聞いてくる。

「誰をですか？」

梶原がとぼける。

「だから、子供を、ですよ」

そう答えてから、美樹はテーブル越しにぐっと身をのり出した。

「言っときますけど、瑠璃がそんなことするはずありません。絶対になにかのまちがいです。あんなに大切にしてたんですから」

「そうですかあ。そんなに大切にしてましたかあ」

梶原のいびつな笑みは、意地の悪さが剝き出しになっている。

「あたりまえです。母親ですから」

なるほどなるほど、と梶原は満足そうにつぶやく。

「では、自分の子供に危害を加えたやつは敵ですかね?」

「あたりまえじゃないですか」

美樹は即答した。

山形での鑑取りで当たる人物は、この大槻美樹で最後になる。これまでのところ事件解決に結びつくような証言は得られていない。しかし梶原は、暑いこと以外は不満を漏らさなかった。口に出すことはなかったが、なんらかの手ごたえを感じているようだった。

薫子自身も、捜査対象者から渡瀬川瑠璃を除外する気にはならなかった。

2

「わたしのお父さん、ほんとは殺されたんです。家の近くでめった刺しにされたんです。犯人はまだ捕まってないの」

胸の前で両手を組み、しなをつくりながら裏声で言うと、「って言わせるのが最初のハードルだと俺は思うわけ」と蟹見圭太は組んだ手をほどいた。

佐藤真由奈は、一週間前と同じファミリーレストランで蟹見と向かい合っている。

「あのガキ、ぜーったい俺に気があるよ。まちがいないって。だから余計に知られたくないのかな、けっこうガードが堅いんだよ。父親が死んだのは病気だって言ってるし、まだ名字も教えてくれないんだぜ。バカだよなあ、俺、全部知ってんのにさ」

そう言って、口から食べ物のかすを飛ばし下品な笑い方をした。蟹見が注文したのは、このあいだと同じハンバーグセットと生ビールだった。

家から出てきた史織をつけて声をかけた、と蟹見は言った。最初は楽勝だと思ったさ、と。

「どうしたの？　さびしそうだけど大丈夫？　って聞いただけで泣き出してさ。いけるって思ったね」

けやきの下にいたふたりを思い出す。顔を覆って泣いていた史織と、彼女の頭を撫でていた蟹見。あの夜のことだろう。

「それから二回会って、俺らけっこういい感じなんだよ。ラインだって毎日してんだぜ」

ほら、と蟹見はスマートフォンを真由奈に向けた。ラインのやりとりを見せることでやきもちを焼かせようとしているのかもしれない、と真由奈は思った。

〈いまどうしてる?〉〈引きこもってます〉〈遊ぼうよ〉〈遊びたいけど〉〈けど?〉〈ううん。ひみつ〉〈なんでも相談にのるよ〉〈ありがとう!〉

スタンプと絵文字が目立つトークだった。特に史織の〈ありがとう〉のスタンプが多い。

「蟹見くんはなにがしたいの？」

「とりあえず金」

即答し、「もちろん真由奈ちゃんのためだよ」と続けた。

「それがあっちょんの遺志だから？」

「もちろんそうさ」

「でも、どうするの？」

「あのガキに金を持ってこさせようと思ってんだよ。でもさあ、殺された父親って死亡保険に入ってなかったらしいんだよ。想定外だったよなあ」

あっちょんは死亡保険に入っていなかった。その事実は、あっちょんからのメッセージのように思えた。あっちょんは家族にお金を遺したくなかったのだ。わたしにすべてを受け取ってほしいと願っているのだ。

あっちょんが愛したのはまゆたんだけだよ。そうささやかれた気がした。

——真由奈ちゃんがもらうべきものなんじゃないの？

蟹見の言葉を思い出した。

あれはいつだっただろう、たしか犯罪被害者等給付金というものについて蟹見が口にしたときだ。

——あっちょんが誰に渡したいかは、婚約者の真由奈ちゃんがいちばんわかるよな。

蟹見の言った意味が、いまはっきりとわかった。あれはきっと、あっちょんが蟹見の口を借りて伝えた言葉なのだ。

「夫婦仲は悪かった、って言ったわよね？」

「ん？ ああ、夫婦仲ね。そうそう。ガキが言ってたよ、ほとんど会話がなかった、って」

「ほとんどってことは、少しはあったってこと？」

「真由奈ちゃんが直接聞いてみればいいじゃん」

「え？」

「あのガキにさ」

「直接、って？」

「今度会わせてやるから」

「どういうこと？」

「だから、あのガキに俺の元カノとして会わせてやるって言ってんだよ」

蟹見がもったいぶって説明した計画は、史織と駆け落ちをする、というものだった。

「あのガキ、どこか遠くに行きたいんだって。ちがう場所でちがう人間になってやり直したいんだってさ。ちょうどいいじゃん？ 俺と一緒に遠くに行こうって言えば、喜んで金持ってくると思うんだよね」

もうちょっとなんだけどなあ、と蟹見は舌打ちをする。

「通帳を探させるとこまではいったんだよ。でもさ、印鑑が見つからないんだって。ま、残高が二十万もないから、いまはまだいいんだけどさ」

「ほんとに駆け落ちするつもりなの？」

そんなわけがないと知っているのに真由奈は聞いた。無意識のうちにくちびるを尖らせ、すねた表情になっていた。

「まっさかあ。ふりだよ、ふり。金受け取ったらそれで終わり」

「そうよね」

蟹見はビールを飲み干し、息をついてから告げた。

「家売るんだってさ」

「え？」

「もう売りに出したって言ってたよ」

いまさら？　と怒りがこみ上げた。

あっちょんをあんな陰気くさい家に縛りつけておいて、死んだらさっさと手放そうっていうの？　いまさら遅いのよ。どうしてもっと早く自由にしてくれなかったの？

「俺は家売った金をもらって、真由奈ちゃんは犯罪被害者等給付金ってやつをもらうんだよ」

「あっちょんがわたしに渡したいと思ってるから？」

「そうそう」

「わたしが婚約者だから？」

「そうそう、婚約者だから婚約者だから。だから力を合わせてがんばろうぜ」

「それが、あっちょんの望んでいることなのね」

「そうそう。やっとわかった？」

「どうすればいいの？」

「あのガキが、俺と駆け落ちするように追いつめるんだよ」

「だから、どうやって？」

あっちょんと蟹見に似ているところはひとつもない。それなのにどうしてだろう、蟹見にあっちょんの遺志が宿っているように思えてならない。

「それは真由奈ちゃんの演技力しだいだよ。俺、パーフェクトなシナリオ考えたからさ」

「でもあの子、わたしの顔知ってるかもしれないわ。週刊誌にも大きく写真が載ったし、一度、あっちょんの家の近くですれちがったことがあるもの」

「あんなおっさん向けの雑誌読むわけないじゃん。それにモザイクかかってたからわかんないって」

「でも……」

はじめて史織を見たときのことを思い出した。彼女に会ったのは、赤ちゃんが流れてしまった三日後だった。史織は泣いていた。怒っていた。潤んだ瞳に怒りをたぎらせ、真由奈を睨みつけた。それなのに睨んでいることに彼女自身は気づいていないようだった。自分が世界でいちばん不幸でかわいそうだと思い込んでいる顔つきだった。

わたしの赤ちゃんは死んでしまったのに。いちばん悲しいのはわたしなのに。絶対赦さない、とそのときの感情を思い出し、真由奈は胸に刻みつけた。

「侵入しようぜ」

蟹見が顔を寄せてささやく。

「侵入?」

「あっちょんの家にだよ。通帳と印鑑を探しておいたほうがいいだろ」

通りかかるだけだったあの家に入る。その行為で、どちらか一方の世界が完全に消失する気がした。消えるのは戸沼暁男のほうに決まっている、と真由奈は自分に言い聞かせた。

3

我城薫子が梶原とともに山形を訪ねた翌日、捜査本部のさらなる縮小が決まった。本庁の刑事はひとりしか残さないという解散に近い縮小で、梶原もまもなく引き上げることになった。

「しゃーねえよな。手詰まりだもんな」

会議室を出ると梶原は言い、「俺は詰まってねえけどな」とひとりごとの口調でつけたした。

山形に行ったことでなにか得た手応えはあったものの、実際には手がかりは見つけられなかった。

「おまえ、せいせいしてるだろ」

梶原はふてぶてしい薄笑いを薫子に向けた。

「なにがでしょう」

なにがでしょう、とすまし顔で薫子を真似てから、

「俺は、給料泥棒のお守りから解放されてせいせいするけどな」

と言った。でもな、と梶原は口調を変える。

「あの女、なにかあるな、絶対」

あの女が渡瀬川瑠璃をさしていることは、確かめるまでもなくわかる。

「あの女か、それともあの夫婦なのかはわからんけどよ、プンプンにおってくるんだよ、うさんくささがよ」

戸沼暁男が殺された夜も、三井良介が転落死した夜も、渡瀬川瑠璃にアリバイはなく、反対に夫の邦一にはしっかりとしたアリバイがある。両日とも邦一は出張中で、社員や取引先

の証言が取れている。

「どっちの夜もあの女は出かけられたってわけだよ」

「では、彼女の単独犯ということですか？」

「ほんとにバカなんだな、おまえは」

唾を吐くように言う。

「誰があの女がホシだって言った？　頭使えって何度言えばわかるんだよ」

「すみません」

「だいたい、そこそこレベルのトップっていう中途半端で都合のいい願望も気に食わねえし、それをまんまと叶えてしれっとしてるところも気に食わねえんだよ」

捜査車両に乗り込む梶原に続き、薫子は急いで助手席に乗った。いつものように行先を告げることなく、梶原はアクセルを踏む。

車は都道十七号に出て、まっすぐ北上していく。渡瀬川家が暮らす川越に行くのだと察した。

「そうでしょうか」

薫子の口からぽろっと言葉がこぼれた。車に乗ってからすでに十分はたっている。

「あん？」

梶原が面倒そうに反応する。

「渡瀬川瑠璃は、中途半端で都合がいいでしょうか」

「いらいらさせんな。はっきり言え」

「彼女が、そこそこレベルのトップになりたいと言い出したのは中学生のときですよね。家を継ぐのが当然とされていたのに、中学生で親の意向をきっぱり拒否するなんてなかなかできることじゃないと思います。しかも実際に夢を叶えて、母親を満足させています。それでも中途半端で都合がいいでしょうか」

梶原はしばらく黙っていたが、やがて「なに言ってるかわかんねえ」とつぶやき、首をかしげた。

「要するに、おまえは渡瀬川瑠璃みたいになりたいってことか」

「あ、いえ」

薫子はとっさに否定した。

「死んでも無理だな。つくりがちがうからな」

そう言って、梶原は、へ、と鼻を鳴らすように笑った。

自分は渡瀬川瑠璃みたいになりたいのだろうか。薫子は自問し、そうかもしれない、と自答する。

自分は渡瀬川瑠璃のように、母の意を面と向かって拒否することはできなかったし、母を満足させることもできなかった。母とは二度縁を切ったと思っていた。一度目が警察官になったとき、二度目が母を罵倒したときだ。その直後、母は死んだ。そのとき、縁は切れてなどいないのだと思い知らされた。それどころか、いびつにねじれ、ますます太くなっていく。母の死から三年たったいまでも、ねじれた縁は想像妊娠した腹のように膨らみを増していく。

「自分は、女の人が苦手なのかもしれません」

気がついたときにはそう口にしていた。

「あ？」

「苦手というか、よくわかりません」

「急になに言ってんだ、おまえ」

「生まれて最初に会った女が母なので」

面倒になったのだろう、梶原は黙っている。

「母のことがよくわからないので」

うっとうしがられているのを感じながらも、こぼれ出した言葉を止めることができない。

「この事件、どこを向いても女にぶつかる気がします。こんな自分でも役に立てるんでしょうか。いえ、役に立っていないことはわかっています。こんな自分に捜査をする資格があるんでしょうか」

車内に沈黙が流れているのに気づき、薫子は激しく後悔した。すみません、と言いたくなったが、言えばさらに後悔しそうで口をつぐんだ。

梶原は無言でウインカーを上げる。渡瀬川の家までもう少しだ。

「ちがうだろ」

前を向いたまま梶原が言う。

「はい？」

「わからないから、わかろうとするんだろ。わからないことを自覚してるやつのほうが強いんじゃないのか」

思わず梶原を見た。

ごつごつした横顔に、これといった感情は見て取れない。やがて、くちびるの端がいびつに持ち上がり、「ま、強くても、給料泥棒のバカじゃどうしようもないけどな」と鼻で笑った。

呼吸を止めていたことに気づき、短く息を吐いたら、笑いに似た音が漏れた。

左側に目的の家が見えてきた。

「よし、行くか」

渡瀬川宅の真ん前に車を停め、梶原が言う。

「あの女をちょっと揺さぶってみようじゃないか。俺からの置き土産ってやつだ」

車を降りると、梶原はインターホンを押した。しばらく応答がなかったが、梶原が嫌がらせのように押し続けると、やっと「はい」と女の硬い声が返ってきた。

「渡瀬川瑠璃さんですね？　すみません、警察です。ちょっと開けてもらえませんかね。お話ししたいことがあるんですよ」

インターホンから反応はない。梶原は声を張り上げて続ける。

「実は昨日、奥さんの実家があった山形に行ってきたんですよ。長井市。いやあ、のどかでいいところですよねえ。奥さんの実家、豆腐屋だったんだってね。皇室献上なんてすごいじゃないですか。ご近所の人にもいろいろ話を聞けましたよ」

「お入りください」

門が開き、白いワンピースを着た渡瀬川瑠璃が迎え出た。どうぞ、と家のなかに招き入れる彼女からは緊張が感じられた。

リビングに娘の姿はなかったが、ドアが開け放たれた続き間に布団が敷いてあるのが見えた。薫子の視線に気づき、「お昼寝中なんです」と言った瑠璃はそのときだけ薄くほほえんだ。

渡瀬川瑠璃は、刑事が訪ねてきた理由も、実家のあった山形まで行った理由も、自分から訊ねようとしなかった。ローテーブルに麦茶を置くと、ソファに浅く腰かけ、両手を膝の上で重ねた。表情をわずかに引き締め、話を聞く体勢を取る。

「奥さん。どうして我々が来たと思いますか？」

麦茶を一気に飲み干してから梶原が切り出した。

「わかりません」

「ほんとうにわからない？」

「ええ。お茶のおかわりをお持ちしましょうか？」

腰を浮かしかけた瑠璃を、梶原が片手で制した。

「奥さん。そこそこレベルのトップ、という言葉に聞き覚えは？」

瑠璃は曖昧にうなずく。

「学生時代のお友達に聞きましたよ。ま、誰とは言いませんけどね。あなた、中学生のときからそこそこレベルのトップをめざしてたそうですねえ。夢が叶ってよかったですね。ま、安月給のわたしなんかから見れば、そこそこどころか豪勢な暮らしぶりに見えますがねえ。これがあなたの考えるそこそこですか。いや、ずいぶん目標が高いんですねえ。満足でしょう。幸せでしょう。おめでとうございます」

梶原は大げさに頭を下げる。顔を戻し、「でもね」と口調を変える。

「娘さんが亡くなって幸せが壊れてしまいましたね。まわりから、かわいそうな人だと同情される立場になったんですからね。それにほら、あの姑さん、なかなかきつい性格じゃないですか。あんたのせいだ、なんて厳しいことも言われたでしょう。ところで、娘さんはほんとうに事故だったんでしょうかね」

え、と伏し目がちだった瑠璃の視線が上がる。

「正直なところ、奥さんは事故だと思ってますか？」

「事故じゃなかったらなんだったのでしょう」

「事故だったとしても、防ぎようがなかったんでしょうかね。あれだけの大人がいて、どうして助けられなかったんでしょうね。酷な言い方になりますけど、目を離した奥さんが悪いってことになりますよね。実際、そう言われたでしょう」

かわいそうに、とつけたした声には心が感じられなかった。

瑠璃の黒い瞳が小刻みに揺らぐ。涙が膨らみ、あっというまに流れ落ちる。静かな泣き方だ。

「娘さんの事故と、戸沼暁男さんの事件はつながっているんじゃないか。我々はそう見てるんですよ」

梶原の言う「我々」とは、梶原と薫子のふたりだ。

「当然、三井良介さんと戸沼暁男さんの死にも関連性があると見ています」

嘘だった。三井良介の事故を洗い直したが、新たな事実は出てこず、ふたりの死に関連性はないというのが大方の見方だ。

「奥さん、心あたりはありませんかね？」

瑠璃は目を伏せたまま、しばらく反応しなかった。涙をぬぐい、ゆっくりと目を上げる。

「わかりません。どういうことでしょう」

「ここだけの話ですがね、戸沼さんを殺した犯人は女なんですよ」

瑠璃の表情は変わらない。死んだ子供を思って涙するかわいそうな母親の顔のままだ。

「だからね、キャンプに参加した女の人たちから指紋を提出してもらったんですよ。もちろん念のために、ですよ。みなさん、犯人が捕まるならって喜んで協力してくれましたよ。奥さんだけなんですよねえ、協力してくれないのは。どうしてもだめですかねえ。指紋を提出してもらえませんかねえ。殺された戸沼さんの奥さん、毎日泣いて暮らしてますよ。子供がふたりいてね、これからどうやって生きていけばいいのかわからない、って。子供もかわいそうにねえ。父親があんな死に方をして、ショックから立ち直れないでいますよ。奥さんならその気持ちわかるでしょ？」

梶原の声が耳を素通りしているかのように、瑠璃は肯定も否定もしない。

「目撃者がいるんですよ。モンタージュがね、奥さんに似てるんですよ。いや、奥さんを疑ってるわけじゃないですよ。ただ、事件解決のために指紋を提出してもらえないか、って。お願いですよ、お願い。我々はお願いしてるわけですよ」

言い終えると、梶原は沈黙をつくった。

蟬の鳴き声と走り抜ける車の音が聞こえる。梶原の声で室温が上がったかのようにエアコンが動き出した。

「義母《はは》には言わないでいただけますか？」

瑠璃の声は小さかった。

「指紋を提出したことですか？　もちろんですよ」

「いえ」

一度言葉を切り、二、三秒のあいだ迷うそぶりを見せてから告げた。

「娘が高熱を出しました」

「は？」

「以前、刑事さんにアリバイはあるのかと聞かれたとき、家にいたとお答えしました」

「はいはい、覚えてますよ。六月十日の夜から十一日の朝にかけてずっと家にいた、とね。あいにく証明できる人がいませんでしたけどね」

「夫は出張中でした」

「栃木にね。ご主人はアリバイが成立してるんですけどね」

「その夜、娘が熱を出して救急病院に行ったんです」

「何時ごろ？」

梶原の声が前のめりになる。

「夜の十一時ごろだったと思います」

「どうやって行ったの？」

「タクシーを呼びました」

「帰ってきたのは？」

「二時前だったと思います」

「帰りもタクシーで？」

「はい。いつもお願いしているタクシー会社があるので」

「それ、まちがいない？」

「はい」

「なんでこの前言わなかったの！」

すみません、と瑠璃は頭を下げ、黒い髪がワンピースの肩口をさらさらと流れた。

「このあいだは義母の前だったので言えませんでした」

「どうして？」

「救急病院に連れていったことが知られたら、子供の体調管理もできないのかと叱られてしまいます。高熱を出すまで気づかないなんて母親失格だ、美月まで殺す気か、と」

梶原は落胆と怒りをため息にのせて吐き出した。

梶原が口をつぐんだ隙に、薫子は質問する。

「いままで容子さんからそういうふうに言われたことがあるんですか？」

「わたしが悪いんです。義母がそう言うのも仕方ありません。義母がわたしをなじると、夫がかばってくれて、義母と夫の仲が悪くなってしまうんです。ですからお願いします。義母には秘密にしてください」

梶原はタクシー会社を聞くと、「念のため確認取らせてもらいますからね」と捨て科白のように言い、勢いよく立ち上がった。

「いままで黙っていて申し訳ありませんでした」

玄関で瑠璃が頭を下げたとき、山形で芽生えた違和感が薫子の口を開かせた。

「どうして実家に帰ったんですか？」

瑠璃はきょとんとしている。

「沙耶子ちゃんの出産のときです。実家が嫌で上京したと、山形のご友人からお聞きしました。それなのに、どうして里帰り出産を選択したんですか？　わたしだったら里帰り出産はしないと思います」

「刑事さんもお子さんがいらっしゃるんですか？」

「いえ、そうではなく、もしもの話です」

瑠璃は少し笑った。

「わたしも嫌でした。でも、仕方なかったんです。ちょうどシンガポールに支店を出すときで、夫はしばらく向こうに滞在することになっていましたし、義母はお友達とクルーズツアーに行く予定でした。もし、わたしになにかあれば、楽しみにしていた旅行ができなくなると思ったんじゃないでしょうか。そのほうが安心だからって里帰り出産するように義母に強く言われたんです」

「そうでしたか」

やはり嫌だったのか、と思う反面、実家を出て幸せになった姿を母親に見せつけたい気持ちもあったのではないだろうか、と思った。

一時間後、渡瀬川瑠璃のアリバイが成立した。

タクシー会社を訪ねたところ、六月十日の夜十一時七分に渡瀬川宅に迎えに行き、病院から自宅に送り届けたのは日付が変わった午前一時十三分であることが判明した。救急病院に確認すると、瑠璃の証言どおり娘の美月が高熱で受診していた。

戸沼暁男殺害の犯行時刻は、〇時五十分から二時のあいだ。末松勇治郎は、女を車に乗せたのは一時前後だと説明している。これで渡瀬川瑠璃の線は完全に消えた。

それなのに梶原は彼女にこだわった。

「じゃあ、あの女はなにを隠してるんだ？」

疑問が残ったまま捜査本部は縮小され、梶原は本庁に戻っていった。

これでしばらく会う機会はないと思っていたが、思いがけず梶原から電話がかかってきたのは四日後のことだった。

「おまえ、知ってるか？」

開口一番、そんな聞き方をした。

「はい？」

「その様子だと知らねえんだな。ったく、能無しのままだな。渡瀬川邦一がやられたぞ」

「え？」

「昨日、新宿駅のホームから転落したってよ」

「それで？」

「それで、って何様だよ、えらそうに。自分で調べろよ、この給料泥棒」

「すみません」

「タイミングが良すぎないか？」

「え？」

「あの女に揺さぶりをかけてすぐにこれだぞ。アリバイも成立したし、夫も被害者になったし、できすぎだろ。気に食わねえ」

それだけ告げると、梶原は一方的に通話を切った。

新宿署に連絡を入れるまで、渡瀬川邦一は死んだのだと薫子は思い込んでいた。が、腕と肩の骨折で入院中とのことだった。

渡瀬川邦一が新宿駅の山手線ホームから転落したのは、昨晩の十一時四十分。ホテルのある品川に向かおうとしたが、あやまって外回りのホームに下りたことに気づき、戻ろうとしたところ転落した。ホームは混雑していたらしい。騒ぎに気づいた駅員が非常停止ボタンを押したため、大事には至らなかった。渡瀬川邦一は仕事関係者との会合で、かなり酒を飲んでいたそうだ。酔ったうえでの事故と見られているが、「誰かに突き落とされた気がする」と主張したため、カメラの解析を中心に捜査が進められている。

「戸沼暁男の事件と関係あるんすかねえ」

部下の石光が言う。

捜査本部が縮小され、薫子は石光と組むことになった。鑑取り担当は薫子と石光だけだ。

「同じホシに狙われた、ってことっすかねえ」

「自分で考えろよ」

とっさに出た言葉に、石光以上に自分が驚いた。まるで梶原のような言い方だったと気づく。

「先輩、どうしたんすか?」

「いえ、どうもしません。で、石光さんの考えは? 続けてください」

「同じホシじゃない気がしますけどねえ。だって甘いじゃないすか、やり方が。殺そうとするなら、電車が入ってきてから突き落としませんか?」

「ただ、三人ですからね。この五か月のうちに、キャンプに行った八人の男のうち、ふたりが死んで、ひとりが事故に遭っている」

「じゃあ、同一犯っすかねえ」

石光はあっさりとひるがえる。

今後、同一犯の可能性も視野に入れるというのが課長の判断だった。しかし、新宿署による捜査が一段落するまで、薫子たちが渡瀬川邦一を聴取することは禁じられた。

4

家に帰りたくない気持ちが日に日に強まっていく。こんなにも帰りたくなくて大丈夫だろうかと不安になるほどだ。

戸沼杏子は鍵を差し込み、ドアを開けた。澱《よど》んだ空気に軽い吐き気を覚える。最近になって、家がくさいことに気づいた。黴《かび》くささとほこりくささと、生き物が放つ分泌物のにおい。日陰の石をひっくり返したときのにおいに似ている。このにおいは、最近発生したのではない。ずっと前からにおっていたのに、くささに慣れて気づかなかっただけだ。

このにおいの原因は、自分であり、夫であり、子供たちであり、特売で買った納豆や食パンや卵であり、陰気くさい暮らしであり、持つことさえあきらめた夢や希望の残骸だ。

うんざりだ、と杏子は思った。

居間の電気をつける。エアコンは切れているが、一時間ほど前までついていた室温だ。食卓には麦茶を飲んだらしいコップが置かれ、スナック菓子のかすが散らばっている。流し台には汚れた食器が乱雑に積まれ、コンロの上には使用済みのフライパンがそのままになっている。フライパンのふちの干からびたもやしを見て、夜のパートに出かける前に大急ぎで野菜炒めをつくったことを思い出した。

これがわたしの現実なのだろうか、と杏子はぼんやり思う。フライパンのふちに張りついたもやしが自分を象徴しているように感じられた。

全部捨ててしまいたい衝動に駆られた。フライパンも食器もまとめてごみ袋にほうり込みたい。巨大なごみ袋があるなら、この家ごと捨ててしまいたい。

居間のドアが開き、Tシャツにジャージの史織が入ってきた。母親に一瞬だけ目を向けると、なにも見えなかったかのように冷蔵庫を開けた。

苛立ちを抑えながら、杏子は「ただいま」とその背中に声をかけた。娘は背を向けたまま、「うん」とだけ答えた。

「うん、じゃないでしょう」

苛立ちは明確な怒りに変わり、一気にあふれる。

「わたしはね、あなたたちを養うために昼も夜も働いてるの。自分勝手なことばかりしないで、少しは協力してくれてもいいんじゃない？　食器くらい言われなくても洗ってちょうだいよ。掃除機だってかけられるでしょう？　これ以上疲れさせないでよ」

なにも取らずに冷蔵庫を閉めた史織は、母親に後ろ姿を見せたままだ。

「黙ってないで返事をしなさいよ」

「……わたし、って言うんだ？」

「え？」

史織は体ごと母親に向いた。

「自分のこと、わたしって言うんだ？　前は、お母さんって言ってたのに」

「たまたまでしょ」

「お父さんが死んで、ほんとは嬉しいんでしょ？」

「なに言ってるの」

「自由になれたって感じ？」

「いい加減にしなさい」

「今度は子供たちが邪魔って感じ？」

「怒るわよ」

「お母さん、変わった」

冷たい声だった。

「なによ。変わってないわよ、全然」

杏子の声はうわずった。

「前は同じカレーを三日連続で食べさせたりしなかった」

「忙しいんだもの、しょうがないでしょう。それに今日は野菜炒めをつくったじゃない。文句言うなら食べなくていいわ」

「前はそんなふうに言わなかった」

「揚げ足取るのはやめなさい」

「わたし、髪染めたんだけど気づいてる?」

ふいを突かれ、杏子は言葉を失った。

目の前の史織は黒髪に戻っている。いつ染めたのだろう、黒髪の娘をひさしぶりに見た気がした。

「わたしは、お母さんが髪を染めたことに気づいてるよ。明るい色にしたんだね」

自分でも気づかない心の奥底を見透かされたようで、恥ずかしさと後ろめたさがこみ上げた。

「若松のおばさんが言ってた。お父さんが死んでお母さん若返ったんじゃない?って」

「あの人は噂話が生きがいなの。無視すればいいのよ」

史織は両手を後ろにまわし、冷蔵庫にもたれかかっている。咎《とが》めるような挑むような、それでいて暗く沈んだまなざしだ。

だから帰ってきたくないのだ、と杏子は思った。娘のこんな顔を見たくない。恨みごとも文句も聞きたくない。

史織はふっと視線を下にそらすと、「お父さん、かわいそうだったかもしれない」とつぶやいた。

杏子には、その言葉が自分を否定するものに聞こえた。

「どうして？　かわいそうなのはわたしたちでしょ？　あなたのお父さん、女つくってお金貢いでたのよ。ダイヤのネックレスまで買ってあげたのよ。わたしたち、ずっと騙されてたのよ。それなのに史織はお父さんの味方をするの？」

「室蘭のババアが言ってたよね、お父さんがかわいそうだ、って。あのときは、このババアなに言ってるんだろうと思ったけど、でも、このごろなんとなくわかるような気がする。お父さん、さびしかったのかもしれない」

「どうしてお祖母ちゃんの味方までするのよ」

義母はいまも定期的に電話をかけてきて、開口一番「お墓はどうなったの？」と聞いてくる。自分は一円も出さないくせに、お墓を建てろと指図するのだから図々しい。

義母を思い出し、うんざりだ、とさっきよりも鮮明に思う。

「お父さん、どうして殺されたんだろうね」

史織の視線はさらに下がり、まるで足もとの小石を蹴ろうとしているようだ。

「キャンプが関係あるかもしれない、って」

杏子が言うと、史織は「え?」と目を上げた。

「去年の秋に行ったでしょ。もしかしたらあのキャンプのせいかも、って」

「どうして?」

「わからないけど、警察の人にいろいろ聞かれたわ。キャンプでお父さんに変わったところはなかったかとか」

三井良介が死んだことを言おうかどうか迷ったが、黙っていることにした。

「どうして?」

「だから、わからないってば」

数秒の沈黙後、「あのキャンプ、ほんとに嫌だった」と史織は絞り出した。

「そうね」

「もう忘れたい」

「そうよね。惨めだったし、あんな事故があったし」

「お父さんも最低だった」

史織の声が尖る。

「お父さんがどうしたの?」

「ほかのお父さんたちはみんな川に入って探したのに、お父さんだけ入らなかったよね」

やはり川に入らなかったのは夫だけだったのか。そう思うと、怒りを通り越し、情けなくなった。

「泳げないし、濡れるのが嫌だったのよ。そういう人よ」

「それだけじゃないよ。あんなこと言うなんて」

「あんなこと、って？」

「パニックになってるあの子のお母さんに向かって、どうして子供から目を離したんですか、母親なのにだめじゃないですか、なんてえらそうに言ったんだよ。自分は川にも入らないで、ただふらふら歩いてただけなのにさ。わたしあのとき、お父さんってほんと空気読めない人なんだって思った」

知らなかった。が、驚きはしなかった。

どうして子供から目を離したんですか、と心を込めずに言い放つ夫が想像できた。きっと優位に立ちたかったのだろう。車も持っていなく、火も熾せず、気の利いた会話もできず、いないような扱いを受けていた。だからこそ強気な発言をすることで、ほんの一瞬でも立場を逆転したかったのかもしれない。

史織の言うとおり空気が読めず、器の小さな夫らしい言動だ。

「まさかそのせいじゃないよね？」

まさか、と杏子は笑った。

「そんなことでいちいち殺されてたら、人類は滅亡しちゃうわよ」

「だよね」

史織もやっと笑みを浮かべた。

ほっとしたら思い出した。

「史織、夜遅くまで外出したりしてないわよね？」

「夜遅くって？」

「十時とか十一時とかよ」

「優斗が言ったんでしょ？　あれはコンビニにマーカー買いに行っただけだよ」

史織は壁時計を見やり、もう寝るから、と居間を出ていった。もうすぐ十二時半になるところだ。

若い史織が放つ熱で室温が一気に上がった気がして、杏子はエアコンをつけた。汚れた台所を見てため息をつく。

これが現実なのか、とさっき考えたことを改めて頭に上らせる。ここがわたしの居場所なのか、ここしかないのか。

誰にも言っていないことがある。今日の昼、家が売れそうだと不動産会社から連絡があった。しかも、希望金額とほぼ同額の好条件だ。営業担当は同時に、犯罪被害者等給付金の申請はしたのか聞いてくれた。申請すれば、まとまったお金が支給されるらしい。そんな制度があるなんて知らなかった。警察から聞いていないか、という言葉に、杏子は自分の疑いはまだ晴れていないのだと考えた。ぶり返す怒りを鎮めるために、もういい、と自分に言い聞かせた。警察なんてどうでもいい。お金がもらえるならそれでいい。

杏子は、調理人の織田を思い浮かべる。彼はいま、お盆休みを取っている。お土産を買ってきますからね。休みに入る前日、従業員室にいた杏子に織田はこっそりそう言った。あら、とほほえみを返すと、「戸沼さんだけに」と織田はいたずらっぽい笑みで告げ、「じゃあそのときに」とさらに声をひそめ、杏子の髪を一度だけゆっくりと撫でたのだった。一瞬にして真っ赤になった杏子に、「かわいい」とほほえんでから織田は出ていった。

織田の言った「そのとき」が、みんなには内緒で飲みに行き、髪を撫でるよりも深い行為をするときなのだと杏子は理解した。

それなのに、いまわたしは子供たちが汚した食器ともやしが張りついたフライパンを洗っている。まるでそれしか能のない女のように。

家にいると、そんなことばかり考えてしまう。いらいらする。そわそわする。いますぐどこかに行かなければならない気になる。

織田に撫でられた左側の頭がまだ熱い。彼の手のひらの感触が、いまもふれられているかのようにはっきり感じられる。

杏子は濡れた手を拭き、和室に入った。急に通帳を見たくなったのだ。

夫の遺骨を置いてあるたんすのひきだしを開けたとき、かすかな違和感を覚えた。上から二番目のひきだしには、銀行の通帳と家の権利証を入れてある。その配置が、自分の記憶とわずかにちがうように感じられた。まるで自分の字を真似た他人の文字を見ているようだった。

なくなっているものはなく、気のせいだと結論づけた。念のため印鑑があるかどうかを確かめようと、急ぎ足で和室を出た。

第五章　いちばん悲しい

1

暗い路地を、渡瀬川瑠璃は歩いている。

さっきまで歩いていた環七は車が途切れなかったが、車一台がぎりぎり通れるこの路地は静けさに満ちている。路地に入ってから人の姿を見ていない。

線香のにおいがする。

気のせいではない。寺院の多い地区だ。右側は寺の壁が続き、左側は街路樹と高いコンクリート塀がそびえている。

歩きながら、空が青い、と瑠璃は思った。

実際は青いのではなく明るいのだが、青い、と思った。

夜の十時を過ぎたころだ。路地の沈んだ暗さに比べ、空はざわついた色合いだ。地上と空に別々の時間が流れているようだった。

線香のにおいが強くなった。

両側に墓地が現れた。無数の卒塔婆《そとば》が、空に向かって手を伸ばしているように立っている。そのどれもが死者の手だ。死んでもなお、救いを求めてあがいている。その光景が、瑠璃には滑稽に見えた。

バッグを左の肩にかけ替える。包丁一本が入っているだけでこんなに重く感じるのは、それが人ひとりの命を絶つからだろうか。でも、逆にいうと、人ひとりの命は肩にかけられるほどの重さしかないということだ。

自分と、自分の大切な人の命にしか価値はない。誰だってそう思っているはずだ。それ以外の命は、その他大勢でまとめられる程度のものだ。ぶどう畑からひと房のぶどうがなくなっても、誰も気にしないのと同じことだ。

そのぶどうが、特別なぶどうだったら別だけれど。

そう考えたところでおかしさがこみ上げ、瑠璃のくちびるが歪んだ。

——皇室献上の豆腐。

母の言葉を思い出したのだ。

あの人のよりどころはそれだけだった。何十年も前の話なのに。たかが豆腐なのに。いくらでも取り替えがきくものなのに。

あんな家、大嫌いだった。

わたしは多くを望んだわけではない。ただ、望みどおりに生きたかっただけだ。

望むものすべてを手に入れたと感じたのは、妊娠したときだ。自分が欲しかったのは、やさしい夫とかわいい子供、それに少しばかりの裕福な暮らし。たったそれだけだったのだとやっとわかり、穏やかな気持ちになれた。もうこれ以上、望むことはないと思った。欲張らなければ、なにかを失うこともないだろうとあたりまえに思っていた。

でも、ちがったのだ。

一歩踏み出すごとに、へその奥から憎しみがふつふつと湧き出すのを感じた。先走りそうな足を留めようと、小さく息を吐いたら体に震えが走った。

路地の突きあたりは、重々しい門構えの寺だ。突きあたりを左に曲がったとき、前方に人影が見えた。まるで気分まかせに散歩しているように機嫌よく歩いている。

やっぱりあいつは自分がしたことをわかっていない――。

頭のなかでなにかが破裂した。限界を超えた怒りが流れ出してくる。その流れにあっというまにのみ込まれた。

瑠璃はバッグを開けた。包丁を右手で握りしめると、自然と足取りが速くなった。

あいつは気づかない。鼻歌さえ聞こえそうなのんきな後ろ姿。自分がなにをしたのかきれいに忘れ、罪の意識のかけらもなく生きているのだろう。

無防備な後ろ姿まで二十メートルの距離だ。

包丁を握る手に力を入れ、さらに足を速める。あと十メートル。

2

我城薫子は、取調室の椅子に座る渡瀬川瑠璃から目を離さなかった。

瑠璃は背筋を伸ばし、両手を膝の上で重ねている。顔はまっすぐ前に向けているが、誰とも視線が合わないよう目を伏せている。

彼女を銃刀法違反で現行犯逮捕したのは、昨晩の十時二十七分。新高円寺駅からほど近い、堀ノ内の路上だった。彼女の右手に刃物が握られているのが見えたのは、暗い路地の突きあたりを曲がったときだった。

「待ちなさいっ」と薫子が叫ぶと、瑠璃は体勢を崩した。取り押さえたのは石光だった。瑠璃は抵抗しなかった。右手の包丁をなかなか離さなかったが、それは力の入りすぎた指が硬直しているためだった。やっと包丁を取り上げ、薫子が前方の暗がりに目を向けたときには、もうそこに人影はなかった。しかし、誰かいたのは確かだった。瑠璃は包丁を握りしめ、その誰かに向かって走り出したのだから。

薫子がその人影を見たのはわずか数秒のことだった。「待ちなさいっ」と声を発したとき、人影が振り向いたのを視界のすみで見たが、意識は包丁を持った瑠璃に集中していた。石光も同じだったらしい。

「あれは誰だったんですか？」

昨晩から何十回も口にしている質問を、石光はまた投げかける。

「どうして包丁を持っていたんですか？　その包丁でなにしようとしたんですか？」

石光は見かけによらず忍耐強い。うんざりする様子もなく、同じ科白を繰り返し口に上らせる。

「わたしには、あなたが前を歩いていた人を包丁で刺そうとしているように見えましたが、それでいいですか？　もしちがうなら説明してもらえますか？」

語尾を必要以上に強調する発音は聞く者を苛立たせるが、瑠璃は無表情を貫いている。

「渡瀬川さん、あなたは誰を刺そうとしたんですか？　知ってる人ですか？　知らない人ですか？　知ってる人ですよね？　じゃあ誰ですか？」

瑠璃は逮捕後、ひとことも発していない。

人形に徹しているようだ、と感情を排除した顔を見ながら薫子は思った。おそらく彼女はこの先もなにもしゃべらないつもりだろう。

彼女らしくないと薫子は思っていた。

あんな無防備でずさんな犯行は、彼女のイメージとかけ離れている。しかし、渡瀬川瑠璃には包丁で襲いかかろうとする一面があったのだ。

昨晩の彼女の顔が忘れられない。

血の気を失った真っ白な顔。膨らんだ瞳は異様に輝き、虚空《こくう》を睨みつけていた。下くちびるを噛みしめ、ひと筋の髪が口に入り込んでいた。般若《はんにゃ》、と瞬間的に薫子は思った。彼女は取り押さえられたことにしばらく気づかず、頭のなかで殺すべき相手を執拗に追い続けているようだった。

それにしても、瑠璃が狙ったのはいったい誰だったのか。

キャンプの参加者には片っ端から連絡を取っているが、昨晩、堀ノ内にいたという人物はいまのところいない。

昨晩、瑠璃が夫の入院する病院を出たのは夜の九時前。病院前からタクシーに乗り、新宿駅西口で降り、その後、丸ノ内線で新高円寺まで行った。駅から現場までは徒歩二十分の距離だ。

病院を出てから現場に向かうまで、彼女に迷うそぶりは見られなかった。計画的だったと考えていいだろう。

夫の邦一が駅のホームから転落したことと関係はあるのだろうか。梶原は、タイミングが良すぎると言った。アリバイも成立したし、夫も被害者になったたし、できすぎだろ、と。まるで、邦一の転落は自作自演とでも言いたげだった。

「ご主人、驚いてましたよ」

石光が切り出すと、瑠璃のくちびるの端がぴくりと動いた。

「なにかのまちがいだ、信じない、って言ってましたよ。そりゃそうですよね。まさか自分の妻が人を殺そうとするなんて普通は思いませんからね。お子さんは、ご主人のお母さんが預かってるそうですね。美月ちゃん。まだ二歳ですよね。お母さんがいなくて不安がってるんじゃないですか？　なにも話してくれないと、いつまでたってもお子さんに会えないですよ」

瑠璃は目を上げた。くちびるが一瞬、緩む。なにか言おうとしたが、思いとどまったようだ。

「どうしました？　言いたいことがあるなら、はっきり言ったほうがいいですよ」

石光が訊ねたときには伏し目がちに戻っていた。

取り調べを終えたのは、邦一が手配した弁護士が接見に来た夕方だった。瑠璃はひとこともしゃべらず、これ以上時間を延ばしても無意味だろうと、薫子と石光の意見が一致した。それだったら明日までに証拠や手がかりを見つけたい。検察官送致まであと一日と数時間、このままだと不起訴になる可能性が高い。

薫子はこめかみに指をあて、昨晩の光景を思い返した。

路地の突きあたりを左に曲がったとき、彼女の右手に包丁があるのが見えた。その十メートルほど前を人が歩いていた。薫子が「待ちなさいっ」と叫んだとき、その人影は振り返った。おそらく瑠璃を現行犯逮捕するときも見ていたはずだし、薫子と石光が発した「包丁を離せ」「現行犯逮捕する」といった声も届いたはずだ。

その人物は、自分が狙われたことを知ったはずだ。にもかかわらず、立ち去ったのはなぜだろう。その人物を特定できないと、彼女を殺人未遂罪に問うことはできない。

目撃者はいないか、現場周辺に渡瀬川家とつながりのある人物はいないか、聞き込みに向かおうとしたとき、薫子宛てに電話が入った。田茂松子《たもまつこ》という覚えのない人物からだった。

「あの、五十嵐さんから聞いたんですけど」

濁点のなまりが感じられる年配の女の声。

五十嵐と聞いてもすぐには思い出せず、「五十嵐、さん」と薫子は小さく復唱した。

「瑠璃ちゃんのことを聞きに東京から刑事さんが来た、って五十嵐さんの奥さんが」

思い出した。瑠璃の実家跡近くに住んでいる土地持ちだ。

「あの、瑠璃ちゃんが殺したんですか？」

怯えが混じった声だ。

「どういうことでしょう」

「去年、瑠璃ちゃんの子供が川で亡くなってますよね。あれ、瑠璃ちゃんが殺したんじゃないですか？」

「どうしてそう思われるんですか？」

田茂は黙り込んだ。同じ質問を繰り返したが、答えは返ってこない。

「田茂さんは山形の方ですか？」

薫子は話題を変えた。

「いまは千葉です。三年前に引っ越しました」

「山形から引っ越したんですね？」

田茂は沈黙を挟んでから、おっかねくて、とつぶやいた。

「怖くて、ということですか？　怖かったから引っ越したということですか？」

返事はないが、肯定する気配が伝わってくる。

「なにが怖かったんですか？」

「次はわたしの番かも、って」

「なんの番です？」

「瑠璃ちゃんの母ちゃんと父ちゃん、立て続けに亡くなったでしょ。だから、次はわたしの番かもしれないって」

「それ、どういうことですか？」

田茂は、おっかねくて、とまたつぶやき、沈黙をつくった。

このままだと電話を切られてしまうかもしれない。薫子は矢継ぎ早に訊ねたい衝動を抑え、やわらかな口調を意識した。

「ところで田茂さんは、渡瀬川瑠璃さんとはどういうご関係なんですか？」

田茂の呼吸のなかに葛藤が感じられた。

彼女の喉もとに刺さっている言葉が一連の事件の鍵になる。薫子はそう直感した。

その瞬間、心臓が大きく跳ねた。駆け足になった鼓動が耳奥でどくどくと響き、手のひらが汗ばんでいる。緊張しているのだ、と自己分析する。

想像の及ばないものがこれから現れる。そんな気がしてならない。薫子は、田茂に気づかれないよう深く息を吐き、彼女の喉から言葉が抜けるのを待った。

3

約束の日は、朝から大雨が降っていた。

あっちょんが死んだ夜も激しい雨だった。これは偶然ではなく、あっちょんの遺志かもしれない、と佐藤真由奈は運命的なものを感じた。

府中駅に直結する大型ショッピングセンターに来ている。

十一時半を過ぎたところだ。四階のカフェでは、蟹見とあっちょんの娘がすでに会っているだろう。そろそろ真由奈もカフェに行かなければならない。

真由奈はこれから蟹見の元彼女としてカフェにのり込む。そして、貸した金を返すか結婚するか、どちらか選ぶよう蟹見に迫るのだ。蟹見は「おまえとはもう別れたはずだ」と言い、真由奈は「別れていない」と言う。もちろんふたりとも偽名を使う。真由奈の父親はヤクザで、追いつめられた蟹見は史織に一緒に逃げようと持ちかける。

いくら中学生とはいえ、こんなシナリオが通用するわけない。聞いたときはそう思った。しかし、いまはちがう。これはあっちょんの遺志なのだ。

あっちょんはわたしにお金を受け取ってほしいのだ。家族なんかに渡したくないのだ。あっちょんは死んでもなお、わたしのことをいちばんに考えてくれている。わたしのことを愛してくれている。それが、あっちょんが高橋彰であることの証明だ。あっちょんは戸沼暁男なんかじゃない。戸沼暁男は偽りの存在だったと、家族に思い知らせなければならない。

カフェの入口に立ったとき、足が震えていることに気づいた。

店の奥に目をやると、蟹見が見えた。彼の向かいには黒い髪の少女。けやきの下で見かけたときは金髪だったが、また黒髪に戻したらしい。蟹見は感じのいい笑顔をつくっている。

入口から様子をうかがう真由奈の横を、初老の女たちがにぎやかに通りすぎていく。

あっちょん、見ててね。

心のなかで話しかけ、真由奈は足を踏み出した。蟹見への第一声は、こんなところでなにやってるのよ、だ。そして、この女誰なのよ、と怒鳴るのだ。

蟹見が真由奈に気づき、あ、とわざとらしい驚きの表情をつくる。

「あら、史織ちゃん。こんなとこでなにしてるのよ」

先に声を発したのは、さっき真由奈の横を通り抜けていった三人連れの初老の女だった。

「ああ、まだ夏休みなのね。なんだ、よかった。ほら、昼間っからこんなところにいるから、お父さんの事件のせいで不登校にでもなったのかと、おばさん心配しちゃった。ところで、犯人まだ捕まってないんでしょう？　目星はついてるの？　警察はなんて言ってるのかしら」

「若松さん、声大きいわよ。しーっ」

「だって怖いじゃない。殺人事件なのよ。あなたは近所じゃないからいいけど、まだ犯人がうろついてるかもしれないのよ。巻き込まれたらどうするのよ。奥さんに聞いても、なにも知らない、って言って全然教えてくれないのよ。知らないわけないじゃないねえ」

蟹見は演技を忘れ、初老の女と史織をせわしなく見比べている。

「ねえ、史織ちゃん、ほんとはなにか知ってるんでしょう？　お母さんはなんて言ってるの？　そういえば、最近お母さん、毎日帰りが遅いみたいだけど、夜の仕事でもはじめたのかしら。お母さんも疑われてたみたいだけど、もう大丈夫なの？　お父さんとお母さん、あんまり仲が良くなかったんでしょう？」

史織は立ち上がり、女たちを押しのけて走り出した。一瞬だけ見えた横顔は、くちびるをきつく噛みしめていた。

「あ、ちょっと史織ちゃん」

蟹見が慌てて追いかける。真由奈を振り返り、「金、払っといて」と告げて走っていく。

「なんなの、あの態度。挨拶もしないで。親が親なら、子も子よね」

女の声を背に、真由奈は伝票を持ってレジへ向かった。

エスカレータを駆け下り、ショッピングセンターを出ると、信号を渡るふたりの後ろ姿を見つけた。早足の史織の後ろから蟹見が傘をさしかけている。

ふたりに追いついたのは、あっちょんが殺された路地を抜けたところだった。ふたりともびしょ濡れで、髪の先から水滴が滴《したた》っている。

「大丈夫だよ、俺が守ってやるから」

蟹見の声が聞こえたが、史織の返事は聞こえなかった。

真由奈は、家に入ろうとするふたりの背後に立った。振り返った蟹見がぎょっとする。真由奈がついてきたとは思わなかったのだろう、「なんだよ」という言葉は演技ではなく、思わず口をついたようだった。

ドアに鍵を差し込んだ史織が振り返る。目と鼻の頭が赤い。潤んだ瞳が真由奈を捉えた。

「あ、こいつ、俺の元カノ。なんか俺、つけられたみたい」

蟹見が慌てて言う。

真由奈の顔に見覚えはないようだ。史織は表情を変えることなく、すぐに目をそらし、逃げ込むように家へ入った。蟹見が続き、真由奈もするりと、まるで吸い込まれるように入った。玄関に立ってはじめて、あっちょんの家にいるのだ、と改まった。

むっとする澱んだ空気。黴くささと雨のにおい。他人の家だ、と強烈に感じた。

階段を駆け上がる史織を蟹見が追いかけ、ばたばたっと競うようなふたりの足音はドアが閉まる音と同時にやんだ。

真由奈は玄関に取り残された。

家のなかから物音はせず、雨音が耳鳴りのようにまとわりついている。

サンダルを脱ぎ、家に上がる。足の裏にざらりとしたほこりの感触があった。正面のドアが少し開いている。隙間からのぞき、人の気配がないことを確かめた。

食堂と居間だ。カレーのにおいが漂い、台所には汚れたフライパンや皿が置かれ、食卓にはチラシや飲みかけのコップ、椅子の背には肌色のストッキングがかけられている。住む人の唾液や汗や皮脂が、そこら中にべたべたとこびりついているような光景だった。

ここにいるあっちょんが想像できない。

変だ、と思う。

この家で暮らすあっちょんが想像できないのに、あっちょんの姿をしたくたびれた中年男なら見える。着古したTシャツとトランクスで歯ブラシをくわえている。寝ぐせのついた髪をかきながら大あくびしている。ソファにだらしなく寝そべってテレビを観ている。食卓の椅子に座ってカップ麺をすすっている。

あっちょんの姿をしたその男は、生活感あふれたこの場所にとても馴染んでいた。あっちょんと同じ顔をしているのに、真由奈が見たことのない、人生をあきらめたような表情をしていた。

ふすまを開けると、あっちょんの笑みが目に飛び込んできた。たんすの上に、四角い黒縁で切り取られたあっちょんがいる。

ちがう、あっちょんじゃない。

疲れをまとった気弱な笑み。カメラを向けられて仕方なくほほえんだ印象だ。

こんなのあっちょんじゃない。じゃあ、あっちょんはどこに行ったのだろう。

写真の前の、銀色の骨箱。あっちょんはこのなかに収まったのかもしれない。

そうだ、あっちょんは死んだんだもの。骨になったんだもの。この骨と、わたしの記憶のなかのあっちょんが、ほんとうのあっちょんだもの。

「なにしてるの?」

背後からの声に、骨箱を抱えたまま振り返った。

「ねえ、なにしてるの?」

震えた声で少女が繰り返す。

荒々しい足音がして、「史織ちゃんっ」と蟹見が駆け込んできた。

「なんでそれ持ってるの？」

切れ長の目、ぽってりとしたくちびる、肉の薄い頰。全然あっちょんに似ていないのに、あっちょんの姿をした中年男の面影がある。

「もしかして、お父さんの浮気相手？」

「ちがう」

浮気相手なんかじゃない。わたしたちはそんな安っぽい関係じゃない。そう続けたかったが、声にならなかった。

「サトウマユナ？」

「ちがうよ、史織ちゃん」蟹見が割って入る。「この女、俺の元カノでさ、サトウマユナって名前じゃないよ」

「お父さんの骨、盗みに来たの？」

「ちがう」

盗みに来たんじゃなく、取り返しに来たのよ。だって、わたしは婚約者なんだもの。わたしが持っているのが当然だもの。

「どうぞ」

史織は言った。片頰に笑みを浮かべているが、ひきつっているだけかもしれない。

「そんなのいらない。持ってってよ。骨をどうするかで揉《も》めてるんだから、なくなったほうがいい。そんなの邪魔なだけだもん」

「ひどい」

真由奈は骨箱を抱える手に力を入れた。

「ひどいのはそっちでしょ。お父さんに借金させて貢がせたくせに」

「借金？　借金ってなに？　わたし知らない」

「とぼけないでよ。あんたのせいでわたしたちがどんな目に遭ったと思ってるの？　ネットにはいろいろ書かれるし、嫌がらせされるし、わたし学校に行けなくなったんだからね。あんたとお父さんのせいだよ。お父さん、罰が当たって殺されたんだよ。ほんとはあんたが殺したんじゃないの？」

「わたしがあっちょんを殺すわけないじゃない！」

「あっちょん？　なにそれ、お父さんのこと？　お父さん、あっちょんって呼ばれてたんだ？」

史織は笑い出した。「ばっかみたい」と、いきなり真顔に戻る。

「いい歳して、あっちょんだって。気持ち悪い」

「わたしたちは本気で愛し合ってたのよ」

「へーえ。じゃあ、なんでお父さん、いちいちうちに帰ってきてたの？　帰ってこないであんたと一緒に暮らせばよかったじゃん」

「あっちょんは離婚したがってたわ」

「お父さんにそんな勇気あるわけないじゃん。離婚したがってたのはお母さんのほうだよ」

「そんなはずない！」

「あんたなんかただの浮気相手のくせに」

「ちがう！　浮気なんかじゃない。わたしたちは愛し合ってたの！　ふたりでひとりなの！」

「じゃあ、なんであんた生きてるの？　そんなに愛してたなら一緒に死ねばいいじゃん。ふたりでひとりなんでしょ？　生きてたらおかしいじゃん。いまからでも死ねよ！　早く死ね！」

「史織ちゃん」と蟹見が史織の肩に手をおいた。「落ち着いてよ。大丈夫だから。俺がなんとかするからさ」

「放して！」

肩におかれた手を振り払い、史織は蟹見を睨みつける。

「騙したんですね」

「ちがうよ。俺はほんとに知らなかったんだよ」

蟹見はそう言い、「ほら、おまえ。返せよ」と真由奈から骨箱を取り上げた。

「俺もこいつに騙されたんだよ」

「信じてたのに」

「信じてよ、史織ちゃん。ほんとうだよ」

史織は真由奈に視線を戻した。

「一生、憎むから」

怒りを露わにした、ぴんと張りつめた表情だ。

「あんたが幸せにならないように、一生憎んで恨み続けるから」

その瞬間、真由奈は呪いをかけられた気がした。黒く不吉な種がへその奥に植えられたのを感じた。

わたしがいちばんかわいそうなのに——。

婚約者を殺され、赤ちゃんを失い、幸せをまるごと取り上げられたわたしが、どうしてこんなひどいことを言われなければならないのだろう。どうして憎まれなければならないのだろう。逆なのに。憎む権利があるのはわたしだけなのに。

「帰ってよ」

「そうだ、帰れよ」

「あなたも帰って」

史織は蟹見の胸を両手で突いた。

「なに言ってんの。俺、帰らないよ。このまま帰るわけないじゃん」

蟹見が史織へとにじり寄る。

「あなたなんか大っ嫌い」

「俺は史織ちゃんが大好きだよ」

開き直ったように笑っている。

ふと視線を感じて、真由奈は振り向いた。たんすの上の写真に目がいった。

あっちょんの顔をした男が曖昧な笑みを浮かべている。優柔不断さを感じさせる気弱な表情。こっちを見ているのに、視線は真由奈をすり抜けている。真由奈の知らない男がそこにいた。

——あなたが高橋さんだと思っているのは戸沼さんです。

耳奥で聞こえた声は刑事のだみ声ではなく、真由奈自身の声だった。あっちょんと同じ姿の中年男が、あっちょんをのみ込むのを感じた。

叫び出したくなった。真由奈は口を押さえ、和室を飛び出した。早くこの家から出ないと、あっちょんと過ごした日々まで消えてしまう気がした。

玄関のドアを開けた瞬間、「わっ」という声とぶつかった。

三人の男の子がいた。小学四、五年生だろう、真由奈のすぐ前にいる青いレインコートの男の子は、あっちょんと同じ輪郭の顔に、あっちょんと同じ形の目とくちびるが配置されている。

ちがう、と打たれたように思う。あっちょんじゃない、あっちょんの姿をした中年男とそっくりなのだ。

「あ、さようなら」

とまどいながらも男の子が真由奈に声をかける。姉の知り合いとまちがえたのだろう、「お姉ちゃん、いますか？」と続けた。条件反射でうなずいた真由奈に小さく頭を下げ、「ただいまー」と家に入っていく。「お姉ちゃーん。ジュンとソラが来たんだけど、一緒にカレー食べてもいいよね？」

ふたりの男の子が続き、ドアが閉まった。

歩き出してから傘を忘れたことに気づいたが、どうでもよかった。

あっちょんは戸沼さんだったのか、と膨らんだ水滴が落ちるように思った。

わたしをかわいいと言ってくれた人は、愛してると抱きしめてくれた人は、結婚しようと言ってくれた人は、わたしの知らないおじさんだったのか。

真由奈は、あっちょんが殺された場所に立ち尽くした。花も供え物もなく、アスファルトを大粒の雨が打ちつけている。ここで命を落とした人がいる印はひとつもない。

あっちょん、と小さくつぶやいたとき、背中に衝撃を受け、地面に転がった。

「てめえ、ふざけやがって」

頭上から蟹見の声が落ちてきた。

背後から蹴られたのだと理解した瞬間、脇腹を蹴りつけられた。骨が悲鳴をあげ、呼吸が止まる。死ぬかもしれない、と思い、あっちょんが死んだ場所でわたしも死んでしまいたい、と思い直す。しかし、すぐさま、嫌だ死にたくない、と強烈にこみ上げた。

「このクソ女！　邪魔しやがって！　死ねよ、ブス！」

衝撃から逃れようと、真由奈は体を丸くし、力を入れる。助けを呼ぼうと思うのに、食いしばった歯が離れず口が開かない。

暴力が去るのをじっと待つ。どのくらいたったのか、いきなり世界が戻ってきた。びしょ濡れの体、鳴り響く雨音、容赦ない雨粒、むっとした空気、硬いアスファルト。蟹見の気配は消えているが、そのままの姿勢でさらに時間が過ぎるのを待った。

開いた目に雨粒が流れ込んでくる。息を吸い込むと、蹴られた脇腹を強い痛みが刺した。アスファルトに両手をつき、真由奈はゆっくりと上半身を起こした。おそるおそる振り返り、蟹見がいないことを確認する。

真由奈はいつも花を立てかけている塀を見た。

「あっちょん」

座り込んだまま話しかけたが、放った声がどこにも届かないのを感じた。

「あっちょん」

あっちょんを呼んでいるのに、頭に浮かんだのは黒縁のなかの中年男だった。力の抜けた笑みを浮かべ、カメラを見ていた。レンズの向こうにいたのは家族だろうか。彼はいつもあんな曖昧な表情を家族に向けていたのだろうか。

彼は、家に帰ろうとした。帰る途中で死んでしまった。彼の意志はここで途絶えてしまったのだろうか。それとも、意志は死んだ体を抜け出して家へと辿りついたのだろうか。

背後に人の気配を感じ、真由奈は体を硬くした。衝撃を予期し、緊張で頭が真っ白になる。

「あっちょんってなに？」

女の声に、真由奈はゆっくりと振り返った。

ビニル傘をさした女が、不思議そうな顔で真由奈を見下ろしている。二十代に見えるが、十代かもしれない。キャラメル色の髪に、ピンクのチークが目立つメイク。水色のキャミソールとデニムのミニスカートで、白い肌を露出している。

「泣いてるの？」

舌足らずな幼い声だ。女はまなざしを深め、真由奈をじっと見つめた。

「悲しいの？」

「悲しいわよ」

導かれるように答えていた。

「悲しいに決まってるでしょ。あっちょんが死んだのよ。ここで殺されたの。悲しくないわけないでしょ。あっちょんはわたしの婚約者だったのよ。わたしたちは愛し合ってたのよ。結婚するはずだったの」

声を張るたび、脇腹が痛んだ。自分だけが感じられるこの痛みが、あっちょんの最後の存在の証のような気がした。

「でも、あっちょんは高橋彰じゃなかった。あっちょんは戸沼暁男だった。あっちょんは偽者だったの」

真由奈は泣きながらまくしたてた。あっちょんが死んでから涙がかれるほど泣いたつもりなのに、いまはじめて泣いているような気がした。

「わたしがいちばんかわいそうなのに。わたしがいちばん悲しいのに」

「悲しまなくていいよ。その人、悪い人だから」

女は言った。曇りも迷いもない澄み切った顔をしている。

「悪い、人？」

「うん。悪い人」

「どうして？　嘘をついたから？」

女は答えず、「はい」とビニル傘を差し出した。「あげる」

「でも」

「いいから、あげる」

真由奈は傘を受け取った。

「飴食べる？」

女は斜めがけしたバッグをまさぐり、はい、と真由奈の眼前で手を広げた。

「いちごミルク味」

にこっと笑う。幼児のようなあどけなさだ。

「待って。どこに行くの？」

真由奈は、立ち去ろうとする女を引き止めた。突然現れたこの女が、自分にしか見えない存在に感じられた。

「逃げるの」

女は笑みを残したまま答えた。

「知ってる？　逃げるときはカメラに気をつけるの。外はカメラだらけなの。わたし、逃げるのプロだからわかるんだ」

きゃー濡れるー、とはしゃぎながら、女は水しぶきを上げて走っていった。

女の後ろ姿が見えなくなってから、真由奈はゆっくりと立ち上がった。

わたしは悲しいのだろうか、と考え、すぐに悲しいに決まってるじゃないか、と自答したが、自分が望むほどの悲しさではない気がした。

痛む脇腹を押さえようとしたら、飴を握りしめていることに気づいた。

4

取り調べ二日目は、朝から雨が降っていた。

渡瀬川瑠璃の指紋は、戸沼暁男殺害事件の犯人のものと見られる指紋とも、三井良介の事故現場から採取したいくつかの指紋とも一致しなかった。所持していた包丁も戸沼暁男の傷跡とは一致せず、ルミノール反応も出なかった。

瑠璃は時間をおいたせいか、それとも弁護士に会ったせいか、自分を取り戻したように見えた。人形に徹した昨日とはちがい、「渡瀬川瑠璃」らしくなっていた。

「誰もいませんでした」

誰を刺そうとしたのかという質問に、瑠璃はそう答えた。

「いましたよ。あなたは包丁を持ってその人を追いかけたんです」

石光が言う。

「わたしには誰も見えませんでした。気づきませんでした」

「そんなわけないでしょう」

「ほんとうです」

「そんな話、誰も信じませんよ」

「でも、ほんとうなんです」

「では、あなたは誰もいない路上でいきなり包丁を持って走り出した、と。こういうことになりますが？」

「はい」

「はい、ってどういうことですか？」

「そのとおりです。でも、すみません。よく覚えていません」

「記憶喪失だったとでもいうんですか？」

相変わらず語尾を強調する耳障りな口調だ。

瑠璃は下くちびるを軽く噛み、落とした言葉を見つけようとするようにうつむいた。やがて、「わかりません」と小さく漏らした。

「なにがわからないんですか？」

「夫が事故に遭ってからずっと眠れなくて……。あの場所に行った理由もよくわかりません。気がついたら、あそこを歩いていました」

「で、気がついたら包丁を出していたんですか？」

挑発するような石光の質問に、瑠璃は「はい」とためらいなく答えた。

「あの包丁は、フルーツナイフのつもりで夫の病院に持っていったものです。やっぱりわたし、疲れているんですね。包丁とフルーツナイフをまちがうなんて」

「そんな説明を信じろというんですか？」

「でも、ほんとうなんです」

か細いながらも芯が感じられる声音だった。

我城薫子は椅子から立ち上がり、その日はじめて口を開いた。

「昨日の夜、田茂松子さんに会いました」

瑠璃の表情がこわばったのがはっきりと見て取れた。

「覚えてますよね、田茂松子さん。沙耶子ちゃんを取り上げた助産師さんですから」

うつむいた瑠璃の、濃紺のブラウスの胸もとが息苦しそうに上下している。雨音がしなければ、呼吸音さえ聞こえてきそうだ。

「渡瀬川さん、あなたは里帰り出産をしましたね。実家では、自宅に助産師さんを呼んだそうですね。それが田茂松子さんです。田茂さんは、あなたのことも取り上げたベテランの助産師さんだそうですね」

――皇室献上の家系だから、男の医者なんかに股のあいだを見せるわけにはいかない、って奥さんが。瑠璃ちゃんは嫌そうでしたけど。

昨晩の田茂の言葉を思い出す。

田茂は電話で告げたとおり、三年前に山形県長井市から長男一家が暮らす千葉の柏市《かしわ》に引っ越していた。長男一家との同居を決めたのは、足腰が弱ったことに加え、「おっかねくて」と説明した。

七十二歳の田茂松子は、白髪を切りそろえ、年齢にふさわしいしわがやさしげな印象だった。東京で生まれ育ち、結婚を機に山形に越したため、標準語と山形弁が入り混じったしゃべり方をした。

誰にも言ったことはない、と田茂は切り出した。これからも言わないつもりだったが、警察が瑠璃のことを調べているのを知って決心した、と。

——万が一のこともあるし。

田茂の言う「万が一」とは、自分が殺されることを意味していた。

「田茂さんは、あなたを怖がっています」

瑠璃は伏し目がちのままだ。薄いまぶたが時折ひくりとしたが、くちびるはまっすぐ結ばれている。

「田茂さんは、あなたがお母さんとお父さんを病死に見せかけて殺したと思っています。次は自分が殺されるんじゃないか。そう思って、あなたの前から姿を消したそうです。怖いから、あなたには絶対に居場所を知らせないでほしい。そうおっしゃってましたよ」

言葉を切って瑠璃を見つめ直したが、反応はない。

「沙耶子ちゃんもあなたが殺したんじゃないか。田茂さんはそう疑っています。どうして田茂さんがそう思うのか、心あたりはありませんか？」

薫子は瑠璃を見下ろしたまま、沈黙をつくった。雨の音が急激に膨らみ、鼓膜を圧迫していく。

戸沼暁男が殺された夜はもっと激しい雨だった。うつぶせに倒れた彼が、まるで黒い水底に沈んでいるように見えた。あのときの毛穴からするりと入り込んできた嫌な感じをはっきり思い出し、薫子のうなじがざわついた。

「葵さん」

薫子が放った声を瑠璃が吸い込んでいく気配がした。彼女はその名前が出ることを予期していたのだろう。

「あなたの妹さんです。ずっと行方知れずですね。田茂さんは、葵さんが生きているのかどうか心配していましたよ。どうしてなのか、あなたならわかりますよね？　それともわたしから言ったほうがいいですか？」

瑠璃はくちびるを結んだまま息を深く吸い込んだ。胸もとが苦しげに膨らんだが、その苦しさに耐えるように身じろぎしない。

「沙耶子ちゃんは、葵さんの子供ですね？」

瑠璃の目が閉じられた。

「渡瀬川さん、あなたは不妊症で悩んでいたそうですね。子宮奇形と聞きました。でも、結婚五年目に奇跡的に妊娠した。あなたは、ご主人がシンガポールに赴任するタイミングで里帰りしましたね。妊娠八か月だったと田茂さんはおっしゃっていました。しかしあなたは早産してしまい、残念ながら子供は助かりませんでした。女の子だったそうですね。あなたは死産届を出すことを激しく拒否した。現実を受け入れられないようだった、と田茂さんは言っていました。でも、結果的にあなたにはそれが好都合となりました。行方不明だった葵さんが、数年ぶりに帰ってきたのですから。大きなお腹をして。葵さんは無事に女の子を出産しました。あなたたちはそれからどうしました？」

瑠璃の目は開かない。

——葵ちゃんはちょっとアレだから、父親がわからない子を平気で産んじゃって。それでも、かわいいかわいい、葵の赤ちゃん、って無邪気に喜んでましたけど。

「あなたは、どうしても跡取りを産まなくてはならなかった。だから、葵さんの子供を自分が産んだことにした。あなたと葵さん、ご両親、それに田茂さん、五人の秘密です。田茂さんは、こんなことはいけないと思ったそうです。でも、そのときのあなたがとても怖かった、と。逆らったら殺されるかもしれない。そう感じたそうです」

そのときの瑠璃は、おそらく般若のような顔をしていたのだろう。包丁を握りしめ、殺すべき相手を追いかけた一昨日の夜のように。

「実際、殺されかけたことがあると田茂さんは言っていました」

秘密の夜から半年がたったころ、いきなり瑠璃が訪ねてきたと田茂は言った。いままで彼女から連絡がきたことなど一度もなかったから、不思議に思ったそうだ。瑠璃とぽつぽつと弾まない話をしているうちに、田茂は眠ってしまったらしい。

——あとで考えると、お茶になにか入れられたんですね。目が覚めたとき、頭が重くてぼうっとしたもの。瑠璃ちゃんの姿はなかったから、帰ったんだと思ったけど裏庭にいるのが窓から見えて。裏庭っていっても雑草だらけの空き地ですよ。あんなところでなにやってんだろうって見てたら、窓越しに目が合って。珍しい鳥がいたから、って瑠璃ちゃんは言ったけど、なんだか妙な感じがしてね。その一か月後くらいかな。ストーブの煙突のなかに布が押し込まれているのを電気屋さんが見つけてくれて。ちょうどストーブを買い替えるときだったから助かったものの、そのままだったら事故になったかもしれないって言われたとき、裏庭にいた瑠璃ちゃんを思い出したんですよ。もしかしたら瑠璃ちゃんが口封じのためにやったのかもしれないって。そのあと、瑠璃ちゃんの母ちゃんと父ちゃんが立て続けに亡くなったでしょ。病死って聞いたけど、刑事さん、ほんとうにふたりは病死だったんですか？

田茂はそうまくしたて、不安げに二の腕をさすった。

「渡瀬川さん、あなたは一昨日の夜、誰を殺そうとしたんですか？」

キャンプの参加者のなかに堀ノ内にいた人はいないと確認が取れている。

「田茂さんは、葵さんはあなたに殺されたんじゃないかと心配していました。でも、葵さんは生きていますよね。一昨日、あなたが殺そうとしたのは葵さんではないですか？」

瑠璃の目がようやく開いた。

「ちがいます」

彼女はきっぱりと答えた。

「葵さんでなければ、誰だったんですか？」

「ちがいます」と繰り返し、瑠璃は視線をまっすぐ伸ばした。薫子にも石光にも焦点は合っておらず、彼女が見つめているのは彼女自身のような気がした。

「わたしは跡取りを産みたかったわけではありません」

「え？」

「刑事さん、さっきおっしゃいましたね。わたしがどうしても跡取りを産まなければならなかった、と。わたしが産みたかったのは子供であって、跡取りではありません」

「ちがうのはそれだけですか？」

「いいえ。田茂さんのおっしゃることはすべてちがいます。失礼ですけど、田茂さんはもうお歳ですし、認知症がはじまっているのではないでしょうか。長女の沙耶子を取り上げてくださったときも、少し心配なところがありましたから」

「では、田茂さんの言ったことはすべて嘘だと？」

「ええ。どうしてそんな話になるのか不思議でたまりません。たしかに、わたしは一昨日の夜、ストレスに耐え切れずバッグから包丁を取り出したかもしれません。けれど説明したとおり、わたしの前を誰かが歩いていたことには気づきませんでしたし、もちろん包丁でなにかするつもりもありませんでした。ただ、精神的に極限状態だっただけです。それが沙耶子と関係あるんですか？　沙耶子が亡くなったのはすべてわたしのせいです。母親のわたしがちゃんと見ていなかったからです。そんなことはわかっています」

　瑠璃の目から涙がこぼれた。自分が泣いていることに気づいていないように、まばたきもせずまっすぐ前を見据えている。

「いちばん悲しいのはわたしです。それなのに、どうしてわたしが沙耶子を殺したと言われなければならないんですか？　見殺しにしたと言うのなら、助けられなかったのだからたしかにそうかもしれません。でも、自分の大切な子供を手にかけるわけないじゃないですか」

「あなたが沙耶子ちゃんを殺したとは言ってませんよ」

「言ったじゃないですか！」

　悲鳴のような声だった。

「田茂さんが疑っている、と言ったままでです」

「……ひどいわ」

　そうつぶやくと、瑠璃は両手で顔を覆い、声をあげて泣き出した。手のひらをつたった涙が、細い手首から白い腕へと流れていく。

　ストレスが限界に達し錯乱した妻。子供を亡くしたかわいそうな母親。理不尽な取り調べを受けて極限状態の被疑者。目の前で泣きじゃくる彼女は、そのどれにも完璧に当てはまった。

「もう、お話し、するこ、とは、ありません」

彼女はしゃくりあげながら絞り出し、その言葉どおりただ泣き続けるばかりだった。


「この能無し野郎！」

スマートフォンからだみ声が轟《とどろ》いた。

「どこまで使えないんだよ、この給料泥棒。おまえバカか？　バカなのか？　バカなのは知ってたけど根っからのバカなのか？　この役立たずのできそこない。いますぐ辞表書いて責任取れよ」

耳から十センチ以上離しているのに、梶原の怒鳴り声が鼓膜を連打する。

ランチどきのファミリーレストランでよかったと思う。ざわついていなければ、三つ向こうの席まで聞こえただろう。

「すみません」

「すみませんじゃねえだろうが。なにやってんだよ！」

渡瀬川瑠璃のことがさっそく耳に入ったのだと、聞かなくてもわかる。送致された彼女は、嫌疑不十分で不起訴処分となり釈放された。

「怖いっすね」

テーブル越しの石光は他人事だと思って笑っている。

「この俺がせっかくあの女があやしいって目星つけてやったのによ、おまえはなにやってんだよ。台無しにする気かよ」

捜査を離れた梶原に、田茂松子から聞いた話を伝えることはためらわれた。そもそも田茂は「ここだけの話」として教えてくれたのだ。公になれば自分も無傷ではいられないと考えたのだろう、警察に届ける気も証言する気もないと断言した。

「俺はなあ、忙しいんだよ。そっちを離れてからまだ一度も家に帰ってねえんだよ。こんな電話させせんじゃねえよ、バーカ」

一方的に通話が切れたが、不思議と嫌な気分ではなかった。

「さすが梶原さん、執念深いっすね」

そう言って笑った石光の目は充血している。

薫子の目もまた充血し、まぶたが腫れていた。防犯カメラを徹夜でチェックしたのだ。しかし、瑠璃が包丁を向けたと思われる人物は見つかっていない。

「あのばあさんの言うことがほんとうなら、赤ん坊の死体でも見つかればいいんすけどね」

カレーを口に運びながら石光が言う。

「そうですね」

「令状取れないっすよね」

「無理でしょうね」

アイスコーヒーに四つめのガムシロップを入れ、ストローでかきまわした。見慣れている石光は突っ込んでこない。

薫子は口に入れたぱさぱさのパンケーキをアイスコーヒーで流し込む。

「赤ん坊の死体、あるとしたらどこだと思いますか？」

声をひそめて聞いた。

「いちばんあやしいのは実家じゃないすか。両親が死んだのに、土地は売ってないすよね。床下か庭に埋めたんじゃないすかね」

薫子も最初はそう思った。しかし、よく考えてみると、それはあり得ないのではないかと思えた。嫌で飛び出した実家に、早産とはいえ、自分が産んだ赤ん坊を埋めるだろうか。なにより、そんなわかりやすい場所に証拠を残しておくとは考えられない。

「死体が無理でも、せめて山本葵が見つかればいいんすけどね」

「……亡霊みたいだ」

ガムシロップをひとつ追加しながら薫子はつぶやいた。

「はい？」

「山本葵です。みんなの記憶にあるだけで、実体がないというか」

薫子は、瑠璃を取り押さえたときのことを繰り返し思い返した。あのとき振り返った人影。あれは女ではなかったか？　どんな顔をしていたのか？　しかし、浮かんでくるのは気配だけで、実像は黒く塗り潰されたままだった。

「しかし、あの田茂ってばあさんの話が全部ほんとだとしたら、渡瀬川瑠璃は殺人鬼ってことになりますよね」

「うーん」

「でも、親はどっちも病死ですよね？」

「母親が心不全で、父親がくも膜下出血です」

「あやしいところはあったんすか？」

「普通に病死として処理されています」

「長女の水死にも不審な点はなかったんすよね」

「ありません」

「じゃあ、あのばあさんの妄想じゃないすか。煙突に入っていたという布だってほんとのところはわからないし、殺されるって勝手に思い込んだだけじゃないすかね」

「それだけ怖かったってことでしょうね」

「なにがすか？」

「渡瀬川瑠璃が」

「なるほどねえ」

石光はどうでもよさげに流したが、だからといって彼が頭を使っていないわけではなく、自分よりもよっぽど警察官として優秀だと薫子は思っている。

「彼女、意外と普通なのかもしれないですね」

薫子のつぶやきは、横を走っていった子供の奇声で石光には届かなかったらしい。

――わたしが産みたかったのは子供であって、跡取りではありません。

取調室での言葉を思い出す。渡瀬川瑠璃が真っ先に否定したのはそのことだった。

もし自分が一度でもいいからそう言われていたら、母のすべてを、そして自分のことも赦せたような気がした。

5

こんな日に大雨だなんて――。

コールセンターのパートを終え、駅から家への帰路を歩きながら戸沼杏子は忌々《いまいま》しさを噛みしめた。

パンプスのなかで水がぬちぬちと音をたて、ふくらはぎに泥はねが当たるのを感じている。

ファンデーションの上には皮脂と汗の膜が張り、化粧が溶け落ちている。

家に帰ったらすぐにシャワーを浴びよう。着替えの下着と洋服は決めてある。しかし、この雨だ。素足にサンダルのほうがいいかもしれない。そうなると、スカートはもっと長い丈のものにしたほうがいい。ああ、だめだ。そんなスカートは持っていない。早めに出て、どこかのトイレでストッキングをはき替えよう。

一分でも早く帰って出かける支度をしたいのに、杏子は遠まわりすることを選んだ。たんすの上の骨箱や遺影を見ても特別な感情は湧かないのに、夫が殺された場所へ赴《おもむ》くことには抵抗感があった。抵抗感ではなく罪悪感かもしれない。夫が死んでも悲しくないことへの、そして自分がこれからしようとしていることへの。

ドアを開けると、玄関にまでカレーのにおいが漂っていた。髪と洋服がカレーくさくなるじゃないの、といらっとする。

居間では優斗がゲームをしていた。ソファにもたれて座り、床にはスナック菓子とコーラが置いてある。振り返りもせず、コントローラの上で指を動かし続けている。「ただいま」と杏子が言うと、「おかえりなさい」と後頭部を向けたまま無愛想な声で答えた。

この子はいつからこんな子になったのだろう。杏子が知っている優斗は、帰宅した母親におかえりなさいっとまとわりつき、お母さあん、あのねー今日ねー、と話しかけてくる子だった。母親に背を向けたままの優斗が見慣れた姿になったのはいつからだろう。

台所に目をやると、汚れた食器やコップがあふれていた。朝、洗いものを済ませてから出かけたのに、カレーがこびりついた皿はざっと数えただけで四、五枚あり、コップはあるものすべてを使ったようだ。

「なんでこんなに台所が汚れてるの?」

「ジュンとソラがゲームしに来て、みんなでカレー食べた。だめだった?」

「だめじゃないけど」

そう答えたが、苛立ちがこみ上げるのを感じた。優斗はなにも悪いことをしていない。それはわかっているのに、理不尽な仕打ちを受けている気分だった。なぜわたしだけが。そんな言葉が浮かぶ。

「でも、使ったお皿を水に浸けておいてくれてもいいんじゃないの? カレーはこびりついて取れにくいって前にも言ったでしょ。小学四年生ならお皿を洗う子だってたくさんいるのよ」

「ねえ、今日の晩ごはんなに?」

「え?」

「僕、ハンバーグか唐揚げが食べたいんだけど」

優斗は背を向けたまま言う。

「なに言ってるの。昨日の夜、たくさんカレーをつくっておいたでしょ」

「全部食べたもん」

鍋のふたを取ると、焦げついた底が見えた。これを洗うことが気の遠くなる作業に思えた。

鍋だけじゃない、皿もスプーンもコップも全部洗わなければならないのだ。洗ってもまた汚され、また洗い、また汚され、永遠に続けなければならないのだ。食事の支度だってそうだ。つくってもつくってもつくっても子供たちは際限なく食べ、もっともっとと貪欲に要求する。どうして汚れるものを洗い、なくなるものをつくらなければならないのだろう。無意味じゃないか。自分の一生を食い潰される気がした。

なぜわたしだけが、とさっきよりも強く思う。

「お母さん時間がないの。お姉ちゃんになにかつくってもらいなさい」

そう言って浴室に向かおうとした。

「お母さあん」

呼び止める声に振り返ると、優斗が上半身をねじってこちらを向いている。杏子のよく知っている、気弱さが感じられるあどけない顔だ。

「なあに？」

「さっき変な人が来てたよ」

「変な人って？」

夫を殺した犯人ではないのか、と心臓が大きく跳ねた。

「お姉ちゃんの知り合いだと思うんだけど」

「どんな人？」

「男の人。お姉ちゃんとそこにいた」と、優斗はふすまのほうを指さした。

「なんかお姉ちゃん、すごく怒ってたよ。もう連絡しないでとか大っ嫌いとか言って泣いてた。男の人も怒って帰ってった。どけ、って僕、怒鳴られたもん」

鎮まりかけた怒りが一気に勢いづく。

中学二年生のくせに、母親のいない隙に男を連れ込み、痴話げんかをしているのか。わたしは自分を犠牲にして子供たちに尽くしてきたというのに。

「史織は二階？」

怒りで声が震えた。

「うん。部屋から出てこないよ」

怒りに突き動かされ、階段を上がろうとしたところでふっと力が抜けた。

もう嫌だ、と唐突に思い、もういい、と思い直す。みんな好きにすればいい。自分勝手に生きればいい。そうよ、だって自分の人生だもの、自分のしたいようにしていいに決まっている。


「待ち遠しかった」

待ち合わせ場所に現れた織田はそう言い、杏子の背中に片手をまわした。新宿駅東口そばのビル前は、杏子が学生のころも待ち合わせスポットの定番だった。

「わたしも待ち遠しかったわ」とごく自然に織田の背中に手を添えながら、もうひとりの自分を生き直しているようだ、と杏子は思った。ポロシャツの生地越しに、織田の体温と硬い筋肉が感じられ、体の内の熱が高まる。

陽が落ちてから小降りになった雨は、いまではすっかりやんでいる。雨上がり特有の南国のような熱気と湿気が地上を覆っている。

「どこに行こうか」

そう問われたとき、杏子は自分がなにを考えているのかを自覚した。そして、織田も同じことを考えているのではないかと思った。

ふたりならどこへでもいい。北でも、南でも、海外でも、ここから遠い場所へ、帰ってこられない場所へふたりだけで行きたい。お金ならある。いまはないけれど、もうすぐ家が売れてお金が振り込まれるだろう。犯罪被害者等給付金の申請も済ませた。通帳は持ってきたし、印鑑はバッグに入れて持ち歩いている。だから、どこへでも行ける。すぐに行ける。そう答えるかわりに、「どこへでも」と短く告げた。

「僕は早くふたりきりになりたい」

織田のまっすぐな瞳に熱がともったのが見えた。

「ええ。わたしもよ」

自分も同じような瞳をしているのだろうと思いながら、杏子はうっとりと織田を見上げた。

織田に肩を抱かれ歩き出した。連れ去られるようだ、と思う。

人混みのなかを歩き、いくつかの通りを折れると、両側にホテルが並ぶ路地に出た。織田に抱き寄せられ、そのひとつに入っていく。入口に掲げられた〈休憩５５００円〉という文字が目についた。

男と体を合わせるのが何年ぶりなのか覚えていないし、思い出したくもなかった。自分の体が使い物になるのかという不安はまったくなく、その瞬間を想像するだけで興奮と歓びで震えた。

部屋に入ると、いきなり織田が抱きついてきた。

あ、と声が漏れたくちびるをふさがれ、激しく吸われる。大きくて乱暴な手が乳房に辿りつく。

「あ、待って」

心にもない言葉が自然に出る。

くちびるをふさがれたまま、スカートをたくし上げられる。もっと激しくされたくて「嫌、やめて」と抗《あらが》う言葉を吐息に溶かすが、体はどんどんやわらかく開いていく。

「感じるの？」

杏子の耳たぶを嚙みながら織田がささやく。

「久しぶりなの？」

いたぶるような声音に、全身に鳥肌が立ち、下半身がとろけていく。

自分から自分が抜け出していく。細胞が入れ替わり、新しい自分が生まれようとしている。新しい自分は美しい。人生を自分のために生きている。

重力のない世界へ飛ばされたようでもあり、終わらない夢のなかを溺れているようでもあった。

体を離してもまだ性交の只中にいる感覚だった。

たくましい腕を枕に、男の上下する腹をゆったり撫でまわしながら、シャンパン、と杏子は思う。シャンパンを飲んだことはなかったが、自分の内が甘くスパイシーな香りを放ちながら発泡しているのを感じた。

男の体温に抱かれ、ほんとうのわたしはこういう女なのだ、と杏子は思った。内臓までさらけ出すようなあられもない格好になり、誇らしげに快楽の声をあげ、もっともっとと要求する。それを恥じるどころか魅力にできるのは選ばれた女だけだと思っていた。しかし、わたしにはその資格があったのだ。

杏子は、路地で見かけた佐藤真由奈を思い出した。雨の日だった。顔は傘で隠れていたが、ノースリーブのワンピースから伸びた腕と足はむっちりと弾力があり、全身から若々しさを放出していた。あのとき、杏子は敗北感から逃げ出したのだった。

いまなら逃げない。いまのわたしは佐藤真由奈よりも女だ。織田といる限り、永遠に女でいられる。脂肪のついた体は、熟度の高い肉感的な体に変わる。もう二度とゴムの伸びたベージュの下着をつけなくていい。カレーも野菜炒めもつくらなくていいし、汚れがこびりついた皿をいらいらと洗うこともしなくていい。夢物語ではない。もうすぐ大金が入る。どこにだって行けるのだ。さっき、織田も聞いたではないか、どこに行こうか、と。織田も、ふたりで遠くへ行きたがっているのだ。

「シャワー浴びてくるよ」

織田が杏子の耳もとでささやいた。やさしく手をのけ、立ち上がる。うす暗いオレンジ色の照明が、腹部に肉のついたたくましい体を浮かび上がらせる。

男のにおいが残るベッドで、杏子はとろとろと夢と現《うつつ》を行き来する。人肌の湯のなかにいるようだった。胎児になった気がした。なんの不安もなく、心地よさをむさぼりながら光あふれる世界へと生まれ出る瞬間を待っている。自分もいま、新しい世界へ生まれようとしているのではないか。そんなふうに思えた。

ぱっと照明が強くなり、杏子は細く目を開けた。

バスローブをはおった織田が、かがみ込んで冷蔵庫をのぞいている。「ビール飲む？」と振り返った顔はまぶしくてよく見えなかったが、下半身が疼いた。「ううん、まだいい」と、杏子はベッドのなかから湿り気を帯びた声で答えた。

プルタブを引く音に続いて、「戸沼さん」と織田の声。戸沼さんなんて水くさい、と思いながら「なあに？」と甘えた声を出した。

「ほんとのところはどうなの？」

「なにが？」

やっと明るさに慣れ、杏子はソファに座る織田を見つめた。

「ほら、事件の真相だよ」

「え？」

「あれ、結局通り魔だったの？　それとも顔見知りだったの？　最近、全然ニュースにならないけど、まだ犯人捕まってないんだよね」

一瞬で、男の熱もにおいも消え去った。「なんのこと？」と無意識のうちに返していた。

「隠さなくてもいいよ。みんな知ってるんだから」

織田は缶ビールを片手に笑顔を向け、安心させるように深くうなずいてみせた。

杏子は自分の愚かさに愕然《がくぜん》とした。誰もなにも言わないから、夫のことは知られていないのだと安直に結論づけていた。けれど、みんな知っていたのだ。知らないふりをしながら、陰であることないこと噂をしていたのだろう。じゃあ、コールセンターでも知られているのかもしれない。同僚の女たちはみんな杏子に興味がないそぶりをしているが、インターネットに悪意ある書き込みをしているかもしれない。隠し撮りした杏子の写真を掲示板サイトに載せたかもしれないし、週刊誌の記事をまわし読みしたかもしれない。

「それでどうなの？　あやしい人はいるの？　重要参考人っていうんだっけ」

「いいえ」

うわずった声が出た。体のなかの酸素が抜けていくようだ。

「そうかー」と織田はあっさり流し、「戸沼さん、お腹すかない？」と笑いかけてきた。

「ここ、出前があるんだ。なにがいい？　ピザとかラーメンって感じでもないから、居酒屋メニューを適当に頼んじゃっていいかな」

織田は内線電話の受話器を取り、メニューを見ながらてきぱきと注文をする。焼き鳥盛り合わせ、だし巻き玉子、軟骨唐揚げ、焼きそば……と下世話な単語を繰り出す口もとを見ているうちに、これはほんとうに織田だろうか、と杏子は納得しがたい気持ちになった。織田はもっと精悍な顔つきではなかったか。引き締まった目尻と、黒く澄んだ瞳ではなかったか。鋭い印象の顔つきは、杏子を見つめるときだけ内面のやさしさが表れたのではなかったか。

違和感が強まっていく。織田がいま口にすべきなのは、出前の注文ではなく、ふたりのこれからについてのはずだ。一緒に逃げよう。ふたりで生きていこう。遠いところへ行こう。杏子をきつく抱きしめ、そうささやくべきなのだ。

床に落ちているブラジャーに目が留まる。チョコレート色の生地に、黄色い蝶柄の刺繍。

ひとめで気に入り、ショーツとセットで買ったのはこんなに安っぽいものだっただろうか。蛇の抜け殻のようにうねったストッキングもアイボリーのブラウスもおばさんくさい。なぜこんな冴えないものを身につけ、浮かれていたのだろう。

杏子はシャワーを浴びてバスローブをまとった。糊《のり》で固めたようにパリパリしている。浴室を出ると、食べ物のにおいが鼻をついた。

織田はソファに座り、焼き鳥をかじりながらテレビを観ている。杏子に気づき、「出前、届いたよ」と笑いかける。歯に青のりがついているのがはっきり見えた。

「けっこうおいしいよ。温かいうちに戸沼さんも食べようよ」

そう言って、ほら、ここに座りなよ、とソファの隣を叩く。歯に青のりがついていることにも気づかず、バカみたいにご機嫌だ。

「このつくね、うちの店のよりおいしいかもしれない。みんなには内緒だよ」

ふと、夫を思い出した。結婚してからあっというまに会話がなくなったが、出会ったばかりのころはこんなふうにたわいもないことをしゃべっていた。ファミリーレストランの明太子スパゲティを好きな味だと言った。ローカル線を乗り継いで日本一周したいと言った。映画館に入るだけで眠たくなると言った。

杏子のなかに、とうに忘れ去ったはずの日々が流れ込んできた。

あのときがいまにつながっていたのか、とはじめて気がついた。カレーのにおいや焦げついたもやしがお似合いの生活は、あのときからはじまっていたのだ。

「焼き鳥、全部塩にしたけどよかったかな？」

まだ青のりが歯についている。

夢から覚めた気分になった。この瞬間もまた、カレーやもやしの日々とひと続きなのだと悟った。

夫がうらやましかった。あの人は夢から覚めることなく死ねた。最期まで幻想のなかを生きていられた。

杏子は織田の隣に腰かけた。はい、と織田が缶ビールを手渡してくれる。

この人ではない。いまでもない。そう確信した。けれど、いつかまた同じことをするかもしれない。そのときはスマートフォンのデータを消し、新しく生き直すために遠い場所へ行くかもしれない。

どちらの自分がほんとうなのだろうと考え、面倒になった杏子は、どちらもほんとうだしほんとうじゃない、と投げやりに締めくくった。子供たちに無性に会いたかった。

6

わたしは、わたしの理想どおりだ。渡瀬川瑠璃は物心がついたころからそう思ってきた。

自分が好きというのとはちがう。うぬぼれでもない。ただ、実体としての自分と観念としての自分が、薄布を重ね合わせたように心地よくフィットするのだった。鏡をのぞけば自分の思い描く自分がそこにいたし、つやのあるさらさらの髪も、白くてほっそりとした指と桜色の爪も、遠慮がちに丸い膝小僧も、少し湿り気のある声も、なにもかもがこれが自分なのだと思わせてくれた。

自分よりきれいな子や目立つ子はほかにいたが、妬《ねた》んだこともうらやんだこともない。わたしはこのわたしでよかった。心からそう思えた。そういう波風の少ない思考と感情にもまた満足していた。

環境が理想とちがう。そう感じはじめたのは小学生になってから、正確には妹が生まれたころからだ。皇室献上の歴史を持つ山本豆腐店は、妹が誕生したころから本格的に経営が悪化した。それまでも裕福ではなかったが、家族で旅行や外食をしないのも、バルコニーのある洋風の家に建て替えないのも、皇室献上という輝かしい看板を守るためだという母の言葉を信じていた。しかし、ちがったのだ。そう気づいたとき、この家族はわたしの理想の家族ではない、と瑠璃は思い至った。父や母を疎ましく思う自分が疎ましく、こんな不純な気持ちにさせる両親を憎む気持ちが生まれた。この家を継ぐことも、婿養子を取ることも、家族とここで暮らすことも想像さえできなかった。せっかくわたしはわたしに生まれてきたのに、その幸運を家族に台無しにされると思った。

八つ下の妹は最初かわいらしく、瑠璃に思いやりのある姉らしい言動をさせてくれたが、小学校に上がる前からたびたびトラブルを起こすようになった。近所の収穫間際のぶどうを高枝切りばさみで切り落とし、家に持って帰ってきたときは「そろそろぶどうの季節だねってお母さん言ってたでしょ」と誇らしげに言い、スーパーの商品を勝手に取ってきたときも「たまにはいいお肉が食べたいって言ってたでしょ」「テレビのお寿司、おいしそうって言ったでしょ」と自慢するように答え、店員に捕まったときも悪びれることはなかった。

皇室献上のくせに手癖が悪い――。そんな噂がほんとうに流れたのかどうかは知らないが、母はみんなそう言っていると声を荒らげた。母は言葉ではなく体罰で教えようとした。しかし、妹には伝わらなかった。そのときだけは、ごめんなさいごめんなさい、と泣き叫んだが、なにが悪いのかわかっていないようだった。見かねた瑠璃が止めると、母の怒りはさらに増した。この子は言ってもわからない、体で覚えさせるしかない、と殴ったあとは物置小屋に閉じ込め、食事を与えないこともあった。

小学生になっても妹は、二、三歳の男児のようだった。どこでも平気でパンツを下ろし「見て、チンチン」と笑い、だんごむしを串刺しにし「虫だんご」と見せつけ、通りすがりの人にタックルし、車道の真ん中で寝そべった。

瑠璃は妹の行いを恥ずかしく思うことはあったが、愛情はそれなりに持っていた。妹がどんなに皇室献上の看板を傷つけたとしても、瑠璃という人間は損なわれなかった。それどころか、不出来な妹をかばうやさしい姉でいられるのは理想どおりだった。

耐えがたかったのは、母が鬼になっていくことだった。娘に手を上げることへの躊躇は皆無で、蹴り飛ばすのも日常茶飯事だった。「頼むから死ね」「おまえはこのうちの子じゃない」「出ていけ」「いや、一歩も出るな」と呪詛《じゅそ》の言葉を繰り返した。

妹はよく、瑠璃の下着や洋服を着、母の口紅やアイシャドウをつけて小学校に行った。瑠璃の下着を持ち出し、学校で見せびらかしたこともある。男子から吹き込まれた卑猥《ひわい》な言葉を連呼するのも日常だった。

このころから母は、妹を学校へは行かせず家に閉じ込めることが多くなった。当初は物置小屋に閉じ込めていたが、妹が隠し持っていたライターで火をつけボヤ騒ぎになってからは、家の納戸に閉じ込めるようになった。

妹を解放するのは、学校から帰ってきた瑠璃の役目だった。「かわいそうに」と言いながら扉を開ける自分に満足したが、母親らしくないふるまいをする母に、そんな母を諫《いさ》めない父に心の底から苛立ち、両親のせいで理想の自分が損なわれていくのを感じた。

妹は瑠璃によくなついたし、瑠璃もかわいがった。瑠璃にとって歳の離れた妹は、ただ無邪気なだけの存在だった。どうせ高校を出たら東京に行き、妹を含めこの家とは関係なくなるのだという気楽な考えもあった。

妹は山本豆腐店の看板に傷はつけても、瑠璃には害を及ぼさない存在のはずだった。

一転したのは、瑠璃が高校三年生のときだった。十歳の妹が妊娠した。初潮があったことさえ知らなかった。「相手は誰なの！」「誰にこんなことされたの！」と母は平手打ちしながら問いつめたが、妹はいつものように「ごめんなさいごめんなさい。もうしません」と泣きながら繰り返すだけだった。堕胎は市外の病院で行ったが、完全に隠し通せるのか不安が残った。

両親が出かけた日曜日のことだ。受験勉強をしていた瑠璃に、妹が遊んでほしいとしつこく絡んできた。瑠璃は「あとでね」とおざなりに返したきり無視した。妊娠し堕胎した妹を、以前のように無邪気なだけの存在とは思えなくなっていた。相変わらず幼く愚かな言動を繰り返す妹を見ていると、苛立つことさえあった。

「お姉ちゃん、見てぇ」

背後から妹が声をかけてきた。

ひとつところにじっとしていられない妹は、瑠璃の部屋に入ったかと思うと出ていき、またすぐに来て意味不明の歌を歌ったり、ベッドの上で飛び跳ねたりしていたが、少し前からはおとなしく瑠璃の背後に座って絵を描いていた。

「ねえねえ、お姉ちゃんってば、早く見てぇ。ねえねえ」

しつこく呼びかけられ、「なあに」と振り返った瑠璃は驚愕した。

カーペットに仰向けになった妹は下半身を剝き出しにし、立て膝で大きく足を広げていた。

奥まった性器が、まるで赤々としたひとつ目の生き物のように瑠璃を見据えていた。スカートはたくし上げられ、カーペットの上には黄色い水玉のショーツが落ちていた。

まるで自分のいちばん見られたくない部分を晒されている気がした。瑠璃は反射的に妹の性器を両手で覆った。

「やめなさい！」

「なんでえ？」

「こんなことしちゃだめなの」

「なんでえ？」

「女の子は、人前でスカート脱いだりパンツ脱いだりしちゃだめなの」

「だって、みんな、いい子だって言ってくれるよ」

「え？」

「かわいいね、いい子だね、よく見せて、って。じっとしてればかわいがってくれるよ。だから葵、がんばって痛いの我慢するの。あのね、痛いのはご褒美なんだって」

瑠璃は妹の口をふさいだ。力を入れて押さえつけた。妹がなにか言いたげにうめいたが、手を離すタイミングがつかめなかった。

「そんなこと言っちゃだめ。そんなことしちゃだめなの。いい？　わかった？」

自分の言葉が、顔を真っ赤にした妹に届いていないのを感じた。これじゃあこの口をふさぎ続けなくちゃならないじゃないか、と泣き出したくなった。

瑠璃は性交どころか、キスをしたことも手をつないだこともなかった。自分の理想どおりにふるまえる自信がまだなかった。たかがキスやセックスで自分自身に失望したくなかったし、相手に失望されるのも我慢ならなかった。十八歳で恋愛経験がない清廉《せいれん》さもまた自分らしいと思っていた。

それなのに――。

妹のせいで、誰とでも寝る女というレッテルを張られるかもしれない。妹が妹なら姉も姉だと噂されるかもしれない。

瑠璃はこのときはじめて、妹も理想の自分を損う存在なのだと痛感した。

妹が二度目の妊娠と堕胎をしたのはその三か月後、瑠璃が実家を離れる間際のことだった。

瑠璃は娘の後ろ姿を見つめながら、妹の口をふさいだときのことを思い出していた。

あのとき、自分には殺意があったのだろうか。無我夢中で押さえたと思い込んでいたが、殺すつもりだったのかもしれない。もし殺してしまったとしても、きっと両親は出来のいい長女を全力でかばい、瑠璃は罪に問われることはなかっただろう。そうすれば、崖の上で強風に煽られているようないまの状況に陥ることもなかったのだ。

アニメ番組に夢中の美月は、音楽に合わせてキャラクターと一緒に手足を動かしている。

フィニッシュのポーズを取ると、「ママー」と誇らしげに振り返った。

「すごーい。とっても上手に踊れたわね」

声をかけると、満足そうに笑った。

つややかな黒い瞳、ふっくらとした桃色の頰、つぼみのようなくちびる。透明感のある白い肌と濃くて長いまつ毛が自分にそっくりだと瑠璃は思う。

死んだ沙耶子もそうだった。同じ肌とまつ毛を持っていた。連れ立って歩くと、「ふたりともママそっくりね」「よく似た姉妹ね」と声をかけられた。

沙耶子。かわいかった。大好きだった。大切だった。

あのとき、わたしが目を離しさえしなければ沙耶子は死なずに済んだのに――。自分をいくら責めても責めたりることはない。

沙耶子が生まれたとき、この子を絶対に幸せにすると誓った。自分にも、妹にも。心からの誓いだった。命をかけてこの子を守ると、大切に育てるからと、だからわたしにちょうだいと、泣きながら懇願し、脅し、言い含め、奪い取るように自分のものにしたのだった。

子宮奇形で妊娠はむずかしいと、どの医者からも言われていた。半ばあきらめていた妊娠がわかったとき、瑠璃は宇宙を司る神になった気がした。全能感や高揚感が満ちたのでも、多幸感に酔いしれたのでもない。それらの感情とは逆の、穏やかに、醒めた心地だった。瑠璃は、世の中の仕組みを知った気がした。ちっぽけな自分を俯瞰《ふかん》し、これが山本瑠璃として生まれた女の集大成でありゴールなのだ、と悟った。「理想のわたし」は結局、母親になることで完成する程度のものだったのだ。その平凡さに瑠璃は満足した。それなのに「理想のわたし」の最後のピースは、早すぎる誕生とともに消えてしまった。

それからの記憶は断片的だ。泣き叫ぶ女の声をずっと耳にしていた気がする。赤ん坊は死んでいないと言い張っている。まだ生まれていない、と。まだ八か月だもの、と。これから生まれてくるのだ、と。悪夢のなかにいるようだった。

悪夢から覚めたのは、腹の突き出た女を見たときだった。瑠璃にはそれが自分に見えた。妹だった。田茂に連れられ、やってきたのだった。妹は、赤ちゃんを産みたいと、いきなり田茂の家を訪ねたらしかった。

ああ、そうか。そのとき瑠璃は、妹の存在意義を理解した。妹はこのために生まれてきたのだ、と神になった自分から教えられた気がした。妹はこの状況を救うためだけの存在であり、「理想のわたし」を完成させるためにいるのだ、と。

瑠璃は自分が産み落とした赤ん坊がどうなったのか知らなかった。おそらく母がどこかに埋めたのだろうが、訊ねることはしなかった。土のなかの亡骸《なきがら》を想像しても悲しみも慈しみも湧かず、微生物によって分解されていく肉のかたまりにしか思えなかった。その感情の欠如もまた、これからすることの正しさを証明している気がした。

妹は、瑠璃の代わりに元気な女の子を産んでくれた。

赤ん坊を抱いたとき、瑠璃は自分がこの山本の家に生まれた理由も理解した。夫の母が結婚を認めてくれたのも、里帰り出産をすすめたのも、「皇室献上」が理由だった。すべてがこのときのための伏線だったのだ。

真っ赤な顔で泣き叫ぶ赤ん坊がいとおしくてたまらなかった。妹は泣き喚いたり取り乱したりはしなかったが、すんなり赤ん坊を渡してくれたわけではなかった。妹が繰り返す「葵はお母さんになりたいの」という幼い言葉に、瑠璃は子供のころを思い出した。妹はよく、「大きくなったらお姉ちゃんみたいにやさしいお母さんになるの」と言っていた。妹には十年以上会っていなかったが、二十一歳になっても小学生のままだった。だから、妹を諭すのは瑠璃にとって簡単なことだった。「結婚しないとお母さんになれないのよ」「代わりにお姉ちゃんがやさしいお母さんになってあげるわ」「葵だと思って大切に育てるから」そんな言葉を差し込みながら、絶対に幸せにする、命をかけてこの子を守る、と本心から言い、そのためには二度とわたしたちの前に現れてはいけないと釘を刺した。

しかし、妹は現れた。沙耶子が死んで一か月がたったころだった。

夫を送り出し、美月を公園に連れていくために家を出ると、道路の向こうに立っていた。

「なんで葵の赤ちゃん、死んじゃったの？」

妹は開口一番そう言った。

激しい口調ではなく、言葉どおり、「なんで？」と純粋に不思議がっている子供のようだった。

「ねえ、なんで？」

赤ん坊を取り上げて以来、妹には一度も会っていなかった。居場所も電話番号も知らなかった。だから両親が相次いで病死したときも伝えられなかったし、知っていたとしても伝えるつもりはなかった。完全に縁を切ったつもりでいた。

「絶対に幸せにするって言ったのに、命をかけて守るって言ったのに、なんで約束破ったの？　お姉ちゃんが約束破ったから、葵の赤ちゃん、死んじゃったんでしょ？」

「ちがうわ、葵。ちがうのよ」

そう返すのが精いっぱいだった。

「だって、葵、聞いたもん。誰のせいで赤ちゃんが死んだと思う？　って。そしたら、それは親が悪い、って言ってたもん」

「誰がそんなこと言ったの？」

「ラーメン屋のおばさん。おじさんも、そうだそうだ、って。親が目を離したのがいけない、って。最近の親は自分が楽することばかり考えてる、って」

妹はふっと視線を落とし、ベビーカーをのぞき込んだ。

「この子、お姉ちゃんの赤ちゃん？」

冷ややかな声に、ぞっとした。

「なんで葵の赤ちゃんが死んで、お姉ちゃんの赤ちゃんが生きてるの？」

その言葉が殺害予告に聞こえ、一瞬で凍りついた。このままでは美月が殺される。瑠璃はそう直感した。

「悪い人がいたの。男の人よ。戸沼っていう人。川遊びしようって沙耶子を誘ったの。わたしは危ないからって止めたのに、僕がちゃんと見てるから大丈夫だって無理やり連れていったの。わたしが追いかけたときはもう沙耶子は溺れていて……」

嗚咽で言葉が途切れた。ほんとうにそうだった気がした。戸沼が無責任に沙耶子を誘わなければ、あんなことにならなかったのに――。そう思う自分が頭のすみにいた。

「その人のせいなの？」

「そうよ。その人のせいよ」

「その人どこにいるの？」

「知らないわ」

「教えてくれるまで帰らない！」

その場に座り込んだ妹に、瑠璃は調べて連絡すると約束した。携帯話電番号を聞き、いまどこに住んでいるのかを訊ねると、東京、と短く返ってきた。

「東京のどこ？」

「カメラのないところを移動してるの」

「カメラ？」

「知ってる？　外にはね、カメラがいっぱいあるから逃げてもすぐ捕まるんだよ。カメラが葵のこと見張ってるの。だから、カメラに気をつければ連れ戻されないの」

「連れ戻すって、誰が？」

「悪い男の人」

「悪いって……どういうことなの？」

「葵のこと閉じ込めて、いろんな人とセックスさせるの」

瑠璃は言葉が出なかった。あどけなさが残る妹の背後に、瑠璃の知らない恐ろしい闇が張りついているのを感じた。これ以上聞きたくないのに、妹は躊躇なく続けた。

「逃げたら叩いたり蹴ったりするの。お母さんみたいに」

妹の瞳は黒く澄み切っていた。澄んだ湖ほど冷たくて深い。中学校の修学旅行で北海道に行ったとき、支笏《しこつ》湖を見ながら誰かがそう言ったのを思い出した。

「さかな！」

娘の声で我に返った。

美月がテレビを指さしている。画面には、美月の大好きな魚のキャラクターが映っている。

「さかな」と、今度は母親を振り返って笑う。

「そうね。かわいいわね、お魚さん」

瑠璃は笑顔で返した。

「さかな、さかな、しゃかな」

テレビと母親を交互に見やりながら美月は連呼し、はしゃいでしまった自分を恥じるように手足をもじもじさせた。自分に似ている、と瑠璃は思い、やはりあのとき妹の口をふさいだ手を離さなければよかったのだ、と改めて振り返った。

結局、二度目の妊娠をすることができ、こうしてかわいい子供を手に入れることができたのだから、妹はいなくてもよかったのだ。むしろ、いないほうがよかったのだ。

そう思えるのは、いまだからだ。

田茂松子、と瑠璃は心のなかできちんと発音した。

あんなに秘密だと念を押したのに、口止め料をすすんで受け取ったくせに、いまごろ警察にぺらぺらしゃべるなんて。

瑠璃は、あの助産師をはじめから信用していなかった。いつかしゃべるのではないかと怖くて仕方なかった。彼女の家を訪ねたのは口を封じようとしたのではなく、もう一度まとまった金を渡し、改めて口止めをしようとしたからだ。沙耶子を預けるため実家に寄ると、母は田茂のことは心配しなくていいと妙にさっぱりとした口調で言った。

「田茂さんもお歳だから、いつどうなるかわからないもの。案外、この冬にぽっくり逝っちゃうかもしれないね」

だから金を渡す必要はない、と自信たっぷりに言った。

田茂を殺そうとは思わなかった。しかし、いつか考えが変わるかもしれない、とは思った。瑠璃は母の睡眠薬をこっそり持ち出し、田茂の家に向かった。実際に睡眠薬を使ったのは殺そうとしたのではなく、考えが変わったときに備えた練習のためだった。薬はどのくらいで効くのか、どの程度効くのか、そしてなによりノートや日記に瑠璃の秘密を記していないかどうかを確かめたかった。田茂が寝ているあいだに家のなかを探したが、なにも見つからなかった。念のため庭のすみにある物置を調べようと外に出ると、目を覚ました田茂と窓越しに視線が合った。不思議そうな顔をしていた。

文字に記していなくても、田茂は心のなかに記していたのだ。すべて忘れてほしい、とあんなに頼んだのに。

殺しておけばよかった。あのときはできなかったが、いまの自分なら迷いなく殺せる。音楽に合わせて揺れる小さな背中を見つめながら、瑠璃は強く思った。娘を守るためならどんなことだってできる。この命を差し出してもいいし、誰かの命を奪うことも厭《いと》わない。

妹に伝えたい。沙耶子にも同じ気持ちだった、と。そう思いながらもやましさを感じるのは、その気持ちが過去のものだからだ。美月が生まれてから、沙耶子への愛情は少しずつ褪《たい》色《しょく》していった。しかし、瑠璃は自分の変化に気がつかないふりをした。

沙耶子は人なつこい子だった。物怖《ものお》じせずに誰にでも笑顔をふりまいたから、みんなに好かれた。

鮮明に焼きついている光景がある。母娘三人で公園に行ったときのことだ。瑠璃は美月が眠るベビーカーを前後に揺らしながら、アスレチック遊具で遊ぶ沙耶子を見守っていた。もうじき四歳になる沙耶子はほかの子供たちとすぐに仲良くなり、楽しそうな笑い声をあげていた。ピンク色のTシャツとデニムのショートパンツが似合い、どの子よりもかわいらしかった。保護者の男が、自分の息子の名前を呼びながら遊具へと歩いていった。彼が持っているホッピングに子供たちはわっと歓声をあげて群がり、「それなあに?」「やりたいやりたい」「俺のだぞ」「ちょっとだけ貸して」と幼い声が重なった。沙耶子もそのなかにいた。みんなホッピングに手を伸ばしているのに、沙耶子は男の足に抱きついていた。無邪気に笑いながら、ほおずりするように体を密着させ、そうしておねだりしているのだった。

沙耶子は妹が産んだ子なのだ、と瑠璃はその瞬間にはじめて気がついたような衝撃を受けた。足をぱっかり広げ、性器を見せびらかす妹が浮かんだ。卑猥《ひわい》な言葉を連呼する妹、瑠璃の下着を身につけ、うふーん、とポーズを取る妹、だんごむしを平気で串刺しにする妹、簡単に妊娠する妹。瑠璃の思い浮かべた妹を、男にまとわりつく沙耶子が次々と吸い込んでいくように感じた。

テレビからアニメ番組のエンディング曲が流れ出した。

美月は膝を曲げ伸ばししてリズムを取り、音楽が鳴りやむとテレビに向かって手を振った。

「さあ、パパに会いに行くわよ」

瑠璃は娘に声をかけた。

夫は、新宿区の病院から川越市の病院に転院した。救急搬送された病院は妹に知られている気がして、瑠璃が強引に決めたのだった。

戸沼暁男が殺されたのを知ったとき、まさか、と思った。しかしすぐに、やっぱり、という思いが脂汗のように滲み出した。子供のころ、にこにこしながら虫を次々に串刺しにしていたのを思い出し、妹はなにも変わっていないと思った。

戸沼暁男の死に、罪悪感はこれっぽっちも湧かなかった。あの男は、沙耶子が溺れたというのに平然と、むしろ余裕さえ浮かべ、「どうして目を離したんですか」と、その先何百回と言われるであろう言葉を投げつけたのだった。

夫が駅のホームから転落したという知らせが入ったときも、やっぱり、という思いが胸を突いた。刑事から、戸沼暁男だけでなく三井良介も殺されたかもしれないと聞いてから、瑠璃はずっと恐れていた。

妹はキャンプに参加した全員を殺すつもりではないのか？

でも、まさか、葵がわたしたちを殺すはずがない――。

いや、もしかして、葵はわたしたちも殺すかもしれない――。

夫の事故で、妹は「もしかして」のほうを選んだのだと知った。絶対に幸せにする、命をかけてこの子を守る、という約束を破った姉を赦しはしないのだ。

妹は、また夫を殺そうとするだろう。夫を殺したら満足するだろうか。いや、しない。沙耶子を守らなかった大人たち全員を殺そうとするだろう。それだけならいい。妹は美月まで殺そうとするかもしれない。

美月だけは絶対に守らなければ。この命をかけてもいい、誰かの命を奪ってもいい。

瑠璃はまだ妹を殺すことをあきらめていなかった。美月を守るためなら、何度でも殺す。

わたしはもう理想どおりのわたしではないのだ。そう思ったのは、あの日、妹を殺すための包丁をバッグに入れた瞬間だった。三十四年間、大切に育んできた自分の核がこなごなに壊れるのを感じた。

わたしはただの愚かな母親だ、と悟った。しかし、瑠璃はそんな自分に満足したのだった。

わずか五日前のことなのに、もう何年もたっているように感じられた。ずっと愚かな母親として生きてきた気がした。

インターホンが鳴り、タクシーの運転手が迎えに来たと告げた。

「まわりに不審な人はいませんか？」

「ええ、誰もいませんけど」

運転手は訝しげに答える。

「よく見てください。最近、変な女の人につけまわされてるんです」

「そうなんですか。大丈夫なようですが、念のため玄関までお迎えにあがりましょうか」

運転手に誘導され、急いでタクシーに乗り込んだ。

通りには誰もいない。それでも、息をひそめた妹がどこからか見ている気がした。このまじゃいられない。瑠璃は美月の手をぎゅっと握った。


「さっき警察が来たよ」

瑠璃を見るなり、夫の邦一はベッドの上から声を放った。

「警察?」

「大丈夫。きみのことじゃないよ」

抱きついた娘の頭をギプスのない左手で撫でながら、夫は安心させるようにほほえんだ。

五日前に逮捕されたことを、夫は瑠璃の主張どおり過度のストレスによるものと信じているようだった。義母にも知られてしまったが、かなり病んでいると思ったのだろう、メンタルクリニックに予約を入れられただけで済んだ。

「やっぱり突き落とされたんじゃなかったよ」

「え?」

「僕がホームから足を踏みはずしてしまったみたいだ。もしかすると誰かにぶつかったのかもしれないけど、カメラにはそれらしい人は映ってなかったそうだよ」

「でも、突き落とされた気がしたんでしょう？」

「最初はそんな気がしたけど、すぐに気のせいだと思うって訂正しただろ。目撃者もいないし、カメラを確認してもちがうっていうんだから、やっぱり気のせいだったんだよ。いや、迷惑をかけてしまって恥ずかしいよ」

「そう。でも、よかったわ」

瑠璃はほほえみをつくった。カメラに映っていないことで、やはり葵が突き落としたのだと確信が強まった。

妹はいつだって自分の行動を理解していない。串刺しにすれば虫は死ぬことも、セックスをすれば妊娠する可能性があることも、人を殺すことには代償があることも、なにも考えず衝動のまま生きているのだ。

戸沼暁男を殺したのも、夫を突き落としたのも、彼らが憎かったから。ただそれだけの感情だ。そこまで思い、三井良介は？　とふと疑問が立ち昇る。妹はどうやって三井良介のことを知ったのだろう。瑠璃が伝えたのは、戸沼暁男のことだけだ。夫のパソコンの住所録を開き、名刺の情報を教えたのだった。

ドアが開く音がし、瑠璃ははっと振り返った。

義母だった。背後には、彼女のお抱え運転手が立っている。

「ばあば」

美月は嬉しそうな声をあげると、父の胸からあっさり離れて祖母のもとへと走っていった。

瑠璃が逮捕されたことで、義母は美月を取り上げた。日中はお抱え運転手の妻が面倒を見、夜は義母が自宅マンションへ連れ帰る。昨晩、瑠璃が娘と一緒に眠ったのは逮捕されてからはじめてのことで、いわば一日だけのトライアルのようなものだった。包丁を振りまわすような嫁に、大切な孫を預けておけないというのが義母の言い分だった。

結果的によかったと瑠璃は思っている。わずか数日で義母と美月の距離が急激に縮まった。人見知りする美月はそれまで義母にあまりなついていなかったのに、急に「ばあば、ばあば」と甘えるようになった。それで心をくすぐられたのだろう、沙耶子を溺愛していた義母の態度も変わった。なにより自宅にいるより安全だ。

「大丈夫か？」

義母と美月が出ていくと、夫が改まった声で訊ねてきた。

「ええ、大丈夫よ。ごめんなさい」

夫が伸ばした手を瑠璃は握った。

「あやまるのは僕のほうだよ。ほんとうに悪かった。不注意だったよ。母さんもああ見えて、瑠璃のことを心配してるんだよ。瑠璃の負担が軽くなるように家政婦を手配するみたいだよ」

「いいのに。悪いわ。わたし、渡瀬川の家に泥を塗るような真似をしてしまって、きっとお義母さまは赦してくださらないわ」

「なに言ってるんだよ。きみの苦しみに気づかなかった僕のせいだよ。つらかっただろう。いまもつらいだろう。沙耶子が死んでしまって、やっと立ち直りかけたと思ったら、いきなり刑事が来てあれこれほじくり返して。三井さんと戸沼さんが亡くなったのは気の毒だけど、僕たちには関係ないよ。ただの偶然に決まってるだろ。あの梶原って刑事、いま思い出しても腹が立つよ」

瑠璃はだみ声の刑事より、無表情な女刑事のほうに生理的嫌悪を覚えた。クラスにああいう女がひとりはいた気がした。地味で無口で目立たないからいつもは存在に気づかないのに、ふとしたときにこちらをじっと見つめている陰気くさい視線とぶつかることがあった。しかし、目をそらした瞬間、存在を忘れてしまうから明確な記憶としては残らない。あの我城という女刑事に最初に会ったとき、油断できないと本能的に感じた。愚鈍な顔つきの裏で、こちらを見透かそうとしているように見えた。直感は当たった。まさか刑事が、アリバイが成立した自分をつけているとは想像していなかった。

――沙耶子ちゃんは、葵さんの子供ですね？

女刑事の声が、鼓膜を不穏に震わせる。

大丈夫だ、と瑠璃は自分に言い聞かせる。証拠はない。すべて田茂の妄想だと言い切れる。実際、田茂は妄想にまみれていた。瑠璃が両親を病死に見せかけて殺し、田茂の命を狙い、沙耶子まで殺したと主張したらしい。そんなことするわけがない。まるで殺人鬼ではないか。どれも調べれば、すぐにでたらめだとわかることばかりだ。そんな老婆の言うことを警察が本気にするわけがない。

「警察はほんとうにひどかったわ。信じられないことばかり言うの」

「かわいそうに。つらかっただろ」

「あなたが弁護士さんを手配してくれなかったらどうなっていたかわからない」

「なあ、瑠璃」

夫は瑠璃の手を強く握り直し、ひと呼吸おいて続けた。

「きみがいちばん悲しいのはわかってる。でも、もう悲しいことは忘れないか？　僕たちには美月がいる。沙耶子の分まで美月を大切に育てなきゃならない。そうだろ？」

瑠璃は目を伏せ、「ええ、そうね」とうなずいた。

「これからなにがあっても、きみと美月を守るから。だから、一緒に前を向いて歩いていこう」

「ええ」

涙の予兆などなかったのに、まばたきした途端、ぽろぽろとこぼれ出た。感情のともなわない嗚咽も漏れる。理想のわたしはもういないのに、勝手に反応する身体機能を不思議に感じた。

瑠璃はティッシュで涙をぬぐい、夫にほほえみかけた。

「あなたの言うとおりよね。わたしたちには美月がいるんですもの。悲しいことは忘れないといけないわよね」

「そうだよ」と夫は深くうなずく。「そのためにも、まずは瑠璃が元気になることが大事だよ」

「はい」

瑠璃はかしこまって答えた。

病院を出ると、空気が変わったのを感じた。不穏な気配に、皮膚がぴりぴりと騒ぎ出す。視線を伸ばすと、通りの向こうの児童公園に妹がいた。木とベンチの陰に立つ妹は、ぱっと見ただけでは見逃してしまうほど風景にうまくまぎれ込んでいた。

瑠璃は驚かなかった。もっと早く現れるかと思っていたのだ。妹と視線を合わせたまま、通りを渡って公園に入った。

「なんでこのあいだ来なかったの?」

妹はいきなりそう言い、くちびるを尖らせた。すねる表情だ。赤いキャミソールとデニムのミニスカートに、ピンクのバッグを斜めがけしている。

「待ち合わせたのに、お姉ちゃん来なかったよね。葵、待ってたのに」

妹が言っているのは、瑠璃が妹を殺そうとした五日前の夜のことだ。あの夜、瑠璃と妹は会う約束をしていた。電話で呼び出したのは瑠璃で、堀ノ内にある寺の境内を指定したのは妹だった。待ち合わせ場所に向かう途中で妹を見つけ、バッグから包丁を出したのだった。

「葵を殺そうとしたから捕まったの？　だから来れなかったの？」

「そうよ」

あのときの包丁はいまもバッグに入っている。

「なんで葵を殺そうとしたの？」

澄み切った瞳で訊ねる。アイシャドウで目を飾り、頬を人工的なピンク色に染めているが、相変わらず無邪気で残酷な子供のままだ。

「あなたがわたしたちを殺そうとしたからよ」

「わたしたちって誰のこと？」

「あなたはいつだって自分がなにをしたのかわかってないのよ。戸沼っていう人を殺したでしょう」

「うん」

「どうして」

「葵の赤ちゃんを殺した悪い人だから」

躊躇なく答える。

「あの人が葵の赤ちゃんを殺したこと、みんな知ってるよ。だって葵、見たもん。あの人の家の塀に〈人ごろしのいえ〉って書いてあったもん」

「三井さんを殺したのもあなたでしょ。わたしの夫をホームから突き落としたのもあなた。わたしと美月も殺すつもりなんでしょう？」

ねえ、お姉ちゃん、と妹は弱々しい声を漏らした。

「葵、壊れちゃったのかな。なんだか変なんだ。悪い人を殺してもなくならないの。ここんところに……」

そう言って、握りこぶしで頭を叩く。

「お母さんみたいに怖い人がいるの。すごく怒ってるの。絶対赦さない、って言ってるの。せっかく悪い人を殺したのに消えないの。一回殺しただけじゃたりないのかと思って、頭のなかで何回も殺してみたの。でも、怖い人はもっと怒るの。その人が騒ぎ出すと、胸がドキドキして苦しくなって、頭がカーッと熱くなって、めちゃくちゃにしてやりたくなるの。でも、もう殺しちゃったからできないの」

「だからわたしたちを殺すの？」

「お姉ちゃんはなんで葵を殺そうとしたの？　嫌いになったの？　怒ってるの？　そんなの変だよ。葵の赤ちゃんを守ってくれなかったのに。約束破ったのはお姉ちゃんのほうなのに」

葵、と瑠璃はやわらかな声音を意識した。納戸から妹を出してやったときのように、叱られて泣きじゃくる妹を抱いてやったときのように。葵、ともう一度呼びかけ、瑠璃はくちびるにほほえみをたたえた。

「あなたは沙耶子のお母さんなのよ」

「そうだよ。でもお姉ちゃんが」

「沙耶子は、あなたがほんとうのお母さんだって知っていたのよ」

え、と妹の表情が固まる。

「わたしはね、沙耶子にほんとうのことを教えたのよ。ほんとうのお母さんはわたしの妹なのよって。葵っていうのよ、って。いまは事情があって会えないけど、いつか必ず会いに来てくれるから、って」

なにか言いかけた妹を制して瑠璃は続ける。

「だってあなたは行方不明だったでしょう。連絡したくてもできなかったのよ」

「だってお姉ちゃんが、絶対に来ちゃだめって」

「あなた、沙耶子のお母さんでしょう？　ちがう？」

「ちがわないよ。お母さんだよ」

妹は眉を寄せて必死に訴える。

「お母さんなら、だめって言われても子供に会いに来るものなのよ。それがお母さんなの。でも、あなたは一度も来なかったわね。それにね、お母さんは命をかけて子供を守らなきゃならないの。ほんとうのお母さんならね。でも、あなたはなにもしなかった。ほったらかしにしたのよ。沙耶子を捨てたのよ」

「だってお姉ちゃんが」

「沙耶子はずっと待ってたわ。いつかほんとうのお母さんが来てくれる、って」

妹はまばたきをやめた目から涙を流し、くちびるを震わせている。こんなふうに声をたてずに泣く妹をはじめて見た。この子はほんとうに母親なのだ、と瑠璃は打たれたように思った。

「いまも待ってると思うわよ。沙耶子は冷たい川の底で、お母さんが会いに来てくれるのを待ってるわ。あなた、お母さんでしょう？　沙耶子のお母さんなのよね？」

妹は目を見ひらいたままこくんとうなずく。

「ひとりで待ってる沙耶子がかわいそうだと思わない？　お母さん、お母さん、ってきっと泣いてるわ」

妹の肩越しに、こちらに走ってくるふたり連れが見えた。

「葵、逃げなさいっ」

小さく叫んだが、葵は呆けた顔で涙を流し続けている。

「あなたを連れ戻しに来た人がいるわ。悪い人よ。早く逃げて」

はっとして振り返ろうとした妹を、「振り返っちゃだめ」と瑠璃は制した。

「早く沙耶子のところに行きなさい。捕まったら閉じ込められて沙耶子に会えなくなるのよ」

妹は意志の宿った瞳で小さくうなずき、駆け出した。地面を蹴ったときの、ざっ、という音が瑠璃の耳に残った。

妹は道路を渡り、歩道を走っていく。後ろ姿を見送る瑠璃の視界を、男が駆け抜けていく。五日前、瑠璃を取り調べた刑事だ。遅れて我城という女刑事もあとを追う。体格のわりに俊敏なのが意外だった。妹の姿はもう見えない。

ふ、と笑いが漏れた。これっぽっちもおかしくないのに、たまらなく笑いたい。ふ、ふ、ふふ、と衝動のまま笑い声を漏らすと、ふいに涙がこぼれた。

そんなわけないでしょう、と妹に言いたい。

あなたがほんとうのお母さんだなんて教えるわけないでしょう。教えるくらいなら、危険を冒してまで沙耶子をもらうわけないでしょう。沙耶子はあなたのことなんか知らない。あなたを待ってなんかいない。そんなこともわからなくて、かわいそうな葵。

公園を出ると、女刑事が瑠璃のほうへと歩いてきた。

「いまのは妹の葵さんですね？」

「いいえ」

「では、どなたですか？」

いまのわたしはただの愚かな母親なのに、この女刑事の目にはどう映っているのだろう。

動に駆られる。あなたはわたしみたいになりたいの？　わたしみたいな女が理想なの？

女刑事の粘りけのある視線を感じた。ふと、わたしがうらやましい？　と聞いてみたい衝

瑠璃は答えず、葵が走り去ったほうへと目を向けた。

「戸沼さんを殺したのは葵さんですね？」

妹は逃げ切れるだろうか。沙耶子のもとへ行けるだろうか。

「知りません。道を聞かれただけですから」

7

身元不明の溺水者の指紋が、戸沼暁男殺しの犯人のものと見られる指紋と一致した。捜査本部にその情報がもたらされたのは、山本葵と思われる女を取り逃がした一週間後だった。

秋川の河川敷に流れ着いたところを発見され、あきる野市の病院に救急搬送されたが、昏睡状態が続いている。

「あのとき俺が捕まえてればこんなことにならなかったんすよね」

石光が一音ずつ嚙みしめるようにつぶやく。

普段は感情を出さない石光が苦悶《くもん》の表情を浮かべているのは、ベッドの上の彼女があまり

にもあどけなく、痛々しく見えるからかもしれない。青白い顔には流されたときにできたと思われる傷と痣《あざ》がいくつもあり、小さな口は人工呼吸器でこじ開けられている。女というより少女と呼ぶのがふさわしい頼りなさだ。

「ほんとにこの女が犯人なんでしょうかね」

石光が漏らしたとき、ノックの音がした。

我城薫子がドアを開けると、渡瀬川瑠璃が立っていた。

「わざわざ遠いところまで申し訳ありません」

頭を下げた薫子に、瑠璃は伏し目がちに会釈を返す。黒いブラウスとグレーのスカート、髪は後ろで束ね、ネックレスもイヤリングもつけていない。葬儀の参列者のようだ、と薫子は思った。

「彼女は」と、薫子はベッドのほうへと顔を向けた。「六日前の午後、秋川の河川敷で発見されました。あなたと葵さんが会った次の日です。葵さんは現場近くで、沙耶子ちゃんが流された場所を聞いていたそうです。おそらく自殺を試みたんでしょう。渡瀬川さん、あなたはあのとき葵さんとなにを話したんですか？　葵さんになにを言ったんですか？」

瑠璃はドアの前に立ち尽くし、薫子の視線を避けるように伏し目がちのままだ。

「どうぞこちらへ」

石光が強い口調で言うと、ようやく足を踏み出し、ベッドの上の女を見下ろした。スー、シュー、スー、シュー。人工呼吸器の音が急に大きくなった気がした。

ベッドを見下ろしたまま瑠璃が口を開く。

「……この方は、どなたですか？」

「あなたの妹の葵さんです」

薫子が答えると、瑠璃は首をかしげた。

「いいえ。ちがいますけど」

そう答え、不思議そうな目を薫子に向ける。

「それに、なにか勘違いされているようですが、わたしが最後に妹と会ったのは十五年以上前のことです」

予想どおりだった。彼女が認めるとは思っていなかった。

「では、この人は一週間前に公園で会った人ですか？　道を聞かれたと言っていましたね」

「道を聞かれただけなので、顔はよく覚えていません。すみません」

「ほんとうに妹さんではないんですか？」

「ちがいます」

「これは大切なことですよ」

「ええ。わたしが記憶している妹とはちがいます。わたしは妹が小学生のときに実家を離れ、それきり会っていませんので。十五年以上たつんですから、妹の顔もずいぶん変わっている

「あなたと葵さんは、沙耶子ちゃんが生まれたときに会っているはずです。沙耶子ちゃんを産んだのは葵さんですから」

「いいえ」と瑠璃は驚いた顔になった。「まだそんなことをおっしゃるんですか」

「渡瀬川さん、調べればわかることですよ」

「ええ、どうぞ」

瑠璃は動揺のかけらも見せない。

「戸沼暁男さんを殺したのは葵さんでしょう。指紋が一致しました」

「そうですか。でも、この方はわたしの妹ではありませんけど」

他人事のように薄い声で答える。

「葵さんはどうして戸沼さんを殺したのでしょう。あなたは知ってるんじゃないですか？」

「おっしゃる意味がわかりません」

「わたしたちは連続犯だと考えていました。三井良介さん、戸沼暁男さん、そしてあなたのご主人の邦一さん。同じ犯人によるものだと思っていました。あなたもですよね？　自分たちも狙われていると思った。だからあの夜、葵さんを殺そうとしたんじゃないですか？」

瑠璃はわずかに口をすぼめただけだった。

「三井さんを突き落とした犯人は別にいます。昨日、捕まりましたよ」

梶原のいる捜査本部が追っていた通り魔事件だった。逮捕された男が、三井良介を突き落としたことを自供したのだった。

「それからご主人の事故ですが、あやまって足を踏みはずしただけです。すでにご存じですよね？」

瑠璃は否定も肯定もせず、奇妙に落ち着いた表情だ。

沈黙が続いた。

スー、シュー、スー、シュー、スー、シュー。人工呼吸器の音が病室いっぱいに膨らんでいく。規則的な音が空気を奪っていくようで、薫子は息苦しさを覚えた。

「もう帰ってもよろしいでしょうか。子供と会う約束をしていますので」

瑠璃は丁寧に、しかしきっぱりと言った。

「助かる見込みは少ないそうです。このままでいいんですか？」

「お気の毒です」

「あなたの妹さんですよ」

「いいえ、ちがいます」

「警察が捜査すれば全部わかることなんだよ！」いきなり石光が声を荒らげた。「田茂さんの証言をひとつずつ確認していけば、すぐにあんたの嘘はばれるんだ」

「どうぞお調べください」

瑠璃はかすかなほほえみを浮かべた。

「たしか、わたしが両親や沙耶子を殺して、田茂さんまで殺そうとしたというお話でしたね。取り調べのときにそんなことを聞かされたせいで、わたしはショックを受けてメンタルクリニックに通っています。弁護士さんを通じて診断書を出させていただきます。これからはすべて弁護士さんにお願いすることになりますので」

足早に出ていこうとする瑠璃を、薫子は反射的に呼び止めた。が、なにを言うつもりなのか自分でもわからなかった。

「なんでしょう」

振り返った彼女は、無を感じさせる表情だった。ひとかけらの不安も迷いもなく、薫子をまっすぐ見つめている。

「ご主人は女性と一緒でした」

考えるよりも先に口走っていた。意味がわからないのだろうか、瑠璃は表情を変えない。

「新宿駅のホームから転落したときです。かなり動揺したようですね。とっさに突き落とされた気がすると言ってしまったそうです。そのままだと女性と一緒だったことがばれると思ったのかもしれませんね。そもそも仕事上の出張ではなかったそうですから」

瑠璃は薄く笑った。

「それがなんですか？　どうだっていうの？　くだらない。そんなことはどうでもいいことです。わたしが失いたくないものはただひとつだけ。子供です。美月です。美月がいればほかにはなにもいらないし、美月を失うこと以外に恐れるものもありません。そのことにやっと気づきました」

彼女のくちびるの端はしだいにつり上がり、言い終わったときには凄みさえ感じさせる笑みだった。

これが母親なのか、と薫子は圧倒された。外側から皮を一枚ずつ剝いでいけば、最後に残るのは剝き出しになった愛情と執着なのだろうか。

葵だって母親なのだ――。

胸にこみ上げた言葉をぶつける前に、瑠璃は出ていった。

閉じたドアを睨みつけて石光が言う。

「余裕ぶっこいてますね」

「もう一度、田茂を説得して証言してもらいましょうよ」

田茂には捜査協力を拒まれ続け、ここ数日は居留守を使われている。

「厳しいでしょうね」

薫子はベッドサイドの椅子に座り、葵をのぞき込んだ。

彼女がICUを出たのは容態が回復したからではなく、回復する見込みがないからだと聞かされている。植物状態か脳死、もしくは合併症で亡くなるのは避けられないらしい。いずれにしても意識が戻る可能性はない。

「戸沼暁男はスケープゴートだったのかも」

薫子はつぶやいた。

「どういうことすか？」

「葵の怒りを鎮めるための生贄《いけにえ》。渡瀬川瑠璃にとって、自分たち以外なら誰でもよかったのかもしれません」

薫子は臨場したときの光景を思い出した。

どしゃぶりのなか、うつぶせに倒れていた被害者。驚愕の表情と、流れ出た血。真っ黒な水の底にいるようだった。あの場所に、包丁を握った山本葵を立たせてみた。被害者を追いかけ、背中に包丁を突き刺す。両手で引き抜き、また刺す。何度も何度も繰り返す。被害者が倒れても容赦なく刺す。

うまく想像できなかった。なんとかあの現場に立たせてみようと、薫子はベッドの上の葵を見つめ直した。

薄いまぶたがときおりぴくっと動き、胸がゆっくり上下している。皮を剝がされて投げ捨てられた小動物を見ているようで、胸がひりひりした。やはり、包丁を突き刺す彼女を想像できない。

しかし、と薫子は考え直す。あの渡瀬川瑠璃も、妹を刺し殺そうとしたとき般若の形相だった。葵もまた鬼に心を支配されたのだろうか。

犯人は、水底から現れて水底へ消えた――そんなことを言ったのは自分だったか、それとも梶原だっただろうか。水底から現れた葵は、戸沼暁男を殺し、水底へ帰っていこうとしている。

「あなたが沙耶子ちゃんの母親ですね？」

証明できないことがもどかしかった。瑠璃は絶対に口を割らないし、彼女の両親は死んでいる。田茂は証言しない。となれば、ほかに真実を知っているのは昏睡状態の彼女だけだ。

「あなたが産んだんですよね？　あなたがお母さんですよね？」

その瞬間、葵の目がぱっと開いた。鼓膜をかすめた言葉を探すように瞳が揺れる。黒く澄んだ、赤ん坊のような瞳だった。

葵をのぞき込んだ石光が「あっ」と声をあげる。

薫子は、葵の手を握った。

「葵さん、聞こえますか？　沙耶子ちゃんはあなたの子供ですよね？　あなたがお母さんですよね？」

月光を反射したように黒く輝く瞳がほんの一瞬だけ、やわらかくほほえんだように見えた。

エピローグ

我城薫子がひとりで渡瀬川瑠璃を訪ねたのは五日後のことだった。その日は朝からビロードのようなしっとりとした雨が降っていた。

「四時には迎えが来てしまうので」

ソファに座った瑠璃が言う。その目は薫子ではなく、娘の美月に向けられていた。美月はテレビの前で女の子座りをし、アニメのＤＶＤに見入っている。

「迎え？」

「娘はまだ義母が預かっているので、今日は一時から四時までしか一緒にいられないんです。四時には運転手が娘を迎えに来ることになっています」

だから邪魔しないで早く帰ってほしい。そう言っているのだと薫子は理解する。

「我々が山本葵さんだと思っている女性が、三日前に亡くなりました」

その言葉は、あらかじめ電話で伝えていた科白とまったく同じだった。

瑠璃も電話で返した言葉をそのまま繰り返す。

「どなたなのか存じませんが、お気の毒です」

軽く目を閉じ、小さく頭を下げた。

「彼女が山本葵さんだということを証明したくていろいろ調べたんですが、実家を出てからの足取りがまったくつかめませんでした」

瑠璃は曖昧にうなずいた。

「ですから、ご実家のあった山形まで行ってきました。指紋が残っている可能性がありますから。小学校を訪ねると、葵さんが五、六年生のときに担任だった先生が、教頭先生としてまた赴任されていました。大林《おおばやし》という女性の先生です。ご存じですか？」

瑠璃は首を横に振った。

「そうですか。大林先生は、葵さんのことをよく覚えていらっしゃいました。彼女の持ち物が残っていないか聞くと、あるとおっしゃいました」

そこで言葉を切り、薫子は視線を新しくした。瑠璃は表情を変えず、首をわずかにかしげた。

「タイムカプセルです。六年生のときにみんなで埋めて、成人式を迎えた年に掘り返したそうです。来なかった子には連絡をして送ってあげたそうですが、いまでもひとつだけ残っていました。それが葵さんのタイムカプセルです」

薫子はバッグから小さな缶を取り出し、ローテーブルにのせた。クッキーかキャンディが入っていたと思われる銀色の缶だ。

「手紙が入っていました。どうぞご覧ください」

瑠璃は両手を膝にのせたまま缶を見つめている。

「手紙からも缶からも指紋は検出できなかったので、さわってもかまいませんよ」

それでも瑠璃の手は動かない。

ふたりのあいだの沈黙を際立たせるように、聞き覚えのあるアニメのテーマソングが流れている。

「大林先生は」と、薫子は沈黙を破った。

「葵さんは、していいことと悪いことの区別ができない子だったと言っていました。でも、それはゆっくり教えていけばいいだけのことで、少し時間はかかるけれど、きちんとした環境と教育があれば大丈夫だった、と。同じことを葵さんのお母さんにも伝えたそうですが、聞く耳を持たなかったとおっしゃっていました。あなたが実家を出てから、葵さんはますます学校に来なくなったそうです」

薫子は、残念です、と言い添えたが、瑠璃は反応しなかった。

「遺骨は市の生活福祉課がお預かりしています」

そう告げ、一礼してから辞去した。

薫子には、瑠璃に言おうかどうか最後まで迷い、結局言わなかったことがあった。「あなたがお母さんですよね?」という呼びかけに、葵が目を開けたことだ。瑠璃に伝えることで、あの尊い瞬間が壊れてしまうような気がした。

薫子はこれから戸沼家へ向かう。

事件の報告をするためだが、どう説明すればいいのか決めあぐねていた。捜査報告書に記載されないことを伝えるわけにはいかない。そうなると、なにも伝えられないことになる。遺族は納得するだろうか、と考え、いや、どんな説明でも納得などできないだろう、と思う。

薫子は、電話でのやりとりを思い返した。わたしたち引っ越しするんです、と戸沼杏子は言った。はじめて耳にするほがらかな声だった。家が売れたので、新しい場所で名字を変えてやり直すことにしました。そう続けた彼女の背後から、優斗も手伝いなよ、と少女の弾んだ声が聞こえたのだった。

彼女たちの新しい一歩を後押しする報告をしなければならない。そう自分を戒めると、背筋が自然に伸びた。

傘をさした薫子が歩き出したころ、瑠璃はローテーブルの上の缶を見つめながら、開けてはいけない、と頭のなかで繰り返す自分の声を聞いていた。

葵が唯一残したタイムカプセルが呪いの缶に見えた。なかに入っている手紙には呪詛が記されているように思えてならなかった。

しかし、瑠璃の手は缶に伸びた。

ハートがちりばめられた封筒に、おそろいの便せんが二つ折りで入っていた。折り目を開くとき、ここじゃない場所のにおいが放たれるのを感じた。

〈こんど生まれたら、お姉ちゃんのあかちゃんになれますように。〉

瑠璃は突然思い出した。

ふたにクマのキャラクターが描かれたこの缶には飴が入っていた。修学旅行のおみやげに、瑠璃があげたものだ。葵ははじめて食べたいちごミルク味に、お姉ちゃんみたいにやさしい味がする、とはしゃいだ。

バカな葵。わたしはあなたのような子が欲しいなんて一度も思ったことがないのに。

「葵」

無意識のうちに声になった。

テレビの前の美月が弾けたように振り返ったことに、瑠璃は驚いた。

美月は瑠璃をまっすぐに見つめている。黒く澄み切った瞳は、世界のすみずみまで映し出そうとするかのように清らかだ。

瑠璃は娘にほほえみかけようとした。が、娘のほうが早かった。瞳いっぱいに母親の姿を映し、大好きな人に満面の笑みを見せた。

解説

大矢《おおや》博子《ひろこ》（書評家）

じわじわと、しかし確実に、まさきとしかに注目が集まってきている。

まさきとしかは、二〇〇七年、「散る咲く巡る」で第四十一回北海道新聞文学賞を受賞。翌年、受賞作を含む短編集『夜の空の星の』（講談社）でデビューした。

その名前が私の周囲で少しずつ聞かれるようになったのは、二〇一三年刊行の四作目『完璧な母親』（幻冬舎→幻冬舎文庫）が出たときだったように記憶している。複数の読み巧者が「面白い小説がある」とこの書名を挙げたのだ。それを聞いて手に取り、読み始めてすぐに取り込まれた。幼い息子を亡くし、そのあとで生まれた長女に死んだ息子を仮託する母親の物語だ。娘のアイデンティティを奪ってしまうほどの妄執《もうしゅう》に震えがきた。と、そこから一転、物語は別の人物へと舵を切る。凝った構成を通して、歪《いびつ》な母と娘の関係をあぶりだすミステリに圧倒された。

さらに二〇一五年刊行の『きわこのこと』（幻冬舎→『ある女の証明』と改題・幻冬舎文庫）を読み、これは本腰を入れて追わねばならない作家だぞ、という思いがさらに強くなった。交通事故を起こした、売春組織が摘発された、息子が親を殺した、などといった短い新聞記事が短編の冒頭に掲げられ、それをゴールとして「なぜこういう結末になったのか」を描いた連作である。全編に共通するひとりの人物を登場させて「なぜ」を追うミステリであると同時に、新聞記事から受ける〈ありふれた事件〉といった印象が〈すべて異なる背景を持つ、その人にとっては特別の出来事〉へと変化する物語でもあった。

そして二〇一七年に出た本書『いちばん悲しい』を経て、ユーモラスな筆致の中に〈家族幻想〉を鋭くえぐる『玉瀬家、休業中。』（講談社）、親の苦悩と秘密をサスペンス仕立てで描いた『ゆりかごに聞く』（幻冬舎）、殺人犯となったクズ男の真実を探る『屑の結晶』（光文社）と、ここ数年は俄然刊行ペースが上がっている。

さらに、親の呪縛を描いた長編第一作『熊金家のひとり娘』（講談社）が、刊行から七年後に幻冬舎文庫入り。このタイミングでの文庫化は、世間の評価が遅ればせながら追いついてきた証左と言っていいだろう。

これらの既刊を読むと、まさきとしかの作品には共通したテーマがあることに気づく。〈事象の背景を描く〉という手法と、〈親と子の関係〉というモチーフだ。そして本書『いちばん悲しい』はその両方が見事に融合した、この時点での著者の到達点とも言える作品である。

冴えない中年男の刺殺体が発見される場面で、『いちばん悲しい』の幕が上がる。感情を排した、報道記事のようなプロローグだ。被害者は戸沼暁男。四十二歳の会社員で、妻とふたりの子どもがいる。財布に手がつけられていなかったことと、背後から執拗《しつよう》に刺されていることから怨恨による犯行と思われた。被害者はスマートフォンを二台持っており、そのうち一台にはひとりの女の名前しか登録されていなかった。「痴情のもつれ、とシナリオを浮かべた捜査員は少なくなかった」という一文でプロローグは締めくくられる。

浮気した男が刺された――といわれれば、読者もまた、刺したのは裏切りに怒った妻か、騙されたと気づいた浮気相手かと想像するだろう。実際に殺すまでにはいかなくても、その手のトラブルは食傷してしまうほど多く、つまりは〈ありふれた事件〉である。

だがまさきとしかは、その〈ありふれた事件〉の関係者ひとりひとりの事情と思いを丹念に描き出していく。

浮気相手だった佐藤真由奈は、戸沼が既婚者であったことも本当の名前すらも知らなかった。偽名を使っていた自分の婚約者と戸沼が同一人物だとわかってからは、いかに自分の方が愛されていたかをうるさいほどに主張し、妻が殺したに違いないと言い張る。

一方、妻の杏子は茫然自失。夫に対する興味はとっくに失っていたが、浮気をする〈甲斐性〉が夫にあるとは思っていなかったのだ。さらに経済的なことや子どもたちへの心配もあるし、杏子のせいにする姑にも煩《わずら》わされる。

まず読者は「戸沼を殺したのは誰だ」というミステリ的な興味でページをめくるだろう。だがすぐに興味の矛先が変わるはずだ。なぜなら真由奈と杏子、そして事件を捜査する刑事の我城薫子という三人の女性の描写が圧巻なのである。

周囲から「妄想ちゃん」と言われるほど思い込みの激しい真由奈の暴走ぶり。被害者の家族として好奇の目にさらされる杏子のストレス。それを冷静に分析する薫子の視線。それらを、まさきとしかは細やかに拾い上げる。

たとえば、証拠品として家にある包丁がすべて押収されたため、レトルトのスパゲティやトーストしか食べられないという描写。戸沼家の色落ちした表札を見て、自分なら小鳥か花をモチーフにしたおしゃれで温かみのある表札にすると夢想する真由奈。悲しみを語る真由奈を見て「甘美な自己陶酔が透けている」と分析する薫子。卵、鼻の穴、母からのメール、ティッシュを無駄遣いする姑……そんなディテールが積み重なって、彼女たちの輪郭が、感情が、エゴが、浮かび上がるのだ。細部をゆるがせにしない、生活感とリアリティに満ちた文章が登場人物ひとりひとりを肉厚にする。そのドラマの濃密なことと言ったら！

そこにいるのは生身《なまみ》の人間なのだ、と突きつけられた気分だ。それぞれ異なる背景と事情と感情を持つ生身の人間なのだ。同じものを見ても同じように感じるわけではなく、同じ体験をしても同じ結果に行き着くわけではない、ひとりひとり別の人間だ。

本書を読んでいくうちに、本妻とか浮気相手とか被害者の家族といった〈関係者の名称〉

ではなく、真由奈、杏子といった〈個人〉が見えてくる。彼女たちが抱えてきた悲しみが、虚無が、足掻《あが》きが、見えてくる。陳腐な表現だが、誰もがその人だけの物語を持っている、ということを痛感させられる。ひとりひとりの物語が眼前に広がったとき、そこにあるのは〈唯一無二の彼女の事件〉であり、決して十把一絡《じっぱひとから》げの〈ありふれた事件〉などではないことがわかるのである。

『きわこのこと』で見せた、〈ありふれた事件〉が〈なぜ起きたか〉を描く手法が、ここに生きている。それぞれの人が持つそれぞれの物語がどう絡みあって事件が起きたのか、本書はそれを探るミステリなのだ。

もうひとつのまさきとしかの特徴である〈親と子の関係〉も、本書にとって重要な要素である。親が目を離した隙《すき》に子どもが事故に遭うという、こちらもまた週刊誌や新聞でしょっちゅう目にするような〈ありふれた事件〉が後半になって登場するのだ。

謎解きにも大きく関わってくるので詳しく書くのは控えるが、こちらでも主要人物が抱えている闇が深く鋭く描写され、ひとりの生身の人間として立ち上がる過程が圧巻だ。

この後半から事件は急展開する。本書のミステリとしての読ませどころと言っていい。浮気していた男が殺されたという〈ありふれた事件〉も、親が目を離した隙に子どもが事故に遭うという〈ありふれた事件〉も、実はまったくありふれたものでなかったことが判明していく。その過程をどうかじっくり味わっていただきたい。

複数の事件、それぞれの登場人物が持つ別個の物語。それらをつないでいるのが、多くの登場人物が口にする、ある言葉だ。

「いちばんかわいそうなのはわたしよ！」

「いちばんかわいそうで、いちばん悲しいのはわたしなのよ」

「いちばん悲しいのはわたくしよ」

「かわいそうなのはこっちのほうだ」

「いちばん悲しいのはわたしです」

誰もが、自分がいちばん悲しいと言う。状況も環境も異なる中で、誰もが、自分がいちばんかわいそうだと言う。家族や愛する人を失って悲しいのではなく、理不尽な目に遭っている自分がかわいそうという叫びである。何が彼女たちにそう言わせているのか。そう口にすることで彼女たちは何を守ろうとしているのか。どうかじっくり考えてみていただきたい。背筋が寒くなる。その言い分が理解できないからではない。わかるからこそ、怖いのだ。

彼女たちのエゴが浮き彫りになるのに反比例するように、被害者・戸沼暁男の存在感は薄れていく。いつしか「戸沼暁男殺人事件」ではなく、「そのせいで迷惑を被っている私」の物語になっていく。その物語が絡み合う。

犯人探しのつもりで読み始めたのに、いつの間にか物語はエゴを巡るミステリへと変貌し、の構造である。最終的に事件を起こすに至った〈物語の連鎖〉へと収斂《しゅうれん》する――それが『いちばん悲しい』

読み終わったとき、プロローグで受けた印象からは随分遠くに連れて行かれたような気がした。犯人は誰で、動機は何か、という部分ももちろん読ませる。だが、〈物語の連鎖〉にこそ本書の主眼はある。

杏子や子どもたちは真由奈の存在を知らなかった。真由奈もまた、家族の存在を知らなかった。同じように、後半に出てくる家族は、戸沼家と深い付き合いがあったわけでもない。それでも、物語は連鎖するのだ。運命は絡み合うのだ。こうならないで済む道はたくさんあったのに。

それがいちばん悲しい。

あなたは、本当にいちばん悲しいのは誰だと思っただろうか。人にとっていちばんの悲しみとは何だと思っただろうか。

私には、最後まで「わたしがいちばん悲しい」と言わなかった人物にこそ、最も深い悲しみがあるように思えて仕方ないのである。

光文社文庫

いちばん悲《かな》しい

著　者　まさきとしか

2019年10月20日　初版1刷発行

発行者　鈴　木　広　和
印　刷　堀　内　印　刷
製　本　ナショナル製本

発行所　株式会社 光　文　社
〒112-8011　東京都文京区音羽1-16-6
電話 (03)5395-8149　編　集　部
8116　書籍販売部
8125　業　務　部

ISBN978-4-334-77918-4　Printed in Japan

組版　萩原印刷

光文社文庫　好評既刊

三毛猫ホームズの暗黒迷路　赤川次郎
三毛猫ホームズの茶話会　赤川次郎
三毛猫ホームズの十字路　赤川次郎
三毛猫ホームズの用心棒　赤川次郎
三毛猫ホームズは階段を上る　赤川次郎
三毛猫ホームズの夢紀行　赤川次郎
三毛猫ホームズの闇将軍　赤川次郎
三毛猫ホームズの回り舞台　赤川次郎
三毛猫ホームズの証言台　赤川次郎
三毛猫ホームズの怪談　新装版　赤川次郎
三毛猫ホームズの狂死曲　新装版　赤川次郎
三毛猫ホームズの心中海岸　新装版　赤川次郎
三毛猫ホームズの夏　赤川次郎
三毛猫ホームズの秋　赤川次郎
三毛猫ホームズの冬　赤川次郎
三毛猫ホームズの春　赤川次郎
若草色のポシェット　赤川次郎

群青色のカンバス　赤川次郎
亜麻色のジャケット　赤川次郎
薄紫のウィークエンド　赤川次郎
琥珀色のダイアリー　赤川次郎
緋色のペンダント　赤川次郎
象牙色のクローゼット　赤川次郎
瑠璃色のステンドグラス　赤川次郎
暗黒のスタートライン　赤川次郎
小豆色のテーブル　赤川次郎
銀色のキーホルダー　赤川次郎
藤色のカクテルドレス　赤川次郎
うぐいす色の旅行鞄　赤川次郎
利休鼠のララバイ　赤川次郎
濡羽色のマスク　赤川次郎
茜色のプロムナード　赤川次郎
虹色のヴァイオリン　赤川次郎
枯葉色のノートブック　赤川次郎

光文社文庫　好評既刊

真珠色のコーヒーカップ　赤川次郎
桜色のハーフコート　赤川次郎
萌黄色のハンカチーフ　赤川次郎
柿色のベビーベッド　赤川次郎
コバルトブルーのパンフレット　赤川次郎
菫色のハンドバッグ　赤川次郎
オレンジ色のステッキ　赤川次郎
新緑色のスクールバス　赤川次郎
肌色のポートレート　赤川次郎
えんじ色のカーテン　赤川次郎
栗色のスカーフ　赤川次郎
牡丹色のウエストポーチ　赤川次郎
灰色のパラダイス　赤川次郎
改訂版　夢色のガイドブック　赤川次郎
灰の中の悪魔　新装版　赤川次郎
寝台車の悪魔　新装版　赤川次郎
黒いペンの悪魔　新装版　赤川次郎

雪に消えた悪魔　新装版　赤川次郎
スクリーンの悪魔　新装版　赤川次郎
やさしすぎる悪魔　新装版　赤川次郎
納骨堂の悪魔　新装版　赤川次郎
氷河の中の悪魔　新装版　赤川次郎
振り向いた悪魔　赤川次郎
やり過ごした殺人　赤川次郎
寝過ごした女神　赤川次郎
指定席　赤川次郎
招待状　赤川次郎
白い雨　新装版　赤川次郎
消えた男の日記　赤川次郎
禁じられた過去　赤川次郎
行き止まりの殺意　新装版　赤川次郎
ローレライは口笛で　新装版　赤川次郎
女神　明野照葉
魔家族　明野照葉